OLGA FLOR

Klartraum

Roman

JUNG
UND
JUNG

Verlust 1

Die Scherben habe ich liegen lassen an der Dreifachkreuzung. Vorher noch sehe ich dem Mann nach, dem ich das alles zu verdanken habe. Die Haltung leicht gebeugt, als schäme er sich seiner Größe, stakt er durch den matschigen Grund längst aufgegebener Rasenflächen unter den hochgestellten Gleisen der U-Bahn. Ich weiß es besser, warum sollte man sich auch für etwas Vorgegebenes wie die eigene Dimensionierung verantwortlich fühlen? Er schämt sich ohnehin für wenig, eine Tatsache, die ich immer sehr anziehend fand. Seine Hemmungslosigkeit, sein Ausufern haben mich stets berückt, beglückt, beeindruckt. Schon gar nicht schämt er sich für die Cashflow-Maximierung, so nennt er das wirklich. Das könne er nun mal, und das Haus verschlinge viel, das Haus, das er als Hülle für sein verschlossenes Inneres baut und als Heimstatt für seine Ehe.

Aus der Vogelperspektive betrachtet scheint das alles ziemlich lächerlich, das tut es immer: scharf im zentralen Bildbereich, unscharf an den Rändern, das gibt dann diesen hübschen Miniatureisenbahneffekt, diesen Vergrößerungsglas- und Schneekugeleffekt. Die ganze Welt könnte man in so einer Glaskugel unterbringen, schon erwarten wir, dass gleich die passenden Flocken dahergestöbert kommen. Doch noch ist Herbst, wir betrachten eine europäische Großstadt im Herbst, und im Fokus: eine Kreuzung, dreifach und zentral, ein sechsstrahliger Stern, der sich ein wenig ausbreitet.

In der schütteren Menge vorbeiziehender Menschen steht jemand, eine Frau, schon ein paar graue Strähnen unter dem Hut, den sie entschieden trägt, als könne der sie davor schützen, dass ihr etwas auf den Kopf fällt. Zoom hinein, das Praktische ist, dass die optischen Informationen auch gleich mit den Telekommunikationsdaten vernetzt werden können. Die Protagonistin steht also an einer Kreuzung und drückt ihre Tränen in ein Taschentuch, während die mächtigste Frau Europas nichts dergleichen tut. Dabei beinhaltet das, was sie zu sagen hat, einen Paradigmenwechsel, der sich gewaschen hat, was aber niemanden zu interessieren scheint, zum Heulen, könnte man denken, wenn man in solchen Kategorien dächte, Gefühlskategorien. Sie betont, dass wir die Wohlfühlwolke mit ihren Finanzkrischen und ähnlichem jetzt hinter uns gelassen haben, ob es uns, also eher Ihnen, passt oder nicht. Jetzt geht's ums Ganze, meine Damen und Herren, recht hat sie. (Dieses WIR ist ein wenig uneindeutig, das muss festgehalten werden, wir können ja nicht gemeint sein, wir verfügen über keine Wir-Instanz im eigentlichen Sinn, auch wenn wir uns durchaus gern im Mund führen. Wir wird durch seine Hohlform definiert, die gibt man nach Gebrauch bereitwillig verloren.)

Die Frau an der Kreuzung denkt möglicherweise, dass das alles gar nicht wahr sein kann, dass sie nicht fassen kann, was gerade passiert, weniger auf einer globalen Skala, das interessiert sie heute noch weniger, sollen die Krisen nur kommen, was haben die mit ihr zu tun? Sie kann da leider gar nichts machen, in keinem einzigen Fall, weder dafür noch dagegen, an keinen Parametern drehen und keine Paradigmen verschieben, sie ist mit sich beschäftigt und mit der Frage, warum die Liebe in ihrer pursten Form (keine Forderungen, keine Sicherheiten, keine Assets, nur Nähe und Öffnung) so weh tun muss, und vor allem: warum ihr? Warum der Nähefaden so plötzlich abreißen kann und die Enden unauffindbar im Alltagsgewebe verschwinden.

Aleppo, sagt Frau Europa, liegt vor den Toren Stuttgarts! Dort steht auch schon Hannibal herum, wie man vermuten darf. Warum gerade Stuttgart?, fragt die Protagonistin, nur um ein wenig von sich abzulenken, Stuttgart, wendet sie ein, verfüge nicht einmal über eine ordentliche Salafistenszene. Die Protagonistin P ist sowas nicht gewohnt und wird glatt hochmütig. Und nicht nur im Verwaltungsbereich dieses Zwischenzustands sagt die eine oder der andere unter der Hand, man sagt ja viel unter der Hand, obwohl das gar nicht einfach ist, es brauche wieder einen Krieg, damit die Leute aufwachten. Könnt ihr haben, antwortet die Jugend der globalen Vorstädte, der Jihadismus auch. Nicht dass der sonderlich viel auf das Wort von Frauen gäbe, auch wenn die sagen, mit dem bequemen Leben sei es jetzt ein für alle Mal vorbei. Es stehe alles auf der Kippe, und übrigens habe kein Mensch die Absicht, Mauern zu errichten. So formuliert sie das natürlich nicht.

An einer anderen Dreifachkreuzung bringt eine Straßenbahnlenkerin, und Straßenbahnen sind hier zügig unterwegs, ihr träges Gefährt im letzten Moment unter heftigen Bremsgeräuschen vor einem Radfahrer zum Stehen, der ihr den Vorrang genommen hat und akustisch bestens abgeschirmt so tut, als ob er gar nicht bemerkte, wie nahe er dem Zerquetschtwerden war. Vielleicht hilft ihm diese Einübung in die Sterblichkeit aber nur bei der Bewältigung grundlegender Fragen. Die vor den Haltelinien in der erste Reihe fußfrei Wartenden versäumen die Grünphase, notgedrungen auch die dahinter, auch wenn die weniger Einblick in die Lage haben, was zu einigem akustischen Aufruhr führt. Schon schultert der Radfahrer das Fahrrad, um den Aufgang hinaufzurennen, er hat es eilig. Die Mitarbeiterin der Verkehrsbetriebe ist geschockt, obwohl sie eigentlich wenig erschüttern kann, so wie die aussieht. Sie braucht ein wenig Zeit, um sich zu sammeln in ihrer Kanzel, bevor sie die Fahrt fortsetzen kann. Das Publikum ist gebannt auf ihrer Seite, insbesondere die Zustellerin G, zwar außer Dienst und in einem Privatauto, doch professionell empört, die wird richtig wütend!, denn der Mann, der seinen eigenen Tod da derart leichtfertig riskiert, riskiert noch viel leichtfertiger die Traumatisierung der an diesem Tod dann zwar unmittelbar beteiligten, doch in moralischer Hinsicht, da ist man sich einig, völlig unschuldigen Lenkerin. Das lässt die Empathie einen Herzschlag lang zu gewaltiger Größe anschwellen, so sehr, dass die Grünphase weitgehend ungenützt verrauscht, was man – von der eigenen Ablenkbarkeit nun doch ein wenig peinlich berührt – konstatieren muss.

In dieser Stadt hat man nie genug im Rücken, Rückendeckung kann man nicht erwarten, an einem Hügelhang zum Beispiel, an den sich ein Gebäude vertrauensvoll anlehnen könnte. Die Stadt läuft aus in die umgebende Landschaft, Zugriff ist von allen Seiten möglich. Die

Erschließbarkeit der Ressourcen des urbanen Schichtensystems ist wie überall nur in den richtigen Kontexten möglich, in allen anderen Fällen: Undurchlässigkeit.

Verlust 2

Das Gute ist, sagt P: Was ich zu sagen habe, kann ich niederschreiben. Das hilft mir, klarer zu denken, und es rettet mich. Weiter behauptet sie, dass ihr beispielsweise von Anfang an klar gewesen sei, dass ihr das alles nicht zusteht, dass sie hier nicht nur die Grenzen der meisten Konventionen überschreitet, sondern auch die des Glücksanspruchs, des Anspruchs auf das Maß an Glück, das ein durchschnittliches Leben bietet: Ich habe schon mehr als genug davon gehabt.

Das stimmt allerdings. Sie lebte in einer friedlichen Umgebung mit einem Mann, mit dem sie in den wesentlichen Dingen einig war, sogar darin, was die eigentlich wären. Zog mit ihm gemeinsam Kinder groß, hatte einen Job, eine Wohnung, berufliche Anerkennung, meistens jedenfalls. Nur manchmal war da ein wenig Kälte, Gewohnheitshärte als Folge der mutuellen Überlastung der Elternteile durch die Anforderungen pubertätsreifer Teenager. Vorbehalte wurden beiläufig gesammelt. Wenn er etwa sagte, er hätte das, er würde anders, und sie ihm Überheblichkeit vorwarf und sich in eine kleine Wut hineinsteigerte, unangemessen, wie sie wusste; insgesamt nicht wirklich nennenswert. Lauwarmes Desinteresse aneinander, gerade auch in sexueller Hinsicht, geteilte Langeweile. Dinge eben, die in jeder Beziehung vorkommen, vor allem, wenn sie lange genug andauert, dass unterwegs aus Kindern Jugendliche werden. Völlig im Normalbereich. Das alles gab ihr nicht das Recht, in einer Zweitbeziehung Glück finden zu wollen. Sie tat es trotzdem, denn es war das große Glück. Das, was so einzigartig schmeckt, jedes einzelne Mal.

Sie ruft dem Rücken einen Namen nach, er hört nicht darauf. Sie folgt ihm und lacht ein wenig über sich selbst, denn eigentlich liegt sie ja am Boden, wie konnte sie das vergessen. Das ist jetzt radikal parteiisch hier, sagt sie und stapft hinter ihm her, was ihn aber nicht weiter interessiert. Diese Partei entzieht sich.

Das tue ihr jetzt sehr leid wegen der Verunreinigung der Kreuzung. Doch das ist eine der Kreuzungen, bei denen man nicht mehr viel ruinieren kann, genau das richtige Ambiente, um in einer Herbstnacht, in der eben dieser Berliner Nieselregen ein wenig unentschieden einsetzt, von einer Lebensliebe stehen gelassen zu werden.

Vorher noch verschließt A sein Gesicht, stützt es in die Hände, bohrt die Fingerkuppen in die Augenhöhlen, um schließlich, als er es endlich wieder auftauchen lässt, aus einer Festung in die Welt zu blicken. Auf P. Er sehe sie am Rand sitzen, am Rand des Lochs, in das er gestürzt sei, und sich um Annäherung bemühen, doch das funktioniere nicht. Es ist aus, sagt sie, oder fragt sie das? Sie würde gerne ein Beweisstück aus der Tasche zaubern, das ihn von der Lauterkeit ihrer Absichten überzeugt, das den Zauber belegen könnte, der sich naturgemäß verflüchtigt, wenn man ihn bannen will. Sie spürt, dass alles, was sie zu halten versucht, zerrinnt, sie sucht nach Worten, die sich dem Fluss entgegenstellen könnten, egal, er hört sie nicht. Er brütet traurig vor sich hin, sitzt auf seinem Thema, und das heißt Einschluss, Krater,

Boden, Wand. Am Boden er, und hinter tausend Wänden eine Welt, möglicherweise. Du erreichst mich nicht, sagt er, keine Chance.

Sie schweigt, ratlos, fragt schließlich, was das nun wieder bedeute, ob sie es nicht versuchen könne, sinnlos, sagt er, und es sei ihm bewusst, dass er sie nur enttäusche. Auf diese Weise könne er das nicht fortsetzen. Ob er glaube, sie lasse sich alles bieten? Der Ton wird schärfer, er registriert das nicht, sie legt nach: von Mal zu Mal mehr? Von Verständnis zu Verständnis schiebe er die Grenze weiter hinaus, Verständnisse, die er selbstredend den anderen abverlange. Er wehrt sich nicht, er lässt das über sich ergehen, zieht den Kopf ein, was komisch aussieht. Sagt, er nehme an, er habe das verdient, eine Feststellung, die sie schachmatt setzt.

Sie habe nie etwas verlangt außer Verbindlichkeit, das schon, sagt sie blass, doch er ist nun bei seiner Frau angelangt, stellt fest, dass sie bleibe, bei ihm bleibe. Dass sie *auch* bleibe, sagt er, genaugenommen. Man sollte das nicht überbewerten, sagt P ein wenig spitz, eine unglückliche Mischung aus Defensive und Positionsbehauptung, die kaum das Zeug hat, irgendein Ziel zu erreichen. Die Jüngste noch klein, zu klein, sagt er, und er hat recht, sie stimmt ihm völlig zu. Die Handlungsübereinkunft war: den Kindern keinen Schmerz zufügen, die Familien nicht verlassen. Doch er scheint alles vergessen zu haben, keine Gemeinsamkeit mehr greifbar, da kann sie noch so sehr auf die eigene Ungefährlichkeit hinweisen: Der Verzehr dieser Person ist völlig nebenwirkungsfrei. Sie stellt sich vor, wie er sie zu seinem Mund führt, der Mund von durchaus ansehnlicher Größe. Am Lippenrand stellt er sie ab, sie starrt auf sein Gaumenzäpfchen, das stalaktitengleich den Schlund säumt hinter dem weichen Zungenbett, sie lacht. Hilft aber alles nichts. Er sitzt in Griffweite, wie es aussieht, dabei handelt es sich um eine optische Täuschung.

P resümiert, das Verfassen von Erinnerungsauszügen ist alles, was sie hat. In den Erinnerungsgeschichten, die man sich selbst erzählt, wird die Deutung gleich mitgeliefert, das macht das Erlebte mundgerecht und handhabbar. Später in der U-Bahn, Hochbahn, ist sie froh, dass sie nicht früher davongegangen ist, abgerauscht in einer dieser großen Szenen, die ihr ja doch nicht liegen. Das Davongehen hätte sie vor der Einsicht bewahrt, wie einsam so ein Ich doch ist. Unten im Klo, in das sie sich geflüchtet hatte, schockiert von der Schärfe seiner Zurückweisung, versuchte sie, die Fassung wieder zu gewinnen, stand da in einem Raum, an den sie keine Erinnerung mehr hat. Sicherlich kühl, mit nackten Ziegelwänden, isolierten, aus dem Boden wachsenden Stahlwaschbecken und einem Riesenspiegel, in dem sie ihr Bild sah, getroffen. Ziemlich gut sogar. Ich könnte, sagte sie zu sich. Einfach gehen. Doch dann müsste sie sich ewig vorwerfen (führt sie ins Treffen), die Flucht ergriffen zu haben, ihm keine Chance zur Rechtfertigung gelassen, ihn womöglich falsch interpretiert zu haben. Ihm Grund gegeben zu haben für den Rückzug, der nun ohnehin folgen würde. Aber wenigstens will sie ihm dafür nicht auch noch die Munition liefern, das Erklärungsmodell auf dem Silbertablett, ihr stürmischer, ihn womöglich blamierender Abgang sei schuld gewesen an der nun umso konsequenteren Verhärtung. Denn der Wunsch drängt sich in den Vordergrund, ist ausgesprochen fordernd, das, was jetzt noch folgen müsste, bis zur Neige in sich aufzunehmen. Im Hintergrund, versteckt und schon recht angeschlagen, doch leider nicht ganz kleinzukriegen, sitzt die Hoffnung.

Ein französisches Lied, das sie in der Schule gelernt hatte, summte sie jetzt vor sich hin. Darin ging es um die Frage, welcher der Matrosen auf einem verlorenen Schiff von den anderen gegessen werden sollte. Der mit dem kürzesten Strohhalm nämlich, und den zog der Schiffsjunge, was insofern dumm war, als an dem am wenigsten dran war: pro Mord maximaler Nährwertgewinn, das musste doch das Ziel sein, hatte sie gedacht. Oder vielleicht dachte sie das erst heute, vielleicht waren das die Gedanken einer gründlich Erwachsenen mit Erfahrung in Anträgen bei lokalen, trans- und supranationalen Institutionen, die sich gewogen zeigen könnten, einer Professionellen im Umgang mit Zielvereinbarungen und Deliverables für Projekte, die mittel- und unmittelbar die eigene Stelle finanzierten. (Dass zum Beispiel die Arbeitslosigkeit anderer die Voraussetzung für das eigene Arbeitsverhältnis darstellen konnte, hatte sie nur anfangs seltsam berührt, man gewöhnt sich an vieles.)

Ich kann zurücksehen auf all die Hoffnungsverlängerungsversuche, sagt sich diese Erwachsene. Ich kann meinen Selbstbetrügereien Denkmäler setzen, Gummienten, die ich auf den Überresten vergangener Intensität deponiere. Auf die kurze, heftige Erleichterung, die ihr das Abschicken von Nachrichten verschaffte, auf

Kommunikationsangebote, deren Annahme der Adressat meist fürs Erste verweigerte, egal, wie wohldurchdacht und feingestrickt die waren, folgte demgemäß ein Warten. Das Reaktionstempo bestimmt immer die passivere Partei. Es war keine große Kunst gewesen, ein Regime des Wartenlassens zu etablieren. Eine Bedeutungshierarchie, die sich an der Kostbarkeit orientierte, zumindest nach der Kostspieligkeit der Eigenzeiten, und da lag die seine um Längen vorne.

P geht mit strahlendem Lächeln durch noch strahlendere Herbsttage. Die Stadt glüht, der Himmel ist weit, und über der Tempelfront eines Theaters ruht ein aufgebahrter Leichnam, der Bildermacht der Spätgotik entgeht man nicht. Woher die Energie kommt, um so zu strahlen, weiß P nicht, nur dass sie strahlen muss um jeden Preis, dass das die einzige Möglichkeit ist, sich gegen den inneren Zerfall zu wappnen. In der Straßenbahn schießen ihr plötzlich Tränen in die Augen, als sie ein junges Paar sieht, eine Armlänge entfernt, maximal, und der junge Mann links berührt den jungen Mann rechts neben sich an der Wange, oder ist es eine Frau?, wer will das sagen und wozu auch? Mehr braucht es nicht als diese Geste, in der alle denkbare Intimität liegt, und P möchte den beiden zu ihrer Liebe gratulieren und ihnen sagen, dass sie die ihre soeben verloren hat, sie wären doch bitte sicherlich die Ersten, die verstünden, wie groß dieser Verlust sei. Doch dann schämt sie sich, denn sie hat ja nicht die Liebe verloren, bloß das maßlose Übermaß, das ihr ohnehin nicht zustand. Der Flüssigkeitsfilm trübt allerdings hartnäckig die Linsen ein, auch wenn man versucht, die Augenoberfläche lufttrocknen zu lassen:

das dauert seine Zeit. Da hilft es, zur Quelle zurückzugehen, was bleibt ihr übrig? Sie hat nichts anderes.

Sie argumentiert mit sich selbst, selbst in Träumen: Mikroben träumen von Ordnungseinheiten in annähernder Rechteckform, die dem eigenen Körperbau gleichen, ich hingegen träume von Hinterhäusern. Sag ich ja, sagt das mit Grundlagenforschung betraute Traum-Ich vor dem Rastersystem eines Versandlagers. Irgendwann werde ich diesen Prozess schon noch verstehen. (Die Waren, übrigens, brauchen die Endverbrauchenden schon längst nicht mehr zur eigenen Grundversorgung.)

Das Dealerspalier am Stiegenaufgang über dem nach Urin stinkenden Einzugsbereich des U-Bahnhofs ist zu jeder Ehrerbietung bereit, die Männer grüßen stumm die Vorübergehenden, auch P. A findet endlich sein Taxi, der Kontakt mit der Außenwelt ist beendet. Man könnte jetzt behaupten, sie beobachte den Vorgang durch die leicht angeschmutzten Fensterscheiben in ihren gründerzeitlichen Gußeisenrahmen, doch das entspräche nicht der Wahrheit. Sie denkt an ihren Mann, ein bisschen spät: Lieber, ich bin dir eine schlechte Frau. Du solltest dir eine bessere suchen.

Früher am Abend war ihr Aufmerksamkeitsfaden einfach abgerissen, vermutlich ein Versuch, in die Realität gestaltend einzugreifen wie in einen Traum, in dem man plötzlich begreift, dass man träumt. Am Nebentisch sagt ein wackerer High-Potential gerade zum anderen: Als Add-on gibt es eine Option auf Benefit. (Dass das Geldthema doch immer wieder überraschend präsent werde im Fall der Scheidung, dass das der Preis der finanziellen Ungleichheit sei, der Fluch des Modells Versorgerehe, all das behält sie für sich.) Da können wir Cash abgreifen, kostet uns keinen Cent extra. P sagt, viel zu leise, nicht anzunehmen, dass der Adressat es hört: Es ist aus. Das memoriert sie so lange, bis sie es selbst glaubt. Man kann sich das Fühlen abgewöhnen. Man kann schon Monate, bevor man stirbt, derart viele Tabletten schlucken, dass das Brennen der abgestürzten Zigarettenglutzylinder auf der Haut nicht mehr zu spüren ist. Wenn man denn raucht. Man kann sich allerdings auch weigern, an einer Liebe zugrunde zu gehen.

In dem Restaurant in der Backsteinhalle am Kanal, zu dem einer der Sternenarme hinführt, sagt er zu ihr, er sitze in einem Loch, aus dem er nicht mehr herauskomme. Der Sprecher nebenan gerät in Fahrt: Dann gehen wir zur Kommission und bieten denen ein Ready-to-fix-Training, Kostenpunkt: fünfhundert. Fünfhundert mal – wieviel Mann haben die in dem Bereich? –, sagen wir, fünftausend, kalkulier das mal! Darauf der andere, ein wenig nüchterner, die Stimme der Vernunft in diesem Dreamteam: Wenn sie es aber in irgendwelchen Schweinsabteilungen, wenn sie's da schon machen? Die haben ja so 'nen Riesenladen. (Dass viele der Maßnahmenpakete praktisch auf die Vermittlung von teuren Trainingsprogrammen hinauslaufen – ein ganzer Industriezweig ist da erblüht! –: eine andere Geschichte.)

A hat seine Krawatte angelassen, zum ersten Mal bei einem ihrer Treffen, eine Distanzmarke, die nicht zu übersehen ist, und die ist auch noch rot. Dass die Codizes der

Macht entschieden für schwer infantile Gemüter gebastelt seien, sei doch immer wieder überraschend, bemerkt sie in einem hilflosen Versuch, Konversation zu machen. Er bezieht das wohl auf den Nachbartisch und zuckt nicht mal mit den Augenbrauen. Die Ringe haben beide abgelegt, ein letztes Einvernehmen. Ich sehe dich am Rand stehen, sagt er, und sie stellt sich das sehr bildhaft vor, sie sieht sich als Vogel, einen Vogel, der offenkundig aus rein ästhetischen Gründen fasziniert in einen sprudelnden Quelltopf starrt, barock eingefasst im Rahmen eines Landschaftsgartens. Wie sollte das möglich sein, kann ein Wesen dieser Entwicklungsstufe Sinn für zweckfreie Ästhetik haben, zweckfrei jedenfalls in Hinblick auf Überleben und Fortpflanzungserfolg? Der Wirbelkern er, auf den sie starrt, dieser Mann, der nun sagt: Ich sehe, wie du versuchst, mich zu erreichen, doch das ist ein aussichtsloses Unterfangen. Unmöglich. Warum eigentlich?, fragt sie, er bleibt die Antwort schuldig. Und wieder ertappt sie sich dabei, es mit mehr vom Gleichen versuchen zu wollen. Merkt, wie sie panisch durchrechnet, an welchem Posten des Gefühlshaushalts sich weitere Abstriche machen ließen, einnahmenseitig, um die Bilanz zu retten, dann zieht sie die Notbremse, jetzt aber ganz entschieden: Noch weniger zu verlangen als ich, sagt sie, geht doch gar nicht. Vielleicht ist das der Fehler. Vielleicht brauchst du ein ordentliches Risiko?

Sie entgegnet der ungegebenen Erklärung: Nimm diese Spitze wieder aus meinem Fleisch, allerwenigstens. Bau mir eine Brücke, eine Einstiegshilfe (oder spricht sie hier von Ausstiegshilfen?). Er schlägt die Hände vors Gesicht, er bohrt die Finger in die Augen. Sein Leiden ist greifbar, er selbst ist es nicht, er lässt nicht zu, dass sie die Haut berührt. Er sagt, er mache alles nur noch schlimmer. Er zerbräche alles, wenn er jetzt nicht ginge, und zwar so schnell wie möglich. Unter dem Druck der Fingerkuppen flackert Panik auf, sie sagt, ganz im Gegenteil, er zerbreche gerade dann alles, wenn er gehe. Alles, sagt sie, bitte, nur das nicht, doch sie fleht schon ein wenig halbherzig. Sie spürt, wie er entgleitet, wie sie ihn ziehen lassen muss am Asphaltdreieck des Gehsteigs, das die Fahrbahnen einschließen. Er sagt, er träte alles mit Füßen, wenn er bliebe. Ein grundlegendes Missverständnis.

Und er zerbricht, was er zerbrechen kann, mich, sagt sie, das ist kein Wunder, ich habe ihm schließlich die Gelegenheit dazu geboten. (Einmal zu oft zurückgeblickt.) Muss ich eben leiden. Nicht so schlimm, wir sind doch keine Kinder mehr. Dumme Sache, sie geht ihm nach, stur, wie sie ist, will sie einfach nicht glauben, was doch offensichtlich ist, sie verliert ihn, gerade jetzt, während wir davon berichten. Endlich fällt der Groschen, sie kehrt um und betrachtet den Haufen, der von ihr übrig ist, von ihrer Selbstbehauptung, von der Person, die ein paar Stunden zuvor auszog, um zu lieben und geliebt zu werden, um Freude und Nähe und Wärme zu spüren und ein paar der Ungereimtheiten auszuräumen, die anfallen, wenn man einander länger nicht begegnet und die Beziehung mehr und mehr zur unbewiesenen Behauptung wird, zur Arbeitshypothese, die aber nicht mehr trägt.

Phantasmen

Ab wann lohnt es sich, von Liebe zu sprechen? Wo fängt es an? Mit der frühkindlichen Prägung, wie überall und wie banal, mit dieser Vorstellung von der errettenden, allumfassenden Liebe, die man zunächst noch als göttlich zu begreifen lernt? Wovor soll die eigentlich retten? Später, wenn der Glaube an eine gottgleich wirkende Instanz schon ein wenig gelitten hat, so in der mittleren Grundschulzeit, verschiebt sich das ein wenig. Wenn nach den ersten Demütigungen, Schlägen, und die Demütigung ist das wirklich Erniedrigende an den Schlägen, nicht der Schmerz, der ist flüchtig, wenn nach nicht mehr zu verleugnenden Niederlagen plötzlich klar wird, dass der Himmel nicht eingreift, selbst dann nicht, wenn man auf einmal selbst zur Lüge greift, etwa andere bezichtigt, um Schaden von sich abzuwenden, wenn man feststellt, dass es sich auf krummen Wegen auch ganz gut vorankommen lässt? Vielleicht sogar besser?

Dabei wurde das mit dem Glauben durchaus ernsthaft versucht. Dass sie unter Anleitung einer Lehrerin für den entführten Arbeitgeberpräsidenten gebetet hatten, half dem leider nicht im Mindesten: ernüchternd. Der unergründliche Ratschluss Gottes hatte andererseits den unüberbietbaren Vorteil, dass noch jede Unstimmigkeit ihren Platz darin fand. (Und schließlich, argumentierte jemand spitzfindig, vielleicht P: War nicht der Aufenthalt im ewigen Paradies der anzustrebende Zustand, hatte also am Ende womöglich ihre Inbrunst dafür gesorgt, dass dem gebetsmäßig Bedachten eine Wohltat widerfahren war, er das Jammertal ein wenig früher verlassen und besagten Seligkeitszustand erreichen hatte können?)

Als die aus pädagogischen Gründen voreinander geprügelten Nachbarskinder begannen, diese Stockhiebe in die eigenen Spiele einzubeziehen – die inspirierende Bebilderung einschlägiger Kinderbücher tat ein Übriges – und eine Erregung zu erzeugen, von der sie nicht wussten, was damit anzufangen wäre? Die Zimmertüren konnten nur symbolisch zugezogen werden, ein tatsächliches Abschließen, ein Für-sich-Sein, stand Kindern nicht zu, das verstand sich von selbst, sodass die Sache noch den doppelten Kitzel der Gefahr des bei diesem unsäglichen Tun erwischt Werdens bekam; und unsäglich war es, das begriffen sie. Andererseits: Wie hätte die Strafe dafür noch aussehen sollen?

Wenn der Neue in der Klasse, ein, wie es hieß, das Auftreten gewohntes Zirkuskind oder ein Delphinreiter aus dem Nachbarzoo, so eindeutig war das nicht, ein kleiner Heißläufer war, der sich gern auf Schlägereien einließ, durchaus auch mit Mädchen, warum nicht, und man dem dann, da er trainierter, kampferprobt und auch ein wenig hinterhältig war, spitzfindig eine Abweichung von den Regeln des Faustkampfes (Einsatz der Fahrradklammer als Schlagring, echte Unfairness!) nachsagen konnte – und wenn man dafür Aufmerksamkeit bekam, affirmativ, endlich.

Dann wunderte man sich: Keine höhere Macht griff ein, auch wenn, möglicherweise, die Wahrheit ein wenig hingebogen werden musste, da zwar der Tritt in den Unterleib durchaus stattgefunden hatte, das Klammermotiv allerdings eine mit Hang zu dramatischen Effekten gewählte Ausschmückung war, die durchaus auf Beifall stieß. Sogar bei dem Beschuldigten selbst, als nämlich der Junge und das Mädchen die Sache unter sich regeln sollten, eine Konstruktion, die erziehungstechnisch gerade angesagt war und eine Perfidie der Erwachsenen darstellte, wie die Kinder vage spürten, da sie zwangsläufig eine Art von Faustrecht installierte, das das Opfer, wenn denn diese Rollen klar zu definieren waren, zu einer Allianz mit dem Täter zwang, naturgemäß zu dessen Bedingungen; zusammenfassend nichts weiter als ein Ausdruck der Bequemlichkeit der Erziehungsorgane. Das Regeln ihrer Angelegenheiten gelang den beiden, indem sie sich auf eine gewisse wechselseitige Anerkennung ihres Kampfgeists einigten, während die Erwachsenen im Hintergrund des Klassenraums bereits leise miteinander sprachen, vor den halbfertigen Martinslaternen, deren Buntpapierfenster sorgfältig mit Blättern und, von den Fortgeschritteneren, es gibt immer eine Hierarchie, mit Scherenschnittfiguren beklebt worden waren.

Wer über die Kinder redete, das waren Mütter, Lehrerinnen, die Väter waren bei praktischen Fragen absent, wie es ihrer Rollenauffassung entsprach. Nur gelegentlich griff einer ein wie ein alttestamentarischer Rachegott, so ein Allmächtiger, der seine Allmacht allerdings im realen Leben und vor allem in positiver Hinsicht nicht einsetzte, was kann man schon erwarten. So ein Beispiel also sollte das weitere Paarungsverhalten prägen dürfen?

Es könnte sein, dass dieses Ich sich auf Kölner Ausfallstraßen bildhaft vorzustellen versuchte, wie ein Unfall abzulaufen hätte, der nur die Eltern auf den Vordersitzen das Leben kosten würde; LKWs und öffentliche Verkehrsmittel kamen durchaus vor. Und ja, es ist leider so, dass bei diesem Gedankenexperiment auch die Mutter geopfert wurde.

Das Versprechen einer aufregenderen Lebensweise als der kommentarlos und mit der passenden Garnierung (Jägersoße) vorgesetzten, das sich in den Fahndungsplakaten an den Schulglastüren fand, Fahndungsplakate mit den rot durchgestrichenen Gesichtern der getöteten oder verhafteten RAF-Verdächtigen, Kinder, die davor standen und sich ausmalten, sie selbst könnten auf den Aushängen zu sehen sein, während der Überschallknall eines Kampfflugzeugs sich über ihren Köpfen zu voller Pracht entfaltete. Allerdings, überlegte das Kind P weiter, wäre der Unsicherheitsfaktor am Unfallmodell, dass man nicht wirklich sicherstellen könnte, dass die Erwachsenen auch wirklich tot wären, denn nur eine gröbere Verletzung, das war klar, wäre für die weitere Lebensplanung als Waisenkind nicht hilfreich. Die eigene Härte anderen gegenüber, und seien ihre Auswirkungen noch so hypothetisch, kann im Rückblick so beschämend sein, dass man den Rückblick lieber meidet.

Und die Überwindung dieser Kluft, der Wunsch, von einem diese deutlich schadhafte Vaterfigur vertretenden Mann über alle Maßen, unter jeder Bedingung geliebt zu werden, wäre jetzt die Lösung? Von Erlösung wollen wir hier weniger reden. Haben wir schon hinter uns, den Erlösungsglauben, das ist ein Traum an Umbruchstellen, ein Pubertätstraum, den es zu überwinden gilt, bevor das Gift wirkt, ein Gift, das in religiöser Ummantelung am tiefsten eindringt, in die tiefsten Tiefen, um sich dortselbst genüsslich zu entfalten. Dagegen ist so ein bisschen Liebeswahn ja geradezu harmlos, denn dass Verliebtheit verdächtig einer Krankheit gleicht, bestreiten meist nicht einmal die Betroffenen. P jedenfalls nicht.

Verlust 3

An der Dreifachkreuzung liegen Scherben herum, das ist schade, sie verunstalten die Gegend. Auch wenn die nicht leicht zu erschüttern ist, soviel ist sicher: emotionaler Müll passt da nicht hin zwischen das rege Marktgeschehen entlang der Aufgänge zu den Schienen, auf denen die altertümlichen Waggons ebenso gelb daherkommen wie die der U-Bahn-Hochbahn, ausgerechnet!, in Chicago, und der in postmodernem Businesshotelstil gehaltenen Moschee. P könnte ein Lied von diesem Baustil singen, was sie aber unterlässt. Sie beweint heftig die Überreste, dabei ist sie so overdressed in ihrem Postpunk-Outfit, dass die freundlichen Verkäufer Abstand halten (die kann man sogar nach dem Weg fragen, dabei ist der gar nicht zu verfehlen, nicht wie im Park). Sie behauptet ja, sie fühle sich stark in dieser Kleidung, die Rühr-mich-nicht-an heißt und Rühr-mich-an, bitte: Bitte, berühre mich im Innersten, wie, das musst du selbst herausfinden.

Der sechsstrahlige Stern, der Weihnachtsstern, dessen Ausläufer fast die gesamte Bezirksfläche überspannen, von Fluss zu Kanal zu Kanal, deren unterschiedliche Bezeichnung reine Nostalgie ist, betonumschlossen sind sie alle, und dessen Zentrum eben genau nicht vom U-Bahnhof gebildet wird, ist exzentrisch. Der Platz, der keinen Namen hat, hat dafür eine Unwucht. Und das war nun die große Liebe?, fragt sich die Protagonistin: die unausweichliche, unaussprechliche, grenzenlose Liebe, das soll sie sein? Bisschen banal. Doch, genau das war sie, und hast du nicht gesehen, ist sie auch schon vorbeigerumpelt. Große Lieben sind immer banal, von außen betrachtet. Die kleinen sind wesentlich interessanter. Die halten auch länger. Dass er sein Kind schützen will, findet P sehr löblich. Das will ich auch, schreibt sie: die Kinder vor uns schützen und vor dem Gefühlsschlund, der sich bei mir manchmal öffnet.

Da gibt es Triggersequenzen, die Nummernanzeigen an den Straßennamensschildern zum Beispiel, die angeben, welchen Zahlenbereich man im nächsten Block zu gewärtigen hat (dieser nonchalante Blick in die Zukunft), die lösen eine schlagartige Präsenz von Traumbildern aus, die sich sofort wieder entziehen, aber jedenfalls etwas mit Raumstrukturen zu tun haben. Die Unfassbarkeit der Bilder ist verstörend, sodass das Bemühen darum, etwas Konkretes ergreifen, dingfest machen zu können, zunehmend heftiger wird, während die Körperhülle irgendwie leer aussehen müsste, derzeit nicht bewohnt. Vielleicht ist auch das Panik, vielleicht ist es etwas gänzlich anderes, woher soll ich das wissen, es fehlt der Vergleich mit den Innenansichten der anderen. Dass A sie nicht mit seiner Frau verwechsle, sei reif, fügt sie hinzu.

A antwortet darauf, jetzt muss er sich einmal Gehör verschaffen, dass er seiner Frau, also C, deutlich gesagt habe, dass es an ihr sei, ihn zu verlassen, wenn das, was sie behaupte, wirklich das sei, was sie vom Zustand ihrer Ehe halte. Und sie sei nicht gegangen, dass sei doch ein eindeutiges Zeichen, also wirklich. P versteht das als klare Aufforderung an sich selbst: Nimm mir das bitte ab und geh! Geh jetzt! Hinaus aus meinem Leben, an den Kanal, wohin immer du willst, auch wenn du frieren wirst, das lässt sich nicht vermeiden. Sie versteht, doch:

Ich habe nicht die Kraft, nicht heute, Aufschub, bitte. Erst in der Zukunft kann ich Abschiedsbriefe schreiben, erst morgen werde ich einen Schlussstrich ziehen, heute muss ich noch bis auf den Grund schauen. Dort liegen die eindeutigen Beweise für die Fruchtlosigkeit dieser Liebe herum. Dort liegt aber auch diese überschwänglich frohe Hemmungslosigkeit, die mich mitreißt über den Ereignishorizont, gibt es den denn nun?

Am Ende tut sie ihm doch den Gefallen und beendet, obwohl sie nicht beenden will, nichts beenden, obwohl ihr Herz brennt, ebenso sehr wie am Anfang, als sie zum ersten Mal diese Formulierung benutzte, die ihr selbst peinlich war, und noch hinzufügte, dass das Hirn dabei leider aussetze, in einer kurzen Nachricht, die über den Fortgang nicht mehr entscheiden musste, die Entscheidung war längst gefallen, der Blick eine Achse des Einverständnisses: Deine Fingerkuppen, wenn sie mein Gesicht berühren, sind die zartesten der diesseitigen Welt.

Als allein der Klang der jeweils anderen Stimme eine Verbindung umhüllte, die so wohlig tief war, dass sie stundenlang nicht aufhören konnten zu telefonieren, bis sie keine Worte mehr fanden. Als sie das Endgerät auf den Bauch sinken ließ, an der Stelle, wo er ihre Hand an den seinen gedrückt hatte, damit er hören konnte (am Sonnengeflechtsrand, Massenauswürfe, dachte sie, die in der Erdatmosphäre verglühen, eitle Sonne). Als er dasselbe für sie tat: Sie folgte seinem Puls, während ihr Mund austrocknete. Als die Erregung sich eigentlich an elektrischen Entladungen der Luft hätte ablesen lassen müssen, die hatte ein Einsehen, und jeder Wimpernschlag erzeugte leuchtende Punkte im nachtdunklen Zimmer.

Ich bin ganz schlecht im Lieben. Das heißt, lieben kann ich wohl, ich liebe bloß irgendwelche Schimären. Was für ein Gefühl sollte das schließlich sein, dessen Hang zur Destruktion zumindest unbestreitbar ist? Wie ist das einzuordnen? Als Krankheit, beantwortet P nun ihre eigene Frage, während A ins Wasser starrt und Abstand hält mit parallel in den Raum ragenden Beinen. Ich meine, sagt sie, wie sonst als in einer krankhaften Besessenheit ließe sich wider besseres Wissen ein Gefühl aufrechterhalten, das durch nichts als die eigene Sehnsucht gespeist wird? Der Sehnsucht wonach eigentlich, nach Vervollkommnung vielleicht? Er reagiert nicht, sie legt nach: Und wenn schon, sagt sie, warum sollte man Vollkommenheit nicht ganz für sich allein anstreben können? Er quittiert das mit Schweigen, sie wird ein bisschen heftig, so leicht zu provozieren: Jedenfalls wächst dieses Gefühl in einen echolosen Raum hinein, der jedes Nebengeräusch schluckt und letztlich zum Verstummen bringt. Je lauter man schreit, desto mehr schlucken die Wände, und die sind unersättlich. Er konstatiert, dass es Vollkommenheit nicht gebe. Sie lacht dankbar.

Themenwechsel, sagt die unbeholfen Liebende zum Objekt ihrer Begierde, will nicht lockerlassen: Ist es wirklich so, dass es ausreichte, schlecht behandelt zu werden? Ist das genug, um aus einer beiläufigen Zuneigung eine verzehrende Fokussierung werden zu lassen? Das sollte sie aber nicht ausgerechnet ihn fragen, woher soll er das wissen, diese Frage müsste an eine andere Instanz gerichtet werden, nur an welche? Wir können uns natürlich auch gefragt fühlen, kein Problem, es wird bloß nichts dabei herauskommen: nicht unser Kompetenzbereich.

P umklammert ihre Knie, die vor Kälte zittern auf einer Bank unweit der Desinfektionsanstalt, der Name alarmierend. Hier sind die Namen so offensichtlich doppelbödig, mindestens, dass man schon wieder selbstverständlich durch die erste Schicht hindurch tritt wie durch eine Eiskruste auf gefrorenem Lehmboden, ohne Angst zu haben vor einem plötzlichen Absacken. Nein!, ruft sie, es reiche jetzt aber wirklich, sie wolle endlich Genugtuung für die diversen narzisstischen Kränkungen, die das Leben parat habe. Nicht nur für sie, das sei schon klar, doch was sie betreffe: Sie wolle nun ein für allemal Genugtuung für all die Tiefschläge, die ihr widerfahren seien, beruflicher Misserfolg, mangelnde Anerkennung der Optimierungsleistung, eine unerwiderte Liebe, so Zeug halt, und aus irgendeinem Grund glaubt sie, dass ausgerechnet die (schlussendliche!) Erwiderung des unerwiderten Gefühls die Rettung bringen müsse, dafür notwendig und hinreichend sei. Das alles ist P bereit einzuräumen, mehr noch, dass das Objekt sich durchaus weigert, diesbezüglich zum Subjekt zu werden, zu demjenigen, der liebt.

Glück 1

Im Alter von zwölf Jahren entschied ich mich nach der Einnahme klassischen Gifts, die sogenannte Unschuld unbedingt bis zum Alter von dreizehn – noch Jüngere wurden schließlich oft beglückte Mütter – zu bewahren. Ich memorierte Julias Nachtmonolog in der Originalversion, obwohl ich die Sprache noch gar nicht gelernt hatte, um für den Fall des Falles, das plötzliche Auftreten des Jünglings, in den ich und der selbstverständlich in mich verliebt sein würde, gewappnet zu sein. Dass man – als Liebesbeweis, im Todesfall – den Körper des Geliebten in Stücke schneiden könnte, um ihn in Form von Sternen in den Himmel zu versetzen und damit unsterblich oder zumindest höchst langlebig zu machen, fand ich allerdings verstörend, führte man sich den Vorgang einmal praktisch vor Augen. Es erinnerte an märchenhafte Wiedergeburtsrezepte, Zerhacken und Kochen in einem Kessel, so lange, bis die so behandelte Person verjüngt daraus hervorspringt. Ich fragte mich, welche Vorstellungen aus der Frühzeit der Menschheit, die ich keinesfalls für unschuldig hielt, darin stecken mochten, und wunderte mich noch mehr.

Mit dreizehn regte sich ein gewisser Hang zur Revolte, die Behauptung, Frauen seien vakuumverpackt, Männer aber nicht, konnte jeden aufgeklärten Geist schließlich nur empören, und dass ich den meinen dazu zählen konnte, schien mir damals über jeden Zweifel erhaben. Ich hielt den Zustand für die logische Konsequenz einer Entwicklung, an deren Ende die moderne Gesellschaft nach jahrhundertlangem redlichem Bemühen glücklich angekommen sei. Boshaft nistete sich das Bild des Mannes ein, der, wie die Muttergeneration und Samstagnachmittagsfilme, angesiedelt in einem vom Krieg unbeleckten Nachkriegsidyll, vermittelten, die Frau zum Trost für diese Ungerechtigkeit, die jedenfalls erhebliches Leid über den weiblichen Teil der Menschheit bringen konnte, zu umwerben hatte, bis sich der traumschwebende Gang in ein gleißendes Glück von allein ergeben würde. Die Zahl der Jünglinge, die zur Einführung in diesen erhabenen Zustand tatsächlich Schlange standen, war so überschaubar, dass die Schlangenbildung stockte, und die Betreffenden interessierten mich kaum. Lieber bemühte ich mich um die Aufmerksamkeit der angehenden Männer meiner Wahl.

Der Weg zum verheißenen Glück glich dem der religiösen Entsagung, denn schließlich stand auch noch die Option offen, sich Gott mit ganzer Seele hinzugeben. Das mit der Hingabe war auch so eine Sache, und die schien klar geschlechtlich punziert zu sein. Lauter sprachliche Fallen ergaben sich, nicht zuletzt die Frage, was an dieser so bezeichneten Unschuld unschuldig wäre, mehr noch die umgekehrte, was die Erfahrung mit und das Wissen um Sexualität eigentlich mit Schuld zu tun haben sollten. Eine Relativierung von Schuld, die verwirren konnte. Als Heranwachsende konnte man sich auch fragen, warum es immer wieder hieß, bei Attentaten und Umweltkatastrophen seien Unschuldige getötet worden? Eine Betonung, die implizierte, dass unter anderen Umständen Schuldige getötet würden, und das führte dann wieder direkt zur Klassik, etwa zu der sich ihrem solcherart gerechtfertigten Tod ergebenden Gretchen-Figur, die sah am Ende schließlich auch das Paradies, dafür durfte man diesen infantilen Namen schon in Kauf nehmen. Das Käthchen hatte es bezeichnungstechnisch auch nicht besser, selbst wenn sie ihren Ritter letztlich selbst errettete, immerhin ein Fortschritt.

Nicht nur semantisch betrachtet: Fragen über Fragen höchst fragwürdiger Natur.

Verlust 4

Sie könne O durchaus verstehen in ihrem Wunsch, sich töten zu lassen, sagte P zu A, das war in einer glücklicheren Nacht als dieser, und zwar in einem Hotelzimmer, dessen offenkundiger Wille zur Hässlichkeit nur als niederträchtig zu bezeichnen war: Schlaf noch einmal mit mir, sag mir, dass du mich liebst, dann werde ich leicht und aufgehoben sterben. Dann lasse ich mich voller Freude von dir erdrosseln, denn ich habe alles erreicht, was ich je erreichen wollte. Er habe aber keine Lust, sie umzubringen, entgegnet A, im Übrigen wären die Folgen für den ausführenden Teil doch eher unerfreulich. Ob sie an ihn wieder nicht gedacht habe, egoistisch und blind für die Konsequenzen, die andere zu tragen hätten, nur den eigenen Lustgewinn vor Augen? Typisch sei das, sagt er und gerät zum ersten Mal so richtig in Rage, scherzhaft klingt das nicht.

Sie habe gleich gewusst, setzt P nach, dass dieses Buch nur von einer Frau geschrieben sein konnte, nicht nur deshalb, weil die Wahrnehmungen der weiblichen Hauptfigur bei allem zu konstatierenden Kitsch des Settings analytisch und seltsam von außen betrachtet im Mittelpunkt stünden, sondern weil vor allem Frauen dumm genug seien, ganz real so intensiv und hoffnungsfroh zu lieben, wie es seit dem Minnesang den Männern angedichtet wurde, von Männern, natürlich. Sie will einen Beweis bringen, der allerdings keiner ist, die Sachlage ist uneindeutig, wie sie sofort realisiert. Es ist wohl ein Mann, der dichtet, aber eine Frau, der er die Worte in den Mund legt, andererseits sind sie von einer Unbekümmertheit, die ihresgleichen sucht, sie muss sich leider wieder einbremsen: *Dâ unser zweier Bette was.*

Natürlich, sagt er, sieht sie an und muss nicht einmal die Brauen hochziehen, obwohl er das sehr gut kann, schon korrigiert sie sich, je weniger er spricht, desto mehr tut sie es, ein domestizierendes Prinzip, dessen Verlockungen sie trotz seiner Offensichtlichkeit nicht entkommt. Das sei natürlich zu kurz gegriffen, was sie sagen wolle, sei wohl eher, dass vor allem die innerhalb des Selbstabrichtungssystems weniger Erfolgreichen und damit weniger davon Abhängigen – ist das so?, fragt sie ihn, was denkst du? Oder trifft eher das Gegenteil zu? – dazu im Stande seien, sich auf so riskante Weise auf ihre Gefühle einzulassen. Das sitzt, er lacht beinahe, dann sagt er etwas, in dem die Selbstgerechtigkeit sicherlich eine Rolle spielt, sie lacht, gibt zu, dann renkt sich die Sache wieder ein. Er löscht jede Unklarheit mit seinem Körper, erfasst sie, umschlingt sie, verschlingt sie. Das Ganze entgleist, nicht nur in akustischer Hinsicht. Dass man nach einem solchen Übermaß an Uferlosigkeit, an Selbstaufgabe und an Fremdgewinn, die ja direkt proportional zueinander sind, sagt sie später und folgt mit der Zunge seinem Schultergürtel, noch einmal die Zivilisationsansicht hochziehen könne, sei eigentlich erstaunlich. Wie soll man sich noch normal verhalten können, einander zum Beispiel freundlich die Hand geben, wenn das Körpergedächtnis darin schwelgt, was die Finger alles können? Wann sollten wir das schon tun müssen?, flüstert er mit so tastender Zärtlichkeit in der Stimme, dass sie wegen Einsatzes unlauterer Mittel Protest einlegt, nicht sehr erfolgreich.

Wovon will man eigentlich erlöst werden? An der Kreuzung in der Kreuzberger Nacht erfolgte jedenfalls etwas, wovon P vermutete, dass sie sich davor zu retten versuchte: die Einsicht in die völlige Einsamkeit des und der Einzelnen.

Als A das Gesicht wieder freigibt, die bohrenden Finger entfernt, bleiben gepanzerte Wangen zurück. Einmal, vor Jahren, sprach sie rückblickend von glasklarer neuer Sachlichkeit, die seine Züge bekleidete. Doch selbst das Siegergesicht versteckt er heute. Nur wer zu sich selbst grausam sein kann, kann auch anderen gegenüber die nötige Härte aufbringen, alte Weisheit. Das Heft wurde in die Hand genommen, die Warteschlangen werden nun immerhin effizient verwaltet. Der Wille zur Hinterfragung ist zwar vorhanden, doch enden wollend, reicht nur bis an die Grenzen des Wellnessweltbildes, in dem man sich eingerichtet hat.

Was an ihm kann sie so sehr berühren, dass es eine solche Sehnsucht rechtfertigt, dieses unbedingte Habenwollen, unreif, wie es seinem Wesen nach ist, diese Frage muss sie sich stellen. Alles, sagt sie zu ihrer Verteidigung. Das Überlaufen in den Nächten, Grenzenlosigkeit und Nähe, die keinen Halt mehr braucht und keinen zulässt, punktuell freilich nur, in einem Nachtschlund, der alles schluckt, umfasst und auflöst und doch nicht reicht für einen Alltag, nicht mal bis in den Morgen, wenn die Nachtmünder sich trennen. Alles so weit klar, sagt P, was wäre dann das Unterfutter? Der offenkundige Gegensatz in allem und jedem? Der banale Wunsch, seine Festung einzunehmen? Nur dass es hinter den Mauern auch nicht anders aussieht als davor: zu Verteidigungszwecken leergeräumt, Glacis, Brachland, auf dem Slums entstehen, auf deren Überresten sich wiederum Parks anlegen lassen, später, wenn die Kriegstechnik fortgeschritten ist und den Raum über der Stadt für sich entdeckt, die nächste Dimension.

Sie vergisst ihre Bankomatkarte im Automaten, versäumt Termine, versenkt ihr Mobiltelefon im Klo neben der Feldküche für die an einem Bahnhof Gestrandeten, nur weil sie es am Körper tragen wollte, um allzeit bereit zu sein: Emotionale Verstrickungen führen zu ganz handfesten Verlusten. Die Funktionstüchtigkeit ist eingeschränkt, man könnte sagen, sie strafe sich selbst. Er ist stolz auf seine reduzierte Joblösung, noch bis, sagt er, nur noch, dann aber. Er könne doch jederzeit aussteigen, sagt sie, was er alles anfangen könnte mit seiner Erfahrung, seiner Absicherung! Aufbau nachhaltiger Produktionsprozesse, Wollschweinezucht, was auch immer, er lacht. Er brauche das Geld doch gar nicht mehr, sagt sie, dummes Argument. Was ihn am Laufen hält ist die Position, der Status, die Wichtigkeit, Einfluss gegen Selbstverlust, sagt sie, schon wieder selbstgerecht, und dann ist sie auch noch so geschmacklos, ihm vorzurechnen, was sie so einnimmt, zu viel des Realismus für seine geprüfte Businessseele. Das hier ist ein Wettstreit um die Sinnhaftigkeit der lebensfüllenden Beschäftigungen, ein kindisches Geplänkel. In diesem Kampf ist jedes Mittel recht.

Spätestens als A die Bequemlichkeit ins Treffen führt, bleibt P nichts anderes übrig, als zu begreifen, dass sie ein gröberes argumentatives Problem hat, in erster Linie vor sich selbst: Was will sie denn mit so einem? Sie leugnet diese unleugbare Unvereinbarkeit nur noch ein wenig, gewährt sich Aufschub. Was sollte denn das für eine Rechtfertigung sein?, fragt sie stattdessen. Tut man nicht alles, eben die Bequemlichkeit als Motiv zu verschleiern? Du, sagt P, du gibst das einfach so zu? Taktisch nicht unklug, denn nun muss ich einen doppelten Boden vermuten, wo gar keiner ist, einfach, um mein Bild von dir nicht zu zerstören. Sehr raffiniert, sagt sie, doch er sieht nicht so aus, als wäre er zufrieden mit seiner Leistung, er entzieht sich solchen Kategorien. Er leidet sichtlich, als er sich in sich zurückzieht.

P beruft sich in professioneller Hinsicht, in der sie gerade weitergehend versagt, auf eine akute Erkrankung. Das ist auch nicht ganz falsch, denn sie liegt krank in einem frischrenovierten Zimmer, das sie für ein paar Tage gemietet hat, ist Teil des Wohnungstourismus, der die Preise verdirbt. Sie liegt sogar am Boden auf einem geflochtenen Teppich und sieht an Wänden hoch, aus denen sich die Steckdosen lösen, sie soll sich da nicht überhöhen, unterschätzen, stilisieren: bei weitem noch nicht am anderen Ende der Fresskette angekommen. Sie treibt sich hinaus in einen wattigen Abend. In der Karl-Liebknecht-Straße fertigt ein Glatzkopf mit mittiger Haarinsel Bilddateien an, rücklings am Fensterbrett vor dem im Nebel schwimmenden Fernsehturm. Als wollte er sich in der nächsten Sekunde nach hinten fallen lassen und die Dokumentation hurtig online stellen. Es hapert allerdings an den Übertragungsraten, um den Tod noch vor seinem Eintritt festzuhalten. Diese Hässlichkeit ist Heimat, sagt ein Einheimischer zu ihr in einem Hochhaus am Alexanderplatz, man glaubt es nicht, sie entgegnet: Ist Heimat denn nicht immer Hässlichkeit? Ist Heimatgefühl je etwas anderes als die Verklärung von Hässlichkeit aufgrund mangelnder Erinnerungsalternativen? Man ist schließlich nur einmal Kind.

Sie denke da an den Wohnblock im 20. Wiener Gemeindebezirk, auch hässlich, und an die Kinderfrau, die mit der Feuerwehr drohte, wenn P nicht vom Spielplatz mit nach Hause gehen wollte – nichts schlimmer als die Idee eines Kindergartens voller sozialistischer Fremdbetreuung! Doch dass ihretwegen die Feuerwehr kommen würde, glaubte nicht einmal die Dreijährige. Was hätte ich darum gegeben, sagt P, wem sie das nun wieder erzählt?, mit anderen Kindern zusammen sein zu können! Weit weg vom Einfluss der Eltern, allein mit mir, endlich allein. Das war mein innigster Wunsch (der ihr nun endlich erfüllt wird, wenn auch wohl nicht ganz so, wie sie sich das vorstellte), endlich allein sein zu können und nur hinaus zu gehen, wenn ich wirklich will, mich zu treffen, dann und nur dann, wenn ich wirklich will und nur mit den Menschen, die ich sehen möchte. Sie denke an deutschen Bauboom in Großstadtvorstädten, Stadtbahnen und Feuerwehrnotrufschalter im Eingangsbereich eines Vorstadteinkaufszentrums, wo die Kinder auf die Nachbarin warten sollten. Der Nervenkitzel, davorzustehen und zu wissen, dass es streng verboten war, die Scheibe einzudrücken, um den Knopf dahinter zu erreichen, der so verlockend nach Betätigung verlangte, gab wohl den Ausschlag: Glas zu zerbrechen war gar nicht so schwer. Die Mutter des Nachbarjungen, die mit ihnen daraufhin über die Fußgängerbrücke floh, während die Einsatzwagen untendurch rasten, wobei auch dieses Detail vermutlich den Erinnerungsmühlen geschuldet ist, einfach zu schön.

Es zieht schon wieder am Landwehrkanal. Sie sagt sich, dass man vom Frieren hier gar nicht reden könne, wenn man das Frieren in den Warteschlangen gesehen habe, sei nicht so wehleidig! A fragt P, was sie von ihm wolle. Das ist eine gute Frage, die beste seit langem. Und sie entgegnet, sie wolle seine Wärme. Aber die gibt es nicht, die ist versickert, tief in ihm. Festzuhalten ist: Sie will etwas, das nicht existiert. Später geht sie in sich, und was findet sich dort? Der Umstand, dass sie alles will, natürlich, seine Liebe, seine Leidenschaft, seine Schrankenlosigkeit, seine Freude, seinen Schmerz, das ganze Nachtgebet, das Morgengrauen. Wie das eben so sei, wenn man liebt. Und um all das in ihrer beider getrennte Leben zu integrieren, wird sie sagen, sei sie bereit gewesen, ziemlich viele Kompromisse einzugehen, vielleicht zu viele. Mehr habe sie nie gewollt. Man könnte fragen: wirklich nicht? Nein, sie wollte ihn nicht vor der Tür stehen haben, sie zu einer Entscheidung auffordernd, das wollte sie nicht, davon war auch nie die Rede. Davon war er stets meilenweit entfernt, kein Schimmer eines solchen Gedankens ist ihm je gekommen. Er solle bitte nur ja bei seiner Frau bleiben, war mit das Erste, was sie zu ihm sagte, allein, nach dem Eingeständnis des Einverständnisses, das bodenlos war, des Anlehnens aneinander, Körperseite an Körperseite. Liebe mich und störe meine Kreise nicht. Er entgegnete: Alles andere wäre auch nicht fair, darauf sie: Doch liebe mich.

Irgendetwas in mir, das züchtige kleine Betschwesternelement vermutlich, das ich schon lange rausschmeißen wollte, denkt nämlich, es müsse nur warten, brav sich gedulden und selbst kasteien, dann werde am Ende das goldene Glück leuchten, dann werde die Leistung in Rücksichtnehmen, selbstauferlegter Zurückhaltung, Vernunft und, nicht zuletzt, im Darstellen einer gewissen Kühle, die nicht von innen kommt, ganz und gar nicht, endlich anerkannt. Was für ein erbärmliches Verbeißen in eine Hoffnung, die längst abgedankt hat.

Glück 2

Mit Staunen betrachtete sie die Mimik der jungen Männer, wenn sie dem Höhepunkt näher kamen, mit Staunen registrierte sie die Regungen des eigenen Körpers – oder das Ausbleiben derselben, denn dass Lust nicht gleich Lust ist, begriff sie schnell. Sie recherchierte: Freuds These vom unterschiedlichen Reifegrad der weiblichen Orgasmusformen verstörte und empörte sie im Lauf der Zeit zunehmend. Von ihrem Beobachtungsposten aus fragte sie sich, ob das, was sie dabei fühlte, und apropos, was fühlte sie überhaupt?, ob das etwas mit Liebe zu tun habe? Woran man die erkenne? Wusste aber natürlich von Anfang an, dass diese Fragen ebenso unklärbar sein mussten wie die ursprünglichen nach der Vergleichbarkeit der eigenen Wahrnehmungen mit denen des Restes der Welt, die wirklich fundamentalen Fragen: Sehen andere Menschen dasselbe Blau wie ich? Kommt in einem anderen Kopf derselbe Blaueindruck beim Ansehen derselben Farbfläche zustande wie in meinem? Oder ist die Farbwahrnehmung beispielsweise die, die ich Gelb nennen würde? Was ist überhaupt Gelb?

Verlust 5

Wie soll man sich selbst respektieren, wenn man so hoffnungslos uneinsichtig ist? Wenn man glaubte, den zweiten Teil eines Ganzen gefunden zu haben, und nicht zuzugeben bereit ist, dass das ein Irrtum war? Wenn das Gefühl weitermacht, als ob nichts wäre, selbst wenn sich zeigt, dass dieses Zweite hohl ist, gänzlich unbrauchbar für einen Gefühlsaustausch, von so etwas wie Alltag ganz zu schweigen? Wie ist das möglich? Ist das nur das Problem einer persönlichen Schwäche (Uneinsichtigkeit) oder ist es prinzipieller Natur?

Gut, also: Ein Mädchen liebt' einen Jüngling, er liebte nicht zurück. Musst' es eben leiden. Ist nicht so tragisch, kommt vor. Die Frage ist: Warum ausgerechnet dieses Zielobjekt? Und warum selbst wider besseres Wissen?

Prinzipiell dürfte das zu klären sein, praktisch weniger, wie meist. Doch selbst bei praktischer Unklärbarkeit: Das Beenden dieser Liebe aufgrund mangelnden Erfolgs muss schon aus Selbstschutzgründen eingefordert werden. Ein gesunder Menschenverstand, wenn wir dem nicht so misstrauen müssten – vor allem seinem Gesundheitsanspruch, da ist der Volkskörper nicht weit –, also, ein Menschenverstand, dem das eigene Wohlergehen am Herzen liegt, müsste eigentlich sagen: Fort mit Schaden! Und keinen weiteren Gedanken daran verschwendet! Diese unfassbare Bedürftigkeit nach Zeichen seiner Zuneigung macht die Sache erst zum Teufelskreis: Je weniger er gibt, umso mehr hängt sie an seiner Hülle, an dem Porträt, das sie so sorgsam anfertigt.

Seit bald einem Vierteljahrhundert will sie etwas, das es nicht gibt, nicht für sie. Für seine Frau? Für die Kinder? Möglich (entzieht sich ihrer Kenntnis, ist also Teil des Denkbaren, von ihrem Standpunkt aus), doch er spricht von rationalen Überlagerungen. Einlagerung der Emotionen, sie sieht Kellerregale vor sich, Tiefspeicheraggregate. Da ist er wieder, der Begriff, den A so gerne im Mund führt: Wo oder worin, fragt P, soll sich dieses Rationale bitte zeigen? Er befinde sich in einem fragwürdigen Zustand, sagt er, das wisse er durchaus, schon fast ein ganzes Leben lang. Mindestens für die Dauer eines Vegetationszyklus, stellt sie fest, Fortpflanzung abgeschlossen, unsere Kinder könnten Kinder miteinander haben, ganz ohne genetisches Risiko.

Auch versuche sie, richtig zu handeln. Ganz wie A. Es interessiert ihn nicht, er hat genug mit sich zu tun, dann fragt er doch: Was das heißen solle, richtig? So im Sinn einer Maxime der Gesetzgebung? Sie lacht: So in etwa. Ihm ist nicht zum Lachen. Er nehme ihr jede Handlungsoption, behauptet sie. Wie immer lege er die Grenzen fest. (Das entspräche auch ganz den einvernehmlich eingeübten Machtspielen.) Ich kann dir nur dabei zusehen, wie du dich in dir selbst verschüttest. Schon die Risse quer durch meine Hülle, sagt sie: Wie keinen anderen (liebe sie ihn, das sagt sie nicht). Was soll denn das schon wieder für ein Kriterium sein? Er sagt, er träte alles mit Füßen, wenn er jetzt weiter redete. Da ist allerdings nicht mehr viel, das er mit Füßen treten kann.

Im Gegenteil, sagt sie. Sie könne ihn nicht halten: Versuch zwecklos. Sie weint, er geht.

Sie schreibt: Du hättest mich nicht effizienter treffen können, da sitzt sie schon in der U-Bahn, verkrochen in ihr Display wie die anderen, deren Spiegelbilder in den Scheiben gegenüber ruhen, rhythmisch erschüttert, mindestens bis zur nächsten Station, aufgefädelt wie Kettenglieder, die trotzig Verschiedenheit behaupten. Sie schielt auf den Nachbarbildschirm: *Vom Leben*, kann sie lesen, *groß*, dann wird ihr Blick bemerkt und das Gerät eifersüchtig weggedreht. Er sagt, sein Vertrauen sei verloren gegangen, das kann sie nicht verstehen, da bäumt sich alles in ihr auf: Wieso, fragt sie empört, wieso ausgerechnet das? Später wird er sagen, diese Sache, also der Abend, habe so ein Gewicht bekommen, ungerechtfertigterweise. Gar nicht so gemeint. Gar nicht so viel mit dem zu tun, was er habe sagen wollen, also eigentlich nicht. Vor allem das mit dem Vertrauensverlust, er wisse auch nicht, woher das gekommen sei. Sie sieht ratlos aus, dabei hat sie doch so hoffnungsfroh zum Telefon gegriffen: Ich verstehe nicht, wovon du sprichst. Habe ich dir nicht jeden Raum gelassen? Jede Freiheit? Etwa zu viel? Sag mir nur, dass das nicht stimmt. Dass es nicht stimmt, dass du die Freiheit nicht erträgst, denn das wäre schlimm.

Über die Anpassungsfähigkeit, die er fordere, verfüge sie nicht, wieso auch. Schon beim ersten Mal hatte sie von Anfang an (im Hintergrund, Grundierung) die Sicherheit, dass sie ihn verlieren würde, über das normale Maß des Verlustes hinaus, der sich mit der Zeit ohnehin einschleicht. Schneller, effizienter. Dieses *Bobby-Mc-Gee*-Gefühl, *good enough for me*, mehr darf ich nicht wollen als das Glück einiger weniger Momente, das tiefe Glück, zugegeben. Sie singt, betrunken, auf der Straße neben seinem Auto in einer lang vergangenen Nacht, sicherlich ein speziell peinlicher Moment für ihn. War mir ein Glück und bleibt mir ein Glück, sagt sie. Diese Liebe existiert nur in der Möglichkeitsform, das macht sie so makellos. Er entgegnet, er habe kein Vertrauen mehr, ob zu sich selbst oder zu ihr, dem zufälligen Gegenüber, oder zur Welt im Allgemeinen, spezifiziert er nicht: Das heiße, das Messer auch noch umzudrehen, wird sie schreiben. (Sie bezieht das ja doch wieder auf sich.) Der Schmerz sei dementsprechend. (Wovon spricht sie da, von ihrem kleinen Wohlstandsschmerz? Lächerlich egozentrisch, muss sie schon sagen, und das zu sagen, hilft ein wenig.) Es rührt ihn auch nicht mehr, wie denn auch, er kann sich ja nicht einmal selbst rühren, als er ihr so gegenübersitzt und der Versuch, die Verzweiflung niederzuhalten, seine Züge lähmt. Ein Vollvisierhelm, der heruntergeht, zuschnappt, sollte sie sagen. Das zufällige Gegenüber in Gestalt einer gleichzeitig auf der Welt sich Aufhaltenden. Einer Zeitgenossin, welch Willkür.

Die U-Bahn-Trasse bildet einen vierten, den Stern kreuzenden Strang, zieht eine zusätzliche Ebene ein, und die verbindet West mit Ost, Süd mit Nord, folgt der Brücke, deren Backsteinarchitektur aussieht, als ahmte sie schlesische Hochöfen nach, dabei kopiert sie bloß ein wenig Mittelalter. Eine Kriegsgeschichte ist der Stadt eingeschrieben, wie allen Städten. Der nächste Krieg ist der ums Erdgas, schreibt P auf der Brücke; an wen sie die

Nachricht schicken wird, weiß sie noch nicht. Polarerdgas, da geht es ans von der Erdkruste sorgfältig Eingemachte, um Zugriff und Erschließung, und wer weiß, wer alles beim Vertrieb mitschneidet. Der Polarkreis als Einweckgummi! Diese Idee erheitert sie derart, dass ihr schon wieder Tränen in die Augen steigen.

Abschiedsbriefe wird sie erst in Zukunft schreiben, am nächsten Tag, in den folgenden Wochen, unzählige Abschiedsbriefe, obwohl sie theoretisch durchaus zählbar wären, doch angesichts der Löschlust relativiert sich ein solch strukturierendes Konzept wieder. Wie will man das zählen, wenn der Brief fast fertig ist, zwischengelagert schon in der Datenwolke als provisorische Version, doch kaum steht es da, wird es schon wieder geschluckt, alles restlos verschlungen von gierigen Fressbewegungen des Cursors, die recht deutlich an Pac-Man erinnern. Da bleibt nichts übrig, kein Zeichen vor dem anderen.

Hier kommt nämlich die Wut, die will zerstören, vernichten, selbst wenn es nur die Wörter sind, die den Schmerz benennen. Das Nichtverstehenkönnen, den Verlust. Das Habenwollen, nicht Bekommen, so einfach ist das, *this Notget*. Kein Übermensch, steht da, will auch keiner sein. Wie käme ich dazu? (Die klandestinen Linien im Teppich, das sind die gefährlichen.)

Zorn, der absehbar war und dann wieder so unabsehbar wird, Zorn darüber, dass sie jetzt ganz allein die Kraft aufbringen muss, der Tatsache ins Auge zu sehen, dass diese Sache nicht nur makellos ist, sondern auch fruchtlos, furchtbar fruchtlos. Dass sie ihn längst verloren hat, an ihn selbst, wo er sich selbstversessen in sich einbunkert, sodass kein Platz mehr ist für irgendetwas anderes. Abschiedsgesten sind angesichts dieser Realverhältnisse ohnehin lächerlich, das weiß sie.

A ist kein Baudenkmal, das man dekonstruieren müsste, um Klarheit zu schaffen, ein wenig Freiraum für etwas Neues, das sich dann am Ende leider verlässlich als historisierend entpuppt, wer braucht denn das, wozu? Er ist kein handfestes Symbol des Behauptungswillens, das man hinter fotorealistischen Planen restaurieren müsste, er agiert eher wie ein U-Boot-Kapitän, subkutan, unter der Wasserhaut. Das ist wesentlich fruchtbringender. Manchmal fragt sich P, ob er sich eigentlich prinzipiell über sie lustig macht. Nicht zu Unrecht.

Schon wieder ein Kommunikationsangebot, von wem an wen, versteht sich, von der Depravierten zum Depravierenden, der gleichzeitig das ist, um das er sie dabei erleichtert, prellt, wie sie wohl sagen würde. Letzterer selbst schweigt dazu, man kann ihm also den ihm gebührenden Raum nicht geben, leider. P sagt: Ich liege nicht mehr am Boden, ich habe mich eingesammelt und aufgerichtet. Jetzt trete ich zurück, ich trete zurück von dieser Liebe. Vorher will ich noch ein wenig toben, lass mir die Freude, meinem Zorn freien Lauf zu lassen über diese unsägliche Behandlung. Was nützt es? Nützt es wenigstens mir?

Die Frage stellt sich, vor allem, wenn sie ihn von der intellektuellen Seite her angreift: Ist das nicht zu durchsichtig? Wenn sie ihm sagt, dass er sich fälschlich als rationaler Mensch sehe, dass dieses Selbstbild nichts als Fassade sei, an deren Gerüst er sich festhalte. Eine der im wahrsten Sinn fadenscheinigen Stofffassaden vor Baustellen, auf den ersten Blick überzeugend, das räume sie ein, und mit dem urbanen Anstrich faktengestützter Rationalität bekleidet, der doch aus nichts als Kochrezepten und detaillierten Handlungsanweisungen bestehe (und kein Kapitel über das Resultat der ganzen Kocherei). Echte Rationalität, postuliert sie weiter, müsse in der Lage sein, die Grundlagen, auf denen sie zu stehen meine, zu hinterfragen (da begeht sie einen strukturellen Denkfehler, denn ein System kann sie ja wohl kaum mit den Mitteln des Systems selbst rechtfertigen, doch sei's drum, das interessiert sie im Moment weniger, die Schönheit des Arguments, die Spannung des Argumentationsbogens steht für sich selbst undsoweiter). Darf ich toben?, fragt sie, oder frisst mich dann die übliche Reue umso schneller auf?

Ich trete zurück von der Hoffnung, und vom Glauben sowieso.

Stattdessen schreibt sie ihm, dass sie dankbar sei für das Glück, das sie mit ihm erleben durfte, und das stimmt ja auch. Der letzte Moment, hält sie fest, und sie hält den Moment fest: Der letzte Moment vorbehaltlosen Glücks ist der am Tümpel im Park, den das Gewässer, an dem Hinweisschilder stehen zum Louisengarten und zum Rosengarten, den du mir nie versprochen hast, auch wenn uns eine Frau dorthin wies, in der Frühlingssonne, die noch kahles Geäst heftig durchglühte, verschwörerisch dieses Frühlingspaar betrachtend, das wir waren,

Hand in Hand, ein wenig alt zwar für solche Vergnügungen, doch nichtsdestotrotz offenkundig ihr Herz anrührend, an dem Tümpel, den dieses Gewässer bei Hochwasser bildet. Sie sitzt auf ihm, und er greift unter ihren Mantel, umfasst ihre Rippen mit seinen großen, weichen Händen, und sie sagt, aber wir fänden einen Weg, sag mir, dass wir das schaffen würden, denn sie hatte gerade festgestellt, dass sie es nicht aushielte, von ihm abhängig zu sein, von ihm, der um Zehnerpotenzen mehr einnimmt als sie, mehrere Zehnerpotenzen, um genau zu sein, so sieht es draußen aus, sagt sie. Ich könnte das nicht ertragen, nein, könntest du nicht, sagt er. Und dennoch verbergen sie sich ineinander. Er berührt den untersten Knochenbogen, der den Bauchraum aufspannt.

Nur, wem sollte sie dankbar sein? Welchem Umstand? Wenn man einem Umstand überhaupt dankbar sein kann, dem Umstand, dass sie benachbarte Orte in Raum, Zeit und Gesellschaft bewohnen? Letzteres allerdings nur in der Vergangenheit, ihre gegenwärtigen Sphären schweben, durch einige recht unüberwindliche Turbulenzschichten getrennt, vor sich hin. Sie schreibt, sie wolle nicht mehr mit ihm sprechen, sie sei FERTIG, dabei macht er gar keine dahingehenden Versuche, es sind erbärmliche Rückzugsgefechte ihrerseits. Es sei gut, dass er das auseinanderhalte, dass er nicht versuche, die Verluste auf der einen Seite, auf der ehelichen, durch Wilderei auf der anderen, der außerehelichen, mit ihr, auszugleichen, denn das tut er nicht. Er trennt fein säuberlich, so säuberlich, dass er sich am Schluss selbst abtrennt und so gut vergräbt, dass nichts mehr zu finden ist.

Von daher, sagt er dann. Ein geschäftsmäßiges VONNDAHERR kommt aus seinem Mund, und aus ihrem: Das verstehe sie überhaupt nicht, das sei nicht mehr ihre Sprache, die klinge vielleicht beim ersten Hinhören so. Doch es handle sich offenkundig um ganz etwas anderes, irgendeinen Geheimcode, den sie nicht entziffern könne, etwas, das nur so tue, als sei es eine gängig akzeptierte und gedeckte Sprachwährung. Mit der kann ich nicht umgehen, sagt sie in ihrer Sprache. Konnte ich nie.

Glück 3

Der Blick über die Messerschneide hinweg war vielleicht gar nicht so tief gewesen, objektiv betrachtet. Vielleicht handelte es sich dabei nur um einen dieser erinnerungsgenerierten Mythen, die so erfolgreich sind, dass man sie wieder und wieder hervorholt. Später wird A zu P sagen, dass es schon damals klar gewesen sei. Dass es fast so weit gewesen sei in dem über seine Verhältnisse wuchernden Alpendorf, einer der zahlreichen von der Gier der Ortskaiser völlig zerstörten Skizirkusgemeinden, in der sie sich kennengelernt hatten, ganz in der Nähe der Hochebene, auf der Kindheitssommer verbracht worden waren mit Dirndl und Kopftuch und Speck auf Buttersemmeln und deren Namen sie sich bildhaft in Schweineform vorgestellt hatte: eine Sau, die sich in Rahm wälzt vor lauter Fettlust und süffisant grinst, vorbeugend, nur für den Fall, dass jemand auf die Idee kommen sollte, sie bei ihrem Namen zu nennen. P hatte die Familie unterwegs auf Stellen in der Landschaft hingewiesen, wo Seen sein sollten, wie sie meinte: die hätten durchaus Platz gehabt. Das Dirndl war mit ins Rheinland gefahren, ein steter Quell der Heiterkeit, wenigstens für die anderen, von denen sie sich erst später fragte, wie man sie eigentlich definieren sollte. Wodurch zeichnen die sich aus? Wie grenzt sich diese Gruppe ab? Wer *sind* die?

Ob das Zweisamsein wirklich alternativlos sei, diese Frage hatten sie diskutiert. Und schon damals hatte P das Gefühl gehabt, die Regeln einfach zu langsam zu begreifen, irgendwie zu dumm zu sein für den geschickten

Umgang mit der Realität: Sie spielten Poker, zu dritt, Ps Exfreund war mit von der Partie, und P hatte ein ausgezeichnetes Blatt, das sie allerdings falsch einsetzte, sodass die beiden Männer den ihr doch eigentlich zustehenden Sieg nicht anerkannten. Symptomatisch für P und ihre etwas zu umständlich arbeitenden Reaktionsmechanismen, wie sie im Nachhinein einsah.

Er war so viel älter als sie gewesen, mehr als fünf Jahre, das macht etwas aus in den Zwanzigern, und sie hatte sich wohl von Anfang an ein wenig unterlegen gefühlt. Sie ärgerte sich aus ganzem Herzen über den mütterlichen Spruch, der sich ungefragt in ihr vordrängte und der besagte, dass man als Frau zu einem Mann aufschauen können müsse, was rein technisch betrachtet kein Kunststück war, P ist nicht gerade eine Riesin. Sie versuchte die Perfidie dieser Idee zu verscheuchen, fragte sich allerdings gelegentlich, in der glücklichen Einsamkeit ihres WG-Zimmers beispielsweise, vor dem Plattenspieler, den sie beinahe umarmte, ob sie sich entschieden genug wehrte oder ob solche Guidelines für Gefühlsentscheidungen so tief eingepflanzt wären, dass jeder rationale Versuch, dagegenzuhalten, zum Scheitern verurteilt sei. Doch was in ihm sollte größer sein als das Entsprechende in ihr? Was war überhaupt Größe?

Beschlagene Fenster in einem Hotelkomplex aus den Siebzigern, grellbunte Skibekleidung, die auf dem umlaufenden Balkon mit braungeschnitzter Brüstung zum Trocknen hing (keine sehr durchdachte Aktion, denn zum Trocknen hätte es sonnigen Wetters bedurft; doch wenigstens stank der Aufenthaltsraum auf diese Weise nicht ganz so penetrant nach dem üblichen Wollsocken-skischuhgemisch, aus dem dann noch trübes Schneewasser suppte), während sie einander gegenübersaßen und nach Gelegenheiten suchten, in denen die Blicke einen Bogen schlagen konnten. Sie spürte, dass sie durchschaubar sein müsste, und war ungewohnt scheu, während der Exfreund sich seinerseits unter den anwesenden jungen Frauen umsah. Zwischen A und P geschah weiter nichts, als dass sie sich – vage, man weiß schließlich nie so genau, was noch kommt und andernfalls versäumt werden könnte – für den Sommer verabredeten.

Verlust 6

In der Hochbahn, später, mit Blick auf Innenhöfe, in denen Fenster mit Protestplakaten gegen Mietwucher behängt sind, verhängt eigentlich, abgedunkelt, wird P zu dem Schluss kommen, dass sie trotz allem froh ist, den Abend bis zu seinem so beinharten Ende erlebt zu haben. Andernfalls hätte sie A nie so gesehen, maskiert, behelmt, gewappnet gegen sie, denn noch ist Zeit, noch kann sie sich schützen, *to give myself protection*, noch steckt sie nicht bis zum Hals drin, noch kann sie davonlaufen, sich gleich nach ihrem Rücktritt umdrehen und gehen, *just walk into the other direction.*

Noch kann sie einigermaßen würdevoll den Rückzug antreten, oder auch würdelos, egal, Hauptsache, die Richtung stimmt. P schreibt Abschiedsbriefe an einen dummerweise Geliebten, sie kann gar nicht mehr aufhören mit dem Abschiednehmen. A entgegnet nichts, er ist mit sich beschäftigt, das heißt, doch, eine Anmerkung habe er schon, was denn dieses Akronym bedeuten solle, möchte er mal wissen, das wolle er dringend erklärt bekommen, Ahmed oder Alfred heiße er ja weniger. Dein Name, sagt sie, ich habe ihn nie so besonders gemocht, so als Wort, doch er ist schön, denn es ist deiner, das reicht vollkommen. Er lässt sich nicht einlullen, ihm schwant da etwas: als Antagonisten lasse er sich wirklich nicht bezeichnen, das gebe seiner sprachlichen Repräsentanz von Haus aus so eine negative Konnotation mit auf den Weg, die er hiermit – und zwar auf das Entschiedenste! – von sich weise. Als ob er ab initio oder a priori, sagt er wütend (hört, hört!, wirft sie ein, diese Wortwahl!, oder ist es am Ende jemand anderes, der da nicht den Rand hält: wir?), als moralisch minderwertig punziert werde, das sei doch wirklich unerhört! Allergeliebtester, schimpf nicht, sagt diese unverbesserliche Person, dabei freut sie sich diebisch, dass er sich aus der Reserve hat locken lassen. Als ob sie ihm etwas entwendet hätte, das er gut behütet: die Contenance, du Hugenotte. Er sei kein –, entgegnet er, und sie darauf, er solle sich nicht ärgern lassen.

Dann kommt der Zorn. Sie sei auch nur ein Mensch, was für eine erstaunliche Feststellung! So müsse er den Zorn jetzt leider aushalten. Das heißt, aushalten muss er gar nichts, das versteht sich, er kann all ihre Einlassungen unmittelbar nach Erhalt wieder löschen, und es spricht einiges dafür, dass er das auch tut. Er sei nämlich gar nicht der rationale Mensch, als den er sich selbst gerne bezeichne, behauptet P, Ausführungen über Baufassaden folgen und über Dinge, die dahinter in Schieflage geraten. Sie sagt: Ich teile aus, man kennt das ja. Ich behaupte, dass ich jeden Grund zur Empörung habe, habe ich ja auch, dennoch umweht das Ganze der Hauch des wütenden Um-sich-Schlagens verschmähter Liebe, was denn sonst.

Unmittelbar nach dem Auseinanderdriften am Seestern schreibt sie, seine Behauptung, das Vertrauen sei verloren, sei ein Umdrehen des Messers, welchen Messers?, muss sie sich da fragen lassen, es muss schließlich schon zuvor eingestochen worden sein (ein Seesternarm zu viel). Die Antwort ist einfach und beschämend, wie sie findet: des Messers, das in seiner heftigen Ablehnung ihres Vorschlags steckte, zu ihr zu gehen. Er könne dann nicht für sich garantieren, hatte er gesagt. Sie wolle keinen Sex, sagte sie darauf heftig, als ob sie sich andernfalls dafür rechtfertigen müsste, wo sind wir denn?, das habe sie doch schließlich klar zum Ausdruck gebracht, nicht unter den gegebenen Bedingungen! Sie habe bloß der Peinlichkeit entgehen wollen, in der Öffentlichkeit in Tränen auszubrechen. Warum sie vorhat, in Tränen auszubrechen, bleibt ihr Geheimnis, als sie die Metallstiege über seinem Kopf betrachtet, während er spricht, aufgrund des Gefühls völliger Verlassenheit vielleicht? Sie rettet sich schon wieder in den Untergrund, ins Klo, ein Mal zu oft, als dass es ihrem ganz persönlichen Kellner entgehen könnte. Dem Mann am Nebentisch kommen nun doch Bedenken: Müssen wir nur aufpassen, sagt er zu seinem Begleiter, dass wir keine Klage an den Hals kriegen, nach dem Motto, ihr habt versprochen und was geliefert, was genau? Das da? Ein bisschen wenig. Ja, sagt der andere, die haben Schweinsanwälte.

Eine ganze Riesenschweinebranche, wie es scheint, sagt P zu A, der reagiert nicht, und doch muss sie zugestehen: Es ist sein gutes Recht, den Ortswechsel abzulehnen. Er legt noch nach, sie habe den Vorschlag zur falschen Zeit gemacht, er sei gerade dabei gewesen, von seinen Gefühlen zu sprechen. In diesem Fluss habe sie ihn unterbrochen. Das sei perfide, sagt sie, und dass er sie strafe für jede Schwäche. Wobei ihr klar sein muss, dass sie in diesem Fall die Sehnsucht nach Vertrautheit selbst als Schwäche bezeichnet, und das ist dann doch bedenklich.

(In den Tiefen der Erinnerung, das wird sie später zu Tage fördern, bohrt der Verdacht des falschen Spiels, wie damals, als sie das Smartphone versenkt hatte, und er ausgerechnet in den paar Stunden, als sie hoffnungslos unerreichbar gewesen war, angeblich die alles erklärenden Nachrichten an sie geschickt hatte, die nun, leider, für immer unauffindbar waren: Wer sollte da nicht zweifeln? P jedenfalls nicht: Verliebte, Mondsüchtige und Poetinnen sind unzurechnungsfähig, hat man ja schon gehört.)

Er strafe sie nicht, wie käme er dazu?

Über seinem Kopf ist Platz genug, der Raum ist hoch: Wie wehrt sich eigentlich ein Land?, fragt sie, eine Landschaft? Der Kanalname innig verknüpft mit der Vorstellung angeschwemmter Körper zu Tode gefolterter Menschen. Auch mit der Frage, die P sich stellen muss, wieso der gewaltsame Tod Unbekannter, der als Vorstellung seltsam abstrakt bleibt, irreal, ihr immer wieder die Annahme aufdrängt, er sei eine Erlösung gewesen? Stell dich nicht so an, du musst schon mittun, hilf uns lieber mal, damit wir zügig fertig werden! Uns ist das ja auch eher unangenehm, und du wirst wollen, dass es schnell geht, nicht wahr? Was für eine ungeheuerliche Anmaßung steckt darin, so etwas auch nur in Form assoziativer Gedanken zuzulassen? Empörung wäre angebracht über einen widerwärtigen, bösartig herbeigeführten Tod, sagt sie zornig, mehr zu sich selbst als zu ihm. Ein Außersichsein angesichts der Selbsterhöhung und Anmaßung, die darin steckt, jemand anderem das Leben zu nehmen. Sie starrt weiterhin auf die Wendeltreppe, die zu einem halbausgeführten Zwischenstock, eigentlich nicht mehr als einer Plattform im oberen Bereich des Industriebaus führt: zum Redenhalten.

Vom Vater erzählt sie, der sich in einer gutbürgerlichen Diskussion zu der Behauptung verstiegen habe, auch in der Deklaration der Menschenrechte sei der Passus enthalten, jemand könne sein Lebensrecht *verwirken*. Das sei zu der Zeit gewesen, als sie noch mit ihm diskutiert habe, lang vorbei. Der Mann gegenüber konzentriert sich konsterniert auf den Käseteller, von allfälligen Familiengeschichten will er gerade wirklich nichts hören, er bedauert.

Lebe gut!, schreibt P an A, und das ist wiederum ein kategorischer Imperativ von einiger Hinterhältigkeit, eine teuflische Bürde, würde er als Maxime wörtlich genommen. Im Wochenendcafé, in das sie sich flüchtet, treffen sich Scheidungskinder mit einsamen Elternteilen, die Selfies anfertigen für den Familienauftritt im allerliebsten sozialen Medium. Mein Lieber, schreibt sie, solche Verhältnisse wollen wir beide nicht, deswegen bleiben wir schön beim Gewohnten, und es ist sicherlich nicht schwierig, sich in einem Haus aus dem Weg zu gehen, das genug Raum für Partikularinteressen bietet, vor allem, wenn einer von beiden nie dort ist. Und am Wochenende muss man eben irgendwelche Arrangements treffen, die Beschäftigung mit Bienenstöcken, seltenen Entenrassen und ähnlich Hemdsärmeliges bietet da bestimmt eine gewisse Rückzugsmöglichkeit. Dass er sie einfach stehen gelassen habe mit ihrem Schmerz, dass er ihr jede Handlungsoption genommen habe, schreibt sie ihm nicht, das ist nicht nötig. Es versteht sich von selbst, dass derjenige die besseren Karten hat, der sich weniger ins Blatt schauen lässt.

Dass auch sie einen Kampf mit sich austrage, dass auch sie das Richtige tun wolle. Doch das interessiert ihn nicht, er hat schon mit sich allein genug am Hals. Sie sagt, schon in Scherben: Wie keinen anderen. Und dass er sie nur deshalb so treffen könne. Er sagt, alles mit Füßen, er würde alles mit Füßen treten, bliebe er jetzt noch länger hängen in diesem unerfreulichen Setting. Sie wiederholen sich beide, parallele Tonspuren, es hakt und eiert, und wie. Sie sagt, dann solle er eben gehen. Doch genau damit trete er sie in den Grund. Er sagt, sein Vertrauen sei irgendwo unterwegs abhandengekommen.

Werter Herr, HERR VON Nd'A, nein, natürlich nicht, schreibt sie später, ein solcher Mann ist nämlich keineswegs eine sehr eindeutige Angelegenheit. Lieber, immer noch, immer noch Lieber, schreibt sie, ich habe Ihnen keinerlei Grund für diese Vertrauenskrise gegeben, und sie zählt all ihre dozilen Fertigkeiten auf: Geduld, Verständnis, die Fähigkeit zuzuhören, lauter weibliche Tugenden, die können Sie mir doch nicht absprechen! Nicht dass ich je über diese spezifisch konnotierten Eigenschaften verfügen wollte, jedenfalls nicht in einem höheren Maß, als sie Ihnen anstünden, in Form von männlichen oder vielmehr menschlichen Tugenden. Niemals wollte ich sagen, dass diese Tugenden nur auf Frauen beschränkt sein sollten, im Gegenteil, damit wir uns recht verstehen. Dominant dozil, diese dozile Dominanz: wussten Sie schon, haben Sie es schon bemerkt, dass BDSM verdammt nach BDM klingt?

Masochistin sei sie nämlich keine, also nicht in dieser Hinsicht. Außer im Bett, dort lägen die Dinge anders, und nicht etwa naturgemäß, das Naturgemäße wollen wir uns doch lieber vom Leib halten, dort wie anderswo. Im Bett, sagte sie schon in der ersten Nacht, in einer der ersten Nächte, es gab schließlich zwei, zwischen denen ein halbes Leben lag, das Leben dazwischen, im Bett, und zwar nur dort, wolle sie unterworfen werden. Sie lächelte scheu und ergänzte, sie wisse, dass sie damit keinen feministischen Blumentopf gewinnen werde; in die Feminist Records, sagt sie, um exakt zu sein, werde das nicht eingehen (ihre gemeinsame Sprache ist englisch durchwirkt, so ist das eben). Doch in dieser Form stimme das auch wieder nicht, noch genauer genommen wolle sie, wie alle sexuell masochistisch Geprägten (da schließt sie jetzt einfach von sich auf andere, ein höchst unpräzises Verfahren, das jeder anständigen Wissenschaft nur zuwider sein kann), dass ihr genau das widerfahre, von dem sie eben wolle, dass es ihr geschehe. Nichts weniger stecke darin als eine klassische Aktivitäts-/Passivitäts-Umkehr, die A/P-Inversion. Die Ausdeutung überlasse sie ihm gerne.

Wobei sie ja dem Feminismus gerade keinen guten Dienst erweisen würde, am Beispiel ihrer eigenen Person, wenn sie die eigene Orientierung verleugnete? Also wäre genau dieses Bekenntnis zum Masochismus durchaus eine feministische Trophäe wert, Ende des Exkurses, schließt sie. Das alles hat nur eines zu bedeuten: Ich habe nicht vor, an einer Liebe zugrunde zu gehen. Andererseits, wenn schon, warum dann nicht an dieser, die sich doch zu etwas völlig Überdimensioniertem auswächst?

Zu dieser allesverzehrenden, abgrundtiefen, jede Vernunft im tiefsten Gewässer der Gegend versenkenden – und Gewässer gibt es hier viele, nur welches das tiefste ist, ist der Versuchsleiterin nicht bekannt, da müsste das Areal genauer umrissen, müssten Geschiebe und Abflussgeschwindigkeit berücksichtigt werden, und im Tegeler See wurde schon einmal etwas versenkt, diese Liebe, genau diese, und zwar von genau dieser Liebenden, mit einem Stein beschwert, damit sie daran denken könne, wenn sie drüber fliege, wie sie in einem der Abschiedsbriefe ausführte, final, diesmal wirklich – Liebe.

Deshalb, weil sie eben keinen Scheidungsscherbenhaufen produzieren wollten, weil sie niemanden verletzen wollten, vielleicht auch aus Schwäche, allerwenigstens Entscheidungsschwäche, tun sie all das nicht, was dennoch denkbar wäre, durchdeklinierbar ist – im Fall einer Scheidung, sagt er, in einem Satz, in dem es um die Kinder geht, und sie horcht auf, denn das macht aus dem Möglichen das Realisierbare, und etwas in ihr will ziemlich sicher, dass er alles zur Disposition stellt, zu ihrer nämlich, nur damit sie dann würdig und weise sagen kann: Danke, aber das widerspricht unserer Abmachung! So wetten wir nicht, irrlichterten wir niemals, sicher nie, würde sie sagen, und weiter: Er kann mich einfach wieder löschen, backspace, nichts passiert, sein Vertrauen ist eben weg, da kann ich machen, was ich will. Den Splitter, der direkt durch den Brustkorb gehen muss oder eher noch durch den Bauchraum unterhalb des Rippenbogens?, jedenfalls einen statisch durchaus kritischen Punkt erwischend, ein Epizentrum der Scherbenbildung, das mein Gesamtgehäuse erfasst und zum

Einsturz bringt, diesen Splitter dreht er um. Die Maximierung der Wundfläche, eine die Eingeweide aufwühlende Verletzung dürfte das Ziel sein, und das erreicht er auch. Muss sie schon sagen.

Vielleicht stellt sie sich vor, wie sie sich zu Boden fallen lässt, gegenüber der Moschee, die Sicherheitskameras erfassen die schöne Szene sicher gerne, den Ehebrecher, der die Ehebrecherin dort einfach liegen lässt, vielleicht darf er auf Gnade hoffen? Männer verfügen auch eher als Frauen über die Kraft, sich wieder freizuschaufeln aus dem Sand, in den man sie gesteckt hat. Statistisch betrachtet bessere Überlebenschancen. Falsch, sagt sie, ganz falsch. Sie habe nie kirchlich geheiratet, in den Augen jeder kirchenähnlichen Formation lebe sie demnach ohnehin im, wie heißt das: Konkordat? Kohabitat? Konkubinat? Das man konsequenterweise auch nicht nach Eherichtlinien brechen könne. Anzumerken ist an dieser Stelle, dass es befremdlich wirken könnte, dass auf einmal klerikal verbrämte Spitzfindigkeiten durch die Hintertüre kommen. Es ließe sich schließlich argumentieren, dass es hier um gesellschaftliche Konventionen geht, nicht um irgendwelche konfessionellen Regeln, doch da kontert sie: Sie habe nie irgendjemandem die Treue versprochen, oder einer Sache, einer Idee gar!, Gott behüte.

Ihrem Körper würde sie gerne beim Zusammenbruch zusehen, zumindest behauptet sie das: Der soll stellvertretend für mich bitte zusammenbrechen, damit ich auf den Bruchstücken ordentlich herumtrampeln kann. Damit der Schmerz sich gut verflüchtigt und ich nicht dran verenden muss. Fertig geliebt, Sie befinden sich am Ende. Ich weiß nicht, sagt sie, was noch passieren muss, damit die Erkenntnis auch in das Bewusstsein vordringt. Liebt er eben nicht, versteh es endlich, kommt vor, blöde Sache, kann aber passieren. Wehr dich! Am Kanal friert sie dann und muss sich auffordern, endlich die Kräfte zu bündeln, und weil man sich gegen Kälte so schlecht wehren kann: Wehr dich wenigstens gegen den Schmerz! Die Scherben lässt sie dann am Zimtstern liegen, slightly overdressed für den Anlass. Andererseits wollen wir vielleicht auch hier einen erfreulichen Anblick bieten, die schöne Leiche einer traurig gescheiterten Liebesunternehmung?

Was seine Ehe betrifft, weist sie jede Verantwortung weit von sich, die müssten sie, C und A, schon alleine ruinieren, da mische sie sich nicht ein. Er hatte eingangs festgestellt, er könne die Gefühle trennen, fein säuberlich, da die Frau, dort die Geliebte, hier C, da P. Halt, sagt P, zur Zweitfrau tauge sie nicht, nein, sagt er, tust du nicht. Er stimmt ihr schon wieder zu, ohne dass daraus irgendeine Gemeinsamkeit erwüchse. Dabei halte sie das Geliebtsein für einen Ehrentitel: Sei geliebt!, müsste der innigste Wunsch an deine Nächsten sein, die du schließlich auch nur lieben kannst wie dich selbst, wenn du dich selbst denn lieben kannst, und das ist eine nicht zu bewältigende Lebensaufgabe. Wie soll man denn jemanden lieben können, den man so gut kennt wie sich selbst, mit dem du so auf Du und Du bist, wie das im Fall der eigenen Person gemeinhin so der Fall ist, sofern die Fähigkeiten zu Selbsttäuschung und Verdrängung nicht alles gütlich zuschütten. Wie will man jemanden lieben, dessen

Abgründe, und, vor allem, Banalitäten!, in jedem unerfreulichen Detail vertraut sind?

Wie auch immer das in Sachen Selbstliebe stehen mag, wir lassen es stehen, man kann ja auch nicht in die Köpfe hineinsehen, noch nicht. Was die Fremdliebe betrifft, sind die Randbedingungen klarer, vor allem die Ausgangspositionen: Versuchsteilnehmerin P hält eine Trennung der empathischen Verstrickungen in der von Versuchsteilnehmer A vorgeschlagenen Weise nicht für möglich. Im Verlauf des Experiments ändert er allerdings schlagartig seine Einschätzung, ohne dass er klar erkennen ließe, was den Sinneswandel bedingt respektive tatsächlich ausgelöst hat, er schließt sich ihrer Vermutung an, schon wieder, das wird langsam unheimlich. Er könne das jetzt auch nicht mehr trennen, ab da fangen die Schwierigkeiten an. Von diesem Wendepunkt an ist er auf der Suche nach der Ausstiegsluke, streckenweise, dann wieder doch nicht, dann wieder retour, will noch nicht loslassen, schlingt eine Schlinge um die Körpermitte, damit man nicht so einfach ins Weltall fällt. Doch das kann man gar nicht, wo keine Schwerkraft, da kein Fall.

Glück 4

Alles auf Anfang: Sommertag. Nichts heiterer, leichter, fröhlicher als die Idee eines warmen Sommertages, in dessen Luft man schwimmen kann, freischwimmen, den Brustkorb öffnen. Und dann passiert sowas, dann kommt ein anderes daher, ein zweites Ich in Form eines anderen, auf den stürzt sich die Begeisterung, stülpt sich drüber, nimmt, was sie kriegen kann. Der: nicht uninteressiert, blöd wäre er. Wie lange hättest du denn gewartet?, fragte sie vor dem Rathaus, denn natürlich war sie es, die ihm die Hand angeboten hatte, zitternd unter Bäumen, deren Laub in der heißen Luft voll dunkelgrüner Schwärze war.

Auf dem Heimweg, und allein der Gedanke, dass sie nun auf einmal einen Heimweg teilen, jagt die Erregung durch den Körper, hebt er sie auf einer Brücke hoch, die Gesichter glänzen in der Restbeleuchtung. Sie müsse jetzt leider die Beine um ihn legen, sagt sie. Dann sei das eben so, sagt er. Das Gewässer darunter, sagt er, heiße Dreisam.

Das Finden des Geruchs ein Ankommen, vom ersten Eintauchen an. Aber auf einem Geruch, einer Pheromonübereinstimmung, kann man keine Beziehung aufbauen. Andererseits aber auch nur darauf. Nur das Wiedererkennen von etwas, das so scheint, als hätte man es schon immer gekannt, seit Anfang der erinnerten Zeit, nur dieses Ankommen ermöglicht Öffnung, das sich einander völlig Überlassen, das Teilen von Schmutz und

Freude und Erschöpfung, und von allem gab es unerschöpflich viel. Auch mussten die Nächte mit Tanzen und dem Besuch von Aktionstheaterveranstaltungen herumgebracht werden. Berührungen können eine entschieden toxische Wirkung entfalten, die elektrischen Miniaturzündungen, die sie verursachen, pflanzen sich sturmflutartig fort und erzeugen Substanzabhängigkeiten. Wie sie zu einem Ort heimkommen können sollte, an dem sie noch niemals gewesen war, das blieb unklar. Klar war, leuchtend klar, dass sie zur Gänze angenommen wurde und ihn zur Gänze annahm, vorbehaltlos, haltlos.

Das mit dem Auge ist lächerlich, sagte sie ein paar Tage später. Er lachte, sie blickte auf, seine rechte Mundhälfte, von ihm aus, verzog sich: Als ob man das Gesicht von innen sehen könnte, das Negativ der Außenansicht, sagte sie, fasste vorsichtig nach seinen breiten Lippen, die zuckten, ein wenig amüsiert, wie ihr schien, ein Anblick, der sie jedes Mal wieder ins Mark trifft. Das sei doch klar als Symbol der Souveränitätsbehauptung zu verstehen, entgegnete er, fuhr ihr mit der Rückseite des Zeigefingers über den Arm und griff nach der Zigarette, die sie, etwas nachlässig in Hinblick auf die Aschensäule, die sich schon bedenklich nach unten neigte, in der Hand hielt. Blödsinn, sagte sie, wieso sollte man souverän sein, wenn man einem Toten ein Auge aus dem Schädel löst und es in sich hineinstopft? Nur weil es ekelhaft ist? Das sei doch nur ein Bild, sagte er, eine Metapher, und die Souveränität bestehe in der Formulierung des grenzüberschreitenden Wesens der Idee. Aha, sagte sie, drehte sich auf den Bauch, stützte den nackten Oberkörper auf und wollte nach der Zigarette greifen: Er hatte sie in einem Aschenbecher, der neben der Matratze am Boden stand, bereits ausgedrückt und streckte den Arm nach ihr aus. Er habe da einen Vorschlag, sagte er. Ob sie die *Route des Crêtes* kenne? Die bitte was?, fragte sie, dann begrub er sich unter ihr, so gut er eben konnte.

Möglichkeit 1

Die Paketzustellerin G mag ihre Arbeit, was ein seltenes Geschenk ist, das sieht sie selbst so. Sie kann im Rahmen der abzuhakenden Destinationen die Route selbst wählen, sie hat klar begrenzte Arbeitszeiten, sie arbeitet ja nicht für eine Fremdfirma!, wie die befristet Bediensteten am anderen Ende der Halle, denen sie morgens beim Beladen des Gefährts gerade nicht begegnet. Die meisten Leute freuen sich (wenigstens ein bisschen), wenn sie ein Paket bekommen, das scheint ein Urinstinkt zu sein, selbst wenn es sich nur um eine Warenlieferung für ein Kleinunternehmen handelt (mehrere Transportobjekte auf einmal der Endbestimmung zugeordnet: sehr gut). Für die Empfangsbetrauten (EB) ist Gs Eintritt in die Langeweile der Abarbeitungsroutinen meist eine willkommene Unterbrechung, so erlebt sie das. Und mit dem Tempo hat sie kein Problem. Wenn das einmal nicht mehr gehen sollte – nun, das findet sich. Tut es doch immer, sagt sich G, sie ist da Optimistin.

Selbst wenn niemand auf das Klingeln reagiert, die Nachbarn nicht da sind, oder, noch ärgerlicher, die Gegenzeichnung verweigern: Zeitverlust, Hypothek für den nächsten Arbeitstag, noch mehr Zeitverlust. Da könnte man schon auf Ideen kommen, manche tun das auch – Schleifen zeichnen, Paket abstellen: Strafzahlung, wenn man Pech hat. (Bei den anderen ist es deutlich schlimmer, bei den Fremd- und Subunternehmen, das hält aufrecht.) Sie tut nichts dergleichen, sie ist da guter Dinge, was ihre ganz persönliche Erwartung an die Zukunft angeht.

Sie hat ein Geheimnis, oft fragt sie sich, warum nicht mehr Menschen diese kleine Macht für sich entdeckt haben: dass man nämlich die Freundlichkeit, die man investiert, fast immer zurückbekommt, meist sogar mehr (sei es ein Aufschlag im Umsatzsteuerhöhenbereich oder doch ein ganzzahliges Vielfaches). Es geht so einfach, kaum einer kann sich entziehen, es lässt sich auch missbrauchen. Man kann anderen, vorzugsweise so richtigen Soziopathen, wie G sie nennt, die Waffe der eigenen Freundlichkeit an den Hals setzen, und denen bleibt, überrumpelt, kaum etwas anderes übrig, als selbst ein wenig aufzuweichen, sie hat da ein paar Härtefälle unter ihrer Klientel. Doch eigentlich ist sie über dieses Stadium schon hinaus, sie muss sich nichts mehr beweisen, sie freut sich lieber über die Gelegenheitskundinnen, die Einzelabnehmer, in deren Gesichtern beim Anblick des Pakets, das sie ihnen entgegenhält, eine frische Erwartung aufleuchtet, selbst wenn die meisten Waren selbstbestellt sind und der Erhalt keine Überraschung mehr sein kann, es sei denn, das Gedächtnis wäre wirklich schon sehr schlecht. Das Größte, was sie je transportiert hatte, war ein faltbares Boot gewesen; die Empfängerin hatte ihr das freudig mitgeteilt, die Freude strahlte auf G zurück.

Im Grunde vermutete sie, dass sie ungeeignet wäre für eine Tätigkeit, in der Vorgesetzte ihr direkt auf die Finger schauen konnten, und dass sie deshalb so bereitwillig die Rolle der Außendienstmitarbeiterin übernommen hatte – auch fuhr sie einfach gerne Auto, und es bereitete ihr ein gewisses Vergnügen, die Regeln freier auszulegen, den Dienstwagen in zweiter, dritter Spur, in Einfahrten und auf gesperrten Verkehrsflächen abzustellen. Nur selten gab es Konfrontationen mit übereifrigen Organen der Ordnungsmacht, denn das Konzept der Solidarität zwischen Uniformierten, egal welcher Abteilung, hielt noch vor. Nur diese Parkraumkompetenzexperten (die PRKE, oder PARKE?) hatten anscheinend noch nie von sowas gehört, obwohl G das Gefährt ganz klar am Gehweg und nicht im Markierungsbereich abgestellt hatte. Praktischerweise kam gerade in dem Moment, als G mit einer von ihnen diskutierte (freigesetzte Mitarbeiterin der Steuerbehörden, wie sich später herausstellte), ein Fahrradkurier an und fuhr den beiden Frauen beinahe über die Füße. Brachte das Rad in einem eleganten Schwung zum Stehen und schulterte es, läutete an und drückte die Tür auf, um federnd die Stufen zu nehmen, was dann doch etwas wie Solidarität unter den Angehörigen der Autofraktion aufkommen ließ.

Glück 5

In Richtung der Vogesen zog sich die Strecke. Sie fragte, ob es ihn störe, wenn sie die Füße hochlege, das stört uns gar nicht, erwiderte er und lachte sie ein wenig aus, wie sie meinte. Majestätsplural?, fragte sie kampflustig, zeichnete Fersenspuren auf das Armaturenbrett, das angestaubt war wie die Landschaft nach einigen Wochen der Trockenheit, an der nächsten Kreuzung wandte er sich zu ihr: Dir und mir macht das nichts aus, oder? Sie lachte, dabei hatte sie sich gerade darüber geärgert, dass sie letztens durch Colmar gefahren war, ohne den Isenheimer Altar gesehen zu haben, dessen grellen Realismus sie sich im wahrsten Sinne fantastisch vorstellte. Sie war erschöpft gewesen von ihrer Tour, vielleicht hatte sie auch einfach nicht die Kraft gehabt, wie sie nun ihm erklärte, sich den Bildern Grünewalds nicht gewachsen gefühlt nach einem Tag, an dem sie mit weichem Knie das Gaspedal seines Wagens betätigt hatte, ganz alleine auf wackeligen Beinen durch wehrhafte menschenleere elsässische Orte geschwebt war und an die sanft kreisenden Finger gedacht hatte, die den Darmausgang öffneten, während dieses Verschlingungsorgan in ihrer Mitte mehr forderte, mehr von allem und vor allem mehr von ihm.

Verlust 7

Diese Liebe, sagte dieses Ich schon bald, hat mich angefallen wie ein Magen-Darm-Infekt. Etwas, bei dem man dem System nur mehr beim Funktionieren zusehen kann, ohne die Möglichkeit, den Ablauf der Ereignisse zu beeinflussen.

Auf Wutausbrüche folgt mit erschütternder Regelmäßigkeit ein Zurückrudern, krampfartig das Ganze, vorpreschen, zurückrudern. Dabei würde sie ihm durchaus gerne mal die Meinung geigen, nur überwiegt die Angst, seine Seele könnte sich in ihrer Schale gänzlich verkriechen und sie mit Missachtung strafen, doch das tut sie ohnehin. Du strafst mich!, sagt sie vor der Cocktailbar, in der der offizielle Teil des Abends unter gemalten Kakteenwüstenlandschaften ausklingt, das Personal beäugt sie auch schon mitleidig, wie ihr scheint. Er widerspricht; dieser Austausch konträrer Ansichten erfolgt unmittelbar nachdem er klarlegt, sie habe ihn mit ihrem Nähewunsch in seinen Ausführungen zum Thema Emotionen unterbrochen.

Gut, sie muss einräumen, dass das mit den Baufassaden, zwischen deren groben Fasern man problemlos hindurchsehen könne, ein wenig kindisch ist. Das mit den Kochrezepten sei ein, nun, ein wenig plattes Bild. Verzeihen Sie, wird sie am nächsten Tag schreiben. Verzeihen Sie die Arroganz und Überheblichkeit, die Einschätzung ist oberflächlich. Es ist auch die Einschätzung der Füchsin, Sie wissen schon (da könnte etwas zu hoch hängen).

Doch andererseits, bitte bedenken Sie: Nur weil man sich zu kurz gekommen fühlt – was nun mal nicht gut angeschrieben ist, da es nach Neid klingt –, heißt das noch lange nicht, dass man nicht tatsächlich in ungerechtfertigter Weise zu kurz gekommen wäre, *just because you're paranoid* und so fort. Es ist das Erfolgsrezept der Erfolgskaste, die anderen davon zu überzeugen, dass sie selbst schuld seien, wenn es ihnen nicht gelingt, in ebendieselbe aufzusteigen. Was naturgemäß nicht der Fall ist, sonst wären sie ja nicht die anderen, nur Exklusion schafft Separation schafft Freude an der Inklusion. Doch von solchen prinzipiellen Erwägungen abgesehen, schreibt sie, seien wir ehrlich: Ich kann das nicht so gut beurteilen, was du so treibst, ich habe es ja nicht von innen gesehen; nicht dass es umgekehrt anders wäre, doch das steht gerade nicht zur Debatte. Kein einziges Mal hast du mich in die Brusttasche gesteckt und mitgenommen, obwohl ich es mir so sehr gewünscht hätte, deine Geschäftstätigkeit in situ zu beobachten. Aha, sagt er.

Habe er es doch gleich geahnt, dass ihr Interesse an ihm nicht so ohne sei, dass sie einen Informationsbeschaffungshintergedanken hege. Sie habe seinen guten Willen und Glauben ausgenutzt, um sich intellektuell an ihm zu bereichern, nein, das sagt er nicht. Sie stellt sich vielleicht vor, dass er das entgegnen könnte, um des Arguments willen, doch das wäre selbst für ihrer beider Verhältnisse ein wenig überdreht, einmal zu oft um die Ecke gedacht. An der Ecke, räumt er ein, an der des freien Sprechens nämlich, des Freisprechens, sagt er, sie lacht, sei er dumm. (Sie stellt sich einen Fernsprechautomaten im Windschatten eines öffentlichen Gebäudes vor, einsam.)

Andererseits bestehe sein Job nicht zuletzt darin, überall den siegessicheren Analysator, Situationsexegeten, Algorithmierer, Problemversteher zu geben. Warum also nicht auch hier, in der Sparte des zwischenmenschlichen Unterhandels?, fragt sie. Bleiben wir korrekt: Das Bluffen ist Teil des Geschäftsprinzips, und das will gelernt sein, da helfen ein paar Bullet-Points (jetzt wird sie untergriffig), diese inflationäre Munition, auf die man in der Not zurückgreifen kann, um Strukturierung zu behaupten. Strukturierung hat doch gleich sowas Zukunftsträchtiges, was auch immer das heißen soll (nicht zu sagen), Nachvorneschauendes, verspricht Handhabbarkeit und Spiel, Satz, Sieg! Und ausgerechnet so einen begehre sie? Er klingt verwundert. – Ja, ausgerechnet, sonst wäre es doch nur der halbe Spaß.

Verzeihen Sie mir doch bitte die Überheblichkeit, wird sie schreiben, das mit den Kochrezepten, die den Duft des Rationalen bloß versprächen, greift zu kurz. Auch wenn sie nach reiflicher Überlegung darauf beharren müsse, dass der Befund grundsätzlich stimme, im Detail fehle es ihr an Kenntnis, das Detail könne sie nicht beurteilen, und es sei nur als arrogant zu bezeichnen, so zu tun, als könnte sie es. Sie bittet um Nachsicht. Gewährt, könnte er schreiben, doch er schreibt nicht. Er schweigt, denn das Schweigen als Kriegslist ist ihm in Fleisch und Blut übergegangen, ganz besonders, was P betrifft. Es wirkt so schön.

Glück 6

Dieses Ich verstand schnell und instinktiv, dass die Sache flüchtig war, und versuchte sie festzuhalten. Das Andere, der Mann, verkörperte nicht nur ganz handfest physisch das, von dem ich dachte, dass es mir fehlte. (Das Zweite, von meinem Standpunkt aus, an dem naturgemäß das Erste ich war: weiblich.) Die Leute starrten uns an: Er so ein Turm und sie so ein Zwerg, sagte jemand in den Straßen der Altstadt, die über ein mittelalterliches Kanalisationssystem in Form von schmalen Rinnen verfügte. Er griff nach meiner Hand, ich betrachtete ihn von der Seite, was ist?, fragte er, nichts, sagte ich. Ich sehe dich an. Manchmal hob er mich hoch, um unsere Gesichter ganz unmittelbar miteinander zu konfrontieren. Groß und schwer, wie er war, war er ganz und gar nicht schwerfällig, im Gegenteil, eher hyperaktiv, auch wenn der Begriff damals noch fremd geklungen hätte. Er ertrug es nicht, einen Abend zu Hause zu bleiben, inmitten von Lebensmittelresten, Kleidungsstücken und Büchern, die eine Fußreihe entlang der Wände bildeten. Eine Kaffeemaschine, die wundersamerweise Milchschaum produzieren konnte, war das einzige Luxusgut. Eher ließ er mich allein, wenn ich vor Erschöpfung wegbrach.

(Was an dieser Stelle an Betrachtungen einzufügen wäre über vertane Chancen, mit deren Hilfe P sich marterte, nicht auszudenken: Kaum hatte sich die Tür hinter A geschlossen, war sie schon voller Reue, trotz aller tiefsitzenden Müdigkeit nicht im Stande, einzuschlafen oder ihm zu folgen, denn sie hatte keinen Schlüssel, wenn sie

A nicht finden würde, wäre sie ausgesperrt. Zug um Zug hatte sie sich selbst jeder Handlungsmöglichkeit beraubt an diesem Abend, von dem sie doch wusste, dass er eine alles entscheidende Spanne darstellen könnte in ihrer ohnehin eng begrenzten Zeit, ein wesentlicher Zeitabschnitt hätte werden können, wäre sie bloß nicht so schwach gewesen! Schlaflos in seinem Bettzeug sagte sie: Schlafen kannst du, wenn du tot bist!, begann in seinen Büchern nach Ablenkung zu suchen und fand Patricia Highsmiths begabte Charaktere, die andere quälten, nicht das eigene schwächelnde Ich: auslagern, umbringen, sehr gesund, dachte P.)

In einem war er mir klar überlegen: darin, was er sich alles zutraute, das Zutrauen erfüllte ihn mit Energie bis an die Fingerspitzen. In dieser Hinsicht wuchs er täglich. Das ständige Festhalten meiner Hand irritierte mich allerdings, auch wenn ich es als Zeichen nehmen wollte, dass ihm etwas an mir lag, ich projizierte ja so viel in sein Verhalten. In seinen Blick erst, und mit dem hatte es schließlich angefangen.

Stunden später kehrte er zurück und fragte, warum ich nicht nachgekommen sei; ich versuchte, ihm die Sache mit dem Schlüssel zu erklären, er ließ das nicht gelten: Aber wir hätten uns gar nicht verfehlen können! Eine Feuerschluckertruppe habe sich selbst verbrannt, erzählte er, was ich nicht verstand, denn ich hatte angenommen, dieses Feuer sei kalt. Ich war ziemlich dumm. Wenn er mir wehtat, fragte ich, ob es ihn schmerzte, und wartete auf die Gegenfrage, die natürlich nie kam.

Das Autoradio sang *Spiderman is having me for dinner tonight* und *I think I'm falling*, dazwischen berichtete es vom beginnenden Jugoslawienkrieg. Und fallend, das war ich. Wohl versuchte ich, auf Vorrat zu trauern, es half nichts, ich solle nicht so betrübt dreinschauen, sagte er über den sich mischenden Farben von Honig und Joghurt, durch die ich mit der Löffelspitze Spirallinien zog.

Dass wir uns fremdes Leid so gut vom Hals halten, sagte ich, dass wir denken, es sei irgendwie normal und schon in Ordnung, entspreche einer natürlichen Ordnung, die uns nun mal begünstigt, dass sie dort drüben, unten, was ja schon am Globus weit jenseits unserer Einflusssphäre liegt, sterben wie die Fliegen, während uns das sehr leid tut, wir aber eben nicht alles Leid der Welt auf unsere Schultern nehmen können, ist eigentlich seltsam. Dann auch wieder nicht. Muss dem Überlebensinstinkt geschuldet sein, wo kämen wir sonst hin? Nur dass sich das auch einmal umdrehen könnte, zum Beispiel, dass diese Ordnung einer akuten Umpolung zum Opfer fallen könnte, wollen wir uns gar nicht ausmalen. Können wir uns nicht vorstellen. Nein, das tun wir nicht, sagte er. So weit weg sei das übrigens nicht, sagte er, dann versuchte er, mich in die Arme zu nehmen.

Verlust 8

Heute geht es ihr vergleichsweise gut, denn sie ist so wütend, dass sie dieser Wut auch Ausdruck verleiht: Du gewährst mir die Möglichkeit, mich selbst von allen Seiten kennenzulernen, jetzt also von der wütenden, eine Erinnye in eigener Sache könnte ich heute sein. Doch diese Erinnye würde sich allenfalls selbst verfolgen.

Es gebe andere Tage, an denen sie unter all der Behauptung von Normalität in sich zersplittere wie brüchig gewordenes Gestein; was tut sie da, es ist doch ohnehin schon alles kaputt, die Scherben liegen an der Kreuzung, und zwar gründlich zusammengetreten, wir erinnern uns. Die Kreuzung ist, es wurde schon erwähnt, eigentlich eine Vierfachkreuzung, mit der zusätzlichen eingezogenen Ebene der Hochbahn, die ihrerseits dann wieder recht brav einem Straßenlauf folgt – um wie viel interessanter sei da die Vorstellung einer U-Bahn, die ihrem Namen tatsächlich gerecht wird, von der man immerhin hoffen könne, dass sie waghalsig unter dichtbesiedeltem Gebiet hindurch verläuft, Straßenzüge schräg schneidet und sich überhaupt recht subversiv verhält.

Wie die Viersambrücke, die A und P und C und T einmal gebraucht hätten (oder auch Vielsambrücke, man möge nur überlegen, wirft P schon wieder ein, wie die Situation verkehrstechnisch zu lösen wäre, wenn C und T ihrerseits andere Abzweigungen nehmen wollten), vor langer Zeit. Vor längerer, die ja seltsamerweise weniger lang her ist als die lange Zeit, in der noch Lyrik verschickt wurde, symbolistische und expressionistische und dem Schwulst durchaus nicht abgeneigte Lyrik, als es noch um Winterkraut ging und Muschelgrund und Vampirinnen, wieso das denn?, schrieb sie zu letzterem Vergleich, sie fühlte sich verglichen: Er möge ihr das erklären. Er werde darüber nachdenken, entgegnete er, das tut er vermutlich heute noch. Dann kam der Sterngemahl, nicht der, sagte sie und war doch zutiefst gerührt, dabei geht es um den Leib, du Weib, wie kann dich das nur rühren? Wieder steigt sie in die abgehalfterte U-Bahn, die auf ihren Schienen ewig vor sich hinfährt, hin und her, Trägereinheit für Trägereinheit passierend, da ist es wieder, das System. Systeme sind der Stoff, der Albträume nährt.

Heute, schreibt sie an ihn, sie wird ja wohl die freundschaftliche Schiene noch offen halten dürfen, die Hintertür ins Innere des Brüchigen, das sich den Anstrich des Normalbetriebsmodus gibt. Heute, tut mir leid, war ich an der Grenze, heute keine Würde zu vergeben. Ich habe Menschen gesehen und gerochen, das vor allem, ganze Lagerhallen waren erfüllt von den Ausdünstungen derjenigen, die nach tagelanger Reise, per Schiff, per Bus, zu Fuß, nach nächtelangem Aufenthalt in dem Verschiebelager, ja, man kann es nicht anders sagen, stanken, Menschen stinken überraschend schnell, und das Erste, was sie verlieren, ist die Würde, wie unrecht die Popkultur da doch stets hatte. Waschmöglichkeiten sind nicht vorgesehen, es handelt sich auch um kein Transitlager, das würde falsche Signale aussenden, wenn das so hieße. Das hier ist nämlich nicht einmal ein Lager, weit davon entfernt. Selbst wenn die Menschen am Boden lagern, sich hinsetzen, Sitzgelegenheiten gibt es nicht, Betten auch nicht, die Gründe werden Sie verstehen. Sollen sie sich doch parfümieren!

Ich habe Menschen gesehen in einem Gattersystem, das schöne, saubere Schlangen formt, fast wie bei euch, schreibt die Österreicherin an den Deutschen, in Viehzäunen, die zu einem Verschiebebahnhof hinleiten, zur Auktionshalle, wer will sie nicht?, wer bietet weniger für diese Menschenstückzahl, die dann womöglich noch die Zäune umrennt, die wir hier sorgfältig für sie gebaut haben, dies nur zur Orientierung. Bei der Notversorgung werden die Freiwilligen aufgefordert, ja nicht zu viel auszugeben, nur nicht urassen! Ich bin freiwillig hier, freiwillig kann ich auch wieder gehen. Die Menschen jenseits des Zauns, die dürfen warten, und damit wir uns als Freiwillige auch gleich auf unsere Rolle einstimmen, werden wir eingeschult: Der kriegt das Erste aus der Kiste mit der passenden Größe, DER, das ist der Flüchtling als solcher, und was passend ist, bestimmen wir, keine Auswahl, wo kämen wir da hin. Geht der halt mit einer Damenjacke, das ist kein Shopping-Center hier!, sagt die Einschulende durchaus empört. Obwohl das Setting andererseits, gibt die Freiwillige zu bedenken, dem Zweck des Einübens in westliche Werte dienen könnte, das Konsumieren ist schließlich oberste BürgerInnenpflicht und übrigens demnächst die einzige Rechtfertigung für so etwas wie eine staatsbürgerliche Existenz, nur sagt das keiner, nicht einmal dieses ehrenamtliche Wir. Im Übrigen, dies nebenbei, nur zur Orientierung, war das hier vor der Aufgabe der innereuropäischen Grenzstationen genau so etwas, eine Grenzshoppingmeile, eines dieser vorgeblich zollfreien Einkaufsparadiese im grenznahen Bereich. Doch wer weiß, die feiern vielleicht schon bald wieder fröhlich Auferstehung! Derzeit nur noch Bauleichen, versiegelte Parkplatzbereiche, auf denen schon hilfreich der Asphalt aufbricht, und einsturzgefährdete Hallen längs der Straße, auf der die Menschen zu Fuß kommen müssen, auf der Südseite abgesetzt in gebührendem Abstand zur Staatsgrenze, nordseitig wieder eingesammelt, sonst wäre das staatliche Schlepperei. Hat aber alles seine Logik und ist bestens organisiert, kann man nichts sagen. Solange man halt auf der richtigen Seite des Viehgatters steht, doch das tun wir immer, sonst werden wir eben neu definieren müssen, also wir: uns, wir werden uns neu definieren, wer wir sind oder anders gesagt, wen wir noch zu uns dazu zählen. Wir sind schließlich der entscheidende Teil dieses Feudalsystems, die Gnade der Geburt am richtigen Ort ist sicherlich notwendig, leider nicht hinreichend.

Sie setzt sich hin und arbeitet am Abschiednehmen, nicht sehr effizient, sie hat wohl sieben Mägen, da dauert das ein wenig: Heute, schreibt sie, tut mir sehr leid, geht nämlich gar nichts mehr. Die Gliedmaßen stecken in einer zähen Masse fest, ich komme nicht voran.

Als er die Hände vom Gesicht nimmt, sieht sie, dass er Schmerzen leidet, deren Tiefe sie wohl unterschätzt hat. An der Situation, und wenn die zu viel für ihn wird, dann wählt er den Rückzug, was sollte er sonst tun. Was anderes kann er nicht, er wüsste nicht, was es sonst noch an Optionen gäbe. Und nimmt ihr damit jede, wie sie findet. Sie könne nicht mehr handeln, nur noch dulden, dass er vor ihren Augen versteinert. Er sagt, er wolle seine Kinder nicht verlieren. Das dürfe auf keinen Fall passieren, sagt sie, und weiter, dass sie denke, das müsse auch im Fall der Trennung nicht der Fall sein, und drittens, dass sie gar nicht wolle, dass es soweit komme, dass sie am gegenwärtigen Arrangement etwas änderten, A sich von C trennte und P von T. Obwohl sie das jetzt schon so oft wiederholt, dass man sich andererseits fragen könnte, ob sie sich das nicht vor allem selbst einredet. Dass T Bescheid wisse und C wohl auch, denn was bliebe in einer langjährigen Beziehung wirklich verborgen? Dass das aber nun nicht zur Debatte stehe, ganz ein anderer Punkt. Dass man sich aber schon fragen könne, welche Variante schlimmer sei: Sie quälten beide die ihnen am nächsten Stehenden, die eine durch den Zwang zur Mitwisserschaft, der andere durch Unaufrichtigkeit. Wer sei sie zu sagen, was schlimmer ist?

Sie habe ihn vor sich selbst gewarnt, T, ihm damals, waidwund, wie sie war, dazu geraten, nur ja nicht auf sie zu setzen. Sie habe also ziemlich das Gleiche getan wie A, als er zu P gesagt hatte, er müsse eine entschiedene Warnung vor sich selbst aussprechen. Was P abgeschmettert hatte: Dass er wohl hoffentlich nicht annehme, dass ihn das der Verantwortung für sein Handeln enthebe, was das eigentlich solle? Nun kann sie sich den Satz selbst um die Ohren schlagen, was sie auch tut.

Zu ihrer Verteidigung sagt sie nun: Ich kann nicht einfach an einer Liebe eingehen, lieber Herr, das hätte ich vor einem halben Leben tun müssen, als ich noch keinerlei Verpflichtungen Dritten gegenüber hatte. Ich könnte nämlich durchaus daran zugrunde gehen, jetzt weiß ich das, das ist der Preis der tiefsten Intensität: das Erlangen der Gewissheit, dass das Schleifen der letzten inneren Bastion ganz schlecht ausgehen kann, tödlich, deshalb befestigen Sie sich auch so gut. Sie beherrschen das offensichtlich viel besser als ich, die Selbstbefestigung, Sie sind durchaus talentiert und ein Meister der inneren Zurichtung, selbst wenn Sie dabei sichtlich leiden, ich sage es ja. Nur wer gnadenlos zu sich selbst ist, kann die Strategien der Selbstausbeutung effizient bei anderen implementieren. Was sie dennoch an ihm möge, frage sie sich, sagt sie zu ihm. Ich mag dich, sagt sie, als er die Hände vom Gesicht nimmt. Ein letzter zaghafter Versuch der Annäherung, den er ausschlägt. Sie möge ihn trotz seiner offensichtlichen Probleme. Wie gönnerhaft sie da schon wieder klingt, sie spürt es selbst und bessert nach. Sie wollte schließlich einmal alles mit ihm teilen, was er denn denke? Solange er sich eben öffne und ehrlich sei, mehr habe sie nie gewollt, nun, außer Verlässlichkeit, die natürlich auch, doch keines der Kriterien sei er bereit zu erfüllen.

Glück 7

Erst im Nachhinein fragte sie sich, woher sie eigentlich käme, diese platonische Sucht nach einem anderen, einem zweiten Körper, als könnte der einem etwas zurückgeben, was man einmal gehabt haben muss vor dem Einsetzen der Erinnerung: den fehlenden Teil, die Vollständigkeit, Unversehrtheit. Dabei wusste sie es im Grunde besser, in jedem dieser Augenblicke schon, dennoch: ihr Körper, ihr Verstand waren sich einig darin, dass sie wollten. Mehr, und wovon man mehr will, ist schwer zu sagen in dieser Lage, mehr jedenfalls ohne Rücksicht auf Verluste, ohne Kontrolle, ohne Innehalten, denn der Hunger bleibt ungestillt. Das Wesen der Leidenschaft: ihre Unstillbarkeit. Fast jeden Morgen, jede Nacht bekam sie es, das Mehr, und manchmal schenkte es Frieden. Sie lag friedlich in seinen weichen Körper gehüllt, sein Arm um ihre Schultern und ihrer auf seinem Brustkorb, ein Bein auf seinem Oberschenkel, und beide schliefen ein.

Komik 1

In einem mit ornamentierten Kacheln ausgekleideten Gewölbe in der Nähe der Ringstraße streckte sie die Hand aus, schon wieder. Er nahm sie und drückte sie ganz vorsichtig an seinen Bauch, in Sonnengeflechthöhe, seine Wärme floss ihr weich entgegen. Das war nach Monaten des Mailverkehrs, der stetig an Intensität und Anspielungsdichte gewonnen hatte. Nach Fragen und Erklärungsversuchen, nach Schilderung des Lebens dazwischen, auf das es schließlich ankam, auf die beruflichen Werdegänge, die Beziehungen, die Kinder. Vor allem die Kinder und die Tatsache, dass sie keine miteinander hatten.

Die Ouvertüre, ein Tänzeln, zwei Schritte vor, Spielbein nach links, ein Schritt zurück, Standbeinverlagerung, oder auch umgekehrt. Sie fragte nach seiner Rolle, seiner Karriere, schwieg vielsagend und ein wenig satt, fragte nach seinen Meinungen zu irgendwelchen wirtschaftspolitischen Themen, die ihr einfielen, idiotisch, und befestigte die inneren Grenzpositionen. Man habe Fehler gemacht, sagte er, und gleichzeitig flirrte etwas in ihrem Magen, brannte hoffnungsfroh. Alles einwandfreie Anzeichen dafür, dass ihr Körper ihn wiedererkannte. Was willst du mit dem? Alles verkehrt, alles verboten, alles Verrat an den Grundsätzen des eigenen Lebens, was die Lage nicht besser machte, zur Zündelei noch beitrug, denn nichts ist anziehender als das Verbotene, diese Form der Attraktion funktioniert auch in den mittleren Jahren recht prächtig – der Selbstschutz sollte allerdings inzwischen schneller greifen, konstatierte sie.

Beim ersten Versuch, der sich auch nicht eben als Erfolgsgeschichte entpuppt hatte – doch wer braucht Erfolg, wenn es um das Erleben geht? – waren sie übereinander hergefallen in seinem kahlen Zimmer, sie erinnerte sich an Lippen und Bisse, die auf ihrer Körperoberfläche Wurzeln schlugen. Der Blick die Schwachstelle, das Einfallstor für Unabsehbarkeiten aller Art. Das blieb sich gleich. Ein Fest auf dem Dach eines Hochhauses, in dem tagsüber sicher weltbewegende soziologische Studien ausgewertet und Manifeste formuliert wurden, während der Doktorand A die Studentin P, deren Beine unter ihr nachgeben wollten, links liegen ließ, nachdem er sie in der Nacht zuvor auf einer Brücke hochgehoben und so innig geküsst hatte, dass der Bach aufrauschte, doch Bach war dieses Rinnsal schließlich auch keiner, es handelte sich um einen Fluss mit einem eigenen Namen, einem sehr eigenen. Und vielleicht war die Sache ja doch ein Erfolg: Ohne dieses Ende wäre das Glück wohl nie in dieser Form konserviert worden, das ungetrübte freischwebende Glück, das durch keinen Realismus angekränkelt wurde. Ja, sie würde noch weiter gehen, sagt sie, ohne die zeitliche Begrenzung hätte das Glück nie derart ins Kraut schießen können.

Sie erzählte ihm vom Regen, eiskaltem Wasser, das mitten in einer Hitzeperiode plötzlich vom Himmel gefallen war, und P viel zu dünn bekleidet und schon durchnässt, bevor die beiden unter einem Vordach Schutz fanden. A war einfach dagestanden und hatte eine Viertelstunde lang unverwandt in den Regen gestarrt, ohne von ihr Notiz zu nehmen, während sie vor Kälte zu schlottern begonnen hatte, solange, bis sie allein durch den Regen zurück zu seiner Wohnung gelaufen war, zitternd und zornig. Falsch, alles ganz falsch. Wie kann sie nur von so etwas anfangen, das führt ja auch in eine Richtung, die sie gerade nicht brauchen kann, sie hebt ein wenig hilflos die Hände. A erinnert sich nicht, P sieht Platanen vor sich, ihre fleckige Haut, die sich ablösenden Rindenlinsen, das matte Silbergrün der Blätter, Stamm neben Stamm, eine Allee. Oder ein in Reih und Glied stehendes Baumkarree auf einem Platzgeviert, das eher. Französisch, sagt sie, mehr zu sich, er fragt ein wenig irritiert nach, was sie denn meine? *On tira à la courte paille*, sagt sie, weniger zu ihm.

Als sie sich das nächste Mal verabredeten, war die Sachlage eigentlich klar. Auch wenn sie zu ihm sagte, sie sollten den Ball flach halten, flach gehalten wurde gar nichts. Sie wolle nicht der Strohhalm sein, der zufällig vorbeischwimme, die Ausstiegshilfe aus einer dysfunktionalen Beziehung. Er suche keinen Strohhalm, entgegnete er, als sie ganz geschäftig durch ein Ausstellungsgelände ging und auf eine Videoinstallation Camille Henrots stieß, die, wie sie später festhielt, genau diese Vorstellung der Katalogisierung der Welt in Bilder fasste, die sie gerade umtrieb. Doch das mehr auf einer intellektuellen Ebene, die aber kaum noch funktioniert derzeit, schrieb sie. Tief in mir kann ich vor Aufregung kaum noch atmen. Das schickte sie dann doch nicht ab.

Möglichkeit 2

Das Schleppen ist mühselig, ein paar Tonnen, die sie da pro Tag bewegt, doch sie sagt sich, dass sie sich dafür einige Gänge ins Fitnessstudio spare. G ist sportlich, das sieht man auch, Rückenschmerzen begegnet sie mit gezieltem Aufbautraining.

In der nur widerwillig aufsteigenden Helle des Wintermorgens keimt eine Zuversicht, eine Freude auf das Kommende, und das Fehlen konkreter Gründe tut dem Serotoninschub keinen Abbruch. Sie sieht den anderen hinter den Steuerrädern zu (der werktägliche Morgenkreis, denkt sie mit frisch bepacktem Wagen an der Kreuzung, der Moment, bevor die einen anfahren und in dem die anderen schon stehen, wie im Kindergarten, und daran, dass ihr Sohn jetzt so alt ist, wie sie selbst es war, als sie ihn bekam, nämlich 18, sie ist auch schon eine der Ältestgedienten, deshalb der Arbeitsvertrag, kriegt man ja gar nicht mehr, denkt sie nicht ohne Stolz, und weiter: Niemals abhängig!, das ist die Regel Nummer eins, hat ihr schon die Mutter beigebracht und der wiederum die Mutter) und wundert sich, dass die sich so aufregen können. Sie sitzt in ihrer kleinen Fahrgastzelle und singt lauthals ein Lied mit, dessen Text sie nur bedingt kennt. Sie wird von einem Schnauzbartträger angehupt und schimpft entzückt zurück, nun mal langsam, Türke, sagt sie, lächelt breit und freut sich daran, dass niemand sie hört. Eigentlich, denkt G, hätte sie allen Grund für eine novembermäßige Stimmungseintrübung, die Verkehrslage, Putin, Erdoğan, der Klimawandel und vor allem der Umstand, dass er noch nicht einmal für vernünftiges südländisches Wetter in ihren Breiten sorgt, blindwütige Wüstenkrieger und so weiter. Doch schließlich kann sie die Welt nicht im Alleingang retten, und irgendwer muss das Verteilen der Waren an die ENDVERBRAUCHER schließlich übernehmen.

In den Pausen – die zwar vorgeschrieben sind, deren Einhaltung allerdings niemand ernsthaft überprüft und die im Gegenteil eine immer unüberwindlichere Hürde auf dem Weg zur Erreichung des Tagesetappenziels darstellen (Fahrtenbuch ist Märchenbuch, sagt der Depotleiter, kein Lachen in der Halle) –, in den Stehzeiten, die sie also abkürzt, liest sie dicke englischsprachige Romane, das entspannt die Augen, findet sie. Auf dem Weg zum und vom Arbeitsausgangspunkt liest sie auch, sie setzt sich in die U-Bahn, in die S-Bahn und versetzt sich in das Innenleben marodierender Kriegerinnen in kaputten Welten, die es männlichen Angreifern mal so richtig zeigen. Bei allem augenscheinlichen Schwächeln der Gegenwart: Was wäre denn eine Zeit und ein Ort gewesen, in der sie als Frau lieber gelebt hätte? Eben. Dass beispielsweise die auf Mittelaltermärkten und ähnlichen Kostüm-Convents freudig verklärten Kelten eine so wunderbare Gesellschaftsordnung aufgebaut haben sollten, bezweifelt sie, auch, dass die irgendwas im Mittelalter verloren hatten, aber sei's drum. Jedenfalls waren die, großzügig betrachtet, auch nur Vorfahren der Leute, die heute das Land bevölkern, warum sollten die also besser gewesen sein? Klüger und gelassener und im Einklang mit Weißderhimmelwas, das ihren Nachkommen so fremd ist? Glaubt G nicht, erscheint ihr nicht plausibel.

Dennoch besucht sie manche dieser Veranstaltungen, meist im Windschatten einer etwas esoterischen Freundin, mit der sie im Nachhinein alles bereden und sich wunderbar streiten kann. Außer über Politik.

Irgendwo muss da eine Sehnsucht vor sich hindämmern nach einem harmonischen Urzustand in grauer Vorzeit, von der Männerauswahl kann diese Vorliebe ja nicht befeuert werden, diesbezüglich sind sich die beiden einig. Wobei die Verkleidung hilft. Überhaupt wird G oft als männlicher Charakter besetzt, was sie nicht sonderlich stört. Zur edlen Heldin, die irgendwie immer langhaarig sein muss, taugt sie im Gegensatz zu ihrer Freundin eher nicht, Perücken mag sie nicht, die jucken. Doch, wie die Freundin dann versöhnlich sagt, der burschikose Typ hat wieder Saison, selbst wenn man für die Höherbewertung der Mutterrolle eintritt, das muss gar kein Widerspruch sein. Dem kann sie als Frau durchaus was abgewinnen. Komisch, sagt G, die letztens mitten in einer Montagsdemonstration stecken geblieben ist und sich darüber ärgerte, dass sie nicht mal dran gedacht hatte, dass Jahrestag war. G hält sich da lieber raus, die brüllen auch gar zu blöd.

Sie schlägt das angebissene Brot wieder in sein Papier ein, geht zügig durch ein Restaurant mit irgendeinem dämlichen Namen, in dem jedenfalls das Wort *Speise* vorkommt, findet auf Anhieb die Toilette und entsorgt die Essensreste in einem der großzügigen Müllbehälter, fährt sich durch den Haaransatz. Sie wird nachfärben müssen, bald, zum Glück ist ihr Mittelblond relativ tolerant. Schon die praktischen Seiten des Frauseins, denkt G, müssen in Zeiten vor der Erfindung des Tampons eine unerfreuliche Herausforderung gewesen sein.

G hat durchaus ein nennenswertes Liebesleben, diesbezüglich hält sie sich aber bedeckt. Mehr Zeit verwendet sie darauf, sich die Lebenswelten ihrer Endabnehmerinnen, EA, vorzustellen; meist sind es Frauen, nicht nur in den Wohnungen, auch in den Büros, die den Lieferungsempfang quittieren. Was die zuhause eigentlich so treiben? Da solltest du ein Buch drüber schreiben, hatte die Freundin gesagt, sowieso, hatte sie entgegnet. Dabei träumt sie eher vom Welterfolg als Fantasy-Autorin auf der Selfpublishing-Schiene, warum sollte man das Geld schließlich mit einem Verlag teilen, wenn es auch anders geht? Die Hoffnung stirbt zuletzt, hatte die Freundin gesagt, und G ärgerte sich, dass sie nicht den Mund gehalten hatte.

Was tun all diese Frauen? Zum Beispiel die, die sich bemüht hatte zu betonen, dass sie freischaffend sei, die Pampe auf dem Kopf, die aus irgendeinem Grund immer lehmbraun aussieht, ganz egal, welchen Ton man aufträgt. Eindeutig ein Trostpaket, selbstbestellt, TS, mit dem Label eines Onlineshops für Nobelmode. Ein Luxusschnäppchen für die Luxusschnepfe, hatte G gedacht und war sich höchstens ein bisschen gemein vorgekommen. Dabei ist eine Frau, die sich selbst die Haare färbt, das wiederum weiß G, keine, die in Geld schwimmt. Andererseits kann es sich auch um eine Perfektionistin handeln, eine, die es wöchentlich tut, um nicht den Hauch eines grauen Nachwuchses sichtbar werden zu lassen, und der die Zeit zu schade ist, um sie in einem Salon zu versitzen. Auch das könnte G sicher nachvollziehen, das räumt sie ein, als sie wieder zum Wagen sprintet, manchmal läuft sie, einfach so, überspringt die eine oder andere Stufe, ganz wie der federnde Fahrradkurier. Ihr Nasenflügel juckt.

Verlust 9

Die Sache mit dem Abzuliefernden, abzuhakenden Forderungslisten, auf deren Erfüllung sie Punkt für Punkt hinarbeiten, interpretiert sie einmal frei: Dass die Unvereinbarkeit ihrer beider Standpunkte durchaus ihren Reiz haben könnte, dass das die Ursache sein könnte für die Anziehung? Dabei ist eigentlich wenig zu beschönigen: Geld gibt es nun einmal nicht gratis, nie und nirgends und schon gar nicht in solchen Mengen. Man patzt sich an, wenn man bei dieser Gewinnausschüttung mithalten will, leider unvermeidlich. Von sonstigen Leichen abgesehen, die auf dem Weg nach oben sicher in den Fundamenten eingelassen werden (oder in den freischwebenden Sichtbetontreppen?, das wäre wenigstens eine nervenkitzelnde Neuinterpretation), wie das überall Brauch ist, in jedem Fachbereich, denn Ehrgeiz ist nun mal branchenunabhängig. Wie heuchlerisch ist das denn?, fragt P sich nun schon wieder selbst. So einfach liegen die Dinge nicht. Lebt sie nicht wie alle hier im gemütlichen Erstland – also gut, vielleicht nicht mehr ganz so gemütlich – auf Kosten der übrigen, solcherart Zweit- und Drittländer, die jetzt auch noch von Staats wegen zu sicheren erklärt werden? Macht es denn, moralisch gesehen, einen Unterschied, ob man sich mit Altenpflege, Fahrradreparatur oder Arbeitsbeschaffungsmaßnahmen vergnügt oder gleich mit Abschöpfung, Begradigung, Streamlining? Noch dazu, schränkt sie ein, wo sich zunehmend zeige, dass all die Freiwilligen und Ehrenamtlichen braves Fußvolk in einem System sind, in dem die sozialen Verantwortlichkeiten in Richtung Almosenvergabe ausgelagert werden? Das wiederum auf ihnen aufbaut, den Gratisarbeitswilligen? Von der Stromlinie ist es nicht weit zur Schlängelei, und dieser Warteschlangenwahnsinn habe durchaus Methode.

Ja, sagt sie tapfer, ja und dreimal ja, es macht einen Unterschied, steck dir den Relativismus sonstwohin. Bloß weil dein Körper begehrt, und das ist schließlich normal für einen Körper, muss dein Argumentationsarsenal nicht gleich klein beigeben. Für einen Verstand ist das nämlich in jeder Hinsicht armselig.

Einspruch, sagt sie: Alles an mir begehrt, sogar der Verstand, auch wenn dem gerne die Fähigkeit dazu abgesprochen wird. Fehleranalyse und Effizienzsteigerung sind die entscheidenden Werkzeuge, die werden sauber gewetzt. Warum die, die gekommen sind, auf dass sie sich zählen lassen, dann immer noch eine halbe Ewigkeit auf Wartenummern warten, die man in der Zukunft möglicherweise gegen Termine einlösen wird können, die schon im Gestern liegen, bevor sie ausgegeben werden? Welche Form der elaborierten Höllenqual ist das denn nun, und vor allem: Wer hat sich die Mühe gegeben, das raffinierte Prozedere zu entwickeln? Das fragt sie ihn nicht, ist ja nicht sein Kaffee. Dass die Sicherheitsleute sich danebenbenehmen, gehört mittlerweile zur Folklore dieser leistungssichernden oder sicherungsdienstleistenden Privateinheiten, das sieht sie ein. Waren auch nur kleine Übergrifflichkeiten, handgreifliche Unklarheiten, nichts Handfestes. Das könnte schließlich noch ganz anders sein, gehen Sie doch auf die Straße! Das Schlimmere, das das Schlimmste verhüten soll und doch wie immer nur befördert, scharrt schon in den Startlöchern.

Sie geht auf die Straße, folgt dem Rat, jetzt friert sie schon wieder. Nein, schreibt P, sie habe nicht nur schönes Wetter gewollt. Es wirke sich nämlich aus, die professionelle Selbstabrichtung fordere Tribut, gar nicht so wenig, an allererster Stelle: Vereinzelung. Dann Abgeschlossenheit und eine gewisse Weltfremdheit, ein Fremdsein in der Welt, das in seinem Fall über das ihr bekannte Maß hinausgehe. Ich wollte dich auch in deinem Schmerz, schreibt sie. Nicht dass ich deinen Schmerz gewollt hätte, doch wenn er schon da ist, dann teile ich ihn auch mit dir, ich wollte schließlich alles, hab ich das nicht gesagt? Bekommen habe ich ganz etwas anderes: Bekommen habe ich meinen Schmerz, an dem ich fast ersticke, doch das entgleitet jetzt. Ich muss das hinter mir lassen, das geht auch, Schmerz begleitet den Heilungsprozess, ist nur natürlich, ich heile jetzt von dir.

Du hast mich weit vor dir hergetrieben, vielleicht war ich das auch selbst. Ich habe es hingenommen. Das Einschleifen des kommunikativen Schlendrians, ergänzt sie leise, laut sagt sie: Im Warten bin ich mittlerweile Spezialistin, vielleicht brauchen Sie meine Expertise?

Wichtig ist, dass die Grenzen des eben noch Akzeptablen graduell verschoben werden, Regel Nummer eins, Nummer zwei: Die Wartende muss glauben, sie tue das aus eigenem Antrieb. Tut sie ja auch, wirft sie ein, so kommen wir nicht weiter. Nein, die Sache muss allgemeingültiger formuliert werden: Dieses sprachlos einander Anstarren unter der Mittagssonne des Cyberraums ist schließlich ein Machtkampf, und wer zuerst Emotionen zeigt, hat schon verloren. Wer sich in einem Hegemonialstreit als schwächer erweist, muss davon überzeugt werden, das eigene Unvermögen sei daran schuld. Auch das ist sie, überzeugt nämlich, wenigstens beinahe, dann kommt schon wieder etwas dazwischen, das Gefühl.

Zum zweiten Mal, unbelehrbar, nicht zu fassen, sagt P und hält sich am Rand des Waschbeckens fest, das muss klar und deutlich festgehalten werden. Es tut gut, etwas gründlich mit den Händen zu umklammern, wenn man sich so mit sich selbst konfrontiert. Gründlich hat sie auch in Sachen Liebe verloren, noch viel gründlicher als beim ersten Mal, doch seltsamerweise fühlt sie sich nicht ganz danach, stattdessen fühlt sie sich, das konstatiert P leicht verwundert vor dem Spiegel, in dem außer ihr selbst vor allem die rhythmisierte Klokabinenfront zu sehen ist, stärker? (Das ist jetzt nichts als wishful thinking, Autosuggestion, könnte man meinen.)

Nein, widerspricht sie stur, sie stelle sich der Niederlage, sie stelle sich ihren Gefühlen, das sei der springende Punkt, auch wenn die durchaus das Zeug hätten, sie ins Bodenlose zu reißen: Nun übertreib mal nicht, sagt der Spiegel fröhlich. Bleib am Boden, wir befinden uns hier im Untergeschoß, unter Asphaltkrustenniveau. Also gut, auch wenn die bitter im Abgang seien, auch wenn sie unter ihnen leide, Tatsache bleibe, sie stelle sich. Das mache stark, stärker jedenfalls, als wenn man einfach davonrennen würde. Verbergen, vergraben, verleugnen, diese Dreieinigkeit hat noch nie irgendwen weitergebracht, sehen wir den Tatsachen ins Auge, sagt P, dann ist sie wieder bereit für den Aufstieg in die Oberwelt, die Außenwelt, die durchaus noch mehr Verletzungen auf Lager hat. Die ist nicht faul und schenkt ihr nichts. Nein, sagt P: Ich werde das Gute mitnehmen, und davon gibt es viel. Die erste Berührung, meine Hand, die nach der seinen greift, die sie wiederum nimmt und an seinen Körper drückt, ganz sanft, ganz weich, und alles in mir wird ebenso. Die Öffnung des Blicks und des Innersten, und wie gefährlich das ist, begreift er eher als ich.

In mir bin ich ganz in Trauer (ich trage die Trauerkleidung innen, eine innere Ganzkörperverschleierung).

Komik 2

Immer schon ein wenig dick aufgetragen, als ob die Realität sich einfach zu viel Mühe gäbe mit den beiden: das Plüschcafé zum Beispiel der einzige noch offene Ort in der Stadt, in der sie sich konspirativ treffen. Die Polsterungen artgerecht, nur bei den Tassen hapert es, kein Pelzkaffee wird angerichtet, nichts dergleichen, stattdessen Fröhlichkeit, ein Fallenlassen mitten im Sitzen. Der letzte Unterschlupf in der Öffentlichkeit, die Frage: Anbot?, ist dieses Angebot eine Nachfrage? Ja, da ist man sich schnell einig. In Plüschlandschaften sind sie sich selbst überlassen, einander, ratlos, was auf einmal mit so viel Freiheit anzufangen wäre, erneut, neu, noch ist nichts selbstverständlich. Er lächelt im stimmungsvollen Seitenlicht ein Lächeln, bei dem sich die Lippen blitzartig zu freudvoller Breite verziehen. Sein Lächeln eben, das ihr durchaus ins Mark fährt. Dann wird die Sitzung vertagt, denn auch dieses Refugium schließt seine Pforten.

Die Komik kommt nicht zu kurz, und so kommt es, dass er später in der Hektik des Geschehens einen Knopf verliert, der nicht mehr aufzutreiben sein wird, nicht zu finden in den frühen Stunden des nächsten Morgens, so sehr sie ihn auch suchen, noch voller Nachgeschmack und Nachtgeruch. Macht nichts, sagt er. Ein schlicht gestrickter Plot, sagt sie. Das Beweisstück für die Nachlässigkeit der forensischen Abteilung, der unter das Bett gerollte Knopf, der ungestört herumliegt, was wiederum als Zeichen der Komplizenschaft zu werten ist zwischen den Mordverdächtigen und dem Leiter der Untersuchungsbehörden, dem Vertreter der, dem der Staatsmacht Verantwortlichen … Sie verheddert sich in ihrem Satz und küsst ihn lieber, was nicht so einfach ist, denn sie muss sich dazu auf die Zehenspitzen stellen (sie hat sich da den größten Mann ausgesucht, den sie finden konnte, sicherheitshalber, ist zu vermuten). Er legt den Arm um ihre Körpermitte und drückt sie an sich, er umfängt sie und hüllt sie in sich ein. Das stört uns nicht, sagt er, weder der Knopf noch der Plot, uns, sagt sie, wer bitte ist das?

Er streicht mit behutsamen Fingerkuppen über ihre so durstige Gesichtshaut. Du bist schön, sagt er, und sie kann sich gerade noch daran hindern zu widersprechen, sieht ihn von unten an, sein Mund grotesk vergrößert wie der eines blutlüsternen Heath Ledger. Wie kommt er dazu, solche Kategorien einzuführen, wenn doch derzeit und hierorts alles schön ist, nicht anders sein kann? Andererseits gibt es wirklich keinen Raum für solche Haarspaltereien, es gibt Besseres zu tun. Das hier ist das, was sie sich nicht ganz trauen zu benennen und damit den Begriff selbst schon zu punzieren (denn da ist immer noch eine Unabsehbarkeit dahinter, wie nennt man die dann? was für Begriffe bleiben?). Es doch tun, leise. Du strahlst, sagt er, und sie: und du läufst über. Das Glück quillt wohl leuchtend aus dem Bauchnabel, um den er seinen Finger kreisen lässt, und vernebelt die Sicht. Das musst du jetzt aushalten, sagt sie, dass ich ein wenig schwebe. Ja, sagt er und küsst sie, nicht mehr ganz so wild wie zu Anfang, sie küsst zurück, ein bisschen wilder, dann fängt die Sache von vorne an.

Das Unsägliche kann man nur aufsaugen und in sich tragen wie einen Segen. Das Wiederfinden deines Geruchs, sagt sie, unfassbar, und doch sofort identifiziert, nach all der Zeit. Als hätte ich ihn nie verloren. Er sagt: ein Nachhausekommen.

Lust 1

Stellen wir uns vor, alle Wünsche würden wahr, was käme dabei heraus? Wenn A ihr, nur einmal angenommen, um des Experiments willen, alles zu Füßen legte, auf die Fußmatte, das käme ihr dann doch ein wenig nahe? Zu nahe, nun mal abgesehen davon, dass er das ohnehin nicht täte, niemals, er hat sich selbst im Griff, ganz anders als P, die schon wieder heimlich weint. Dass sie damit nicht aufhören kann! Dabei ist doch klar, dass sie ihn nicht zu nahe an sich dran haben will, dass ihr bewusst ist, dass sie allen Grund hat, sich darüber zu freuen, mit einem blauen Auge davongekommen zu sein. Der Verdacht regt sich, dass sie jemanden missbraucht, um sich all das andere vom Leib zu halten. Dass sie T vorschützt, dessen Fürsorge sie umgibt wie ein zweiter Schutzwall, ist durch nichts zu rechtfertigen. Wie mies wird das hier noch? Das muss sie sich schon fragen.

Dann lieber zum Guten, das sie vorhat mitzunehmen: Da wäre auf der Habenseite einmal das monatelange Hochgefühl, das der Austausch von Mails, Briefen und Nachrichten schürt, die Heimlichkeit erhöht die Spannung, wie einfach sind die beiden doch gestrickt! Die Seltenheit, die für den Glanz sorgt. Die Rarheit, doch sich rar zu machen war wohl nur den Töchtern empfohlen worden, als Teil des reaktionären Waffenschranks, den sie aus dem Fenster gekippt hatte. Ihm hätte das auch niemand raten müssen, diesbezüglich ist er eine Naturbegabung. Die Seltenheit verleiht jedem Wort beim Wiederlesen einen speziellen Klang, wieder und wieder kann man es lesen, das: Wie geht es dir? – Wo waren wir stehen geblieben? – Muss darüber nachdenken. – Danke. – Freue mich, schreibt er, dann folgt länger nichts. Ganz nebenbei passiert ihm das, er macht das nicht absichtlich. Mehr an Öffnung, Konzentration, Hingabe an eine nicht zielgerichtete Aufgabe lässt sich so einem Senatorlounge-Alltag eben nicht abpressen, da ist sie sich ganz sicher.

Statt sich den Zustand der Wunscherfüllung auszumalen, geht sie noch einmal, schon wieder, zurück zu der narzisstischen Kränkung, die in seiner Ablehnung steckt, ihrem Vorschlag nach Näheerzeugung zu entsprechen. Das lässt sie eine Zeit lang völlig außer sich zurück. Sie drängt auf Wiedergutmachung, die nicht zu erreichen ist und nicht zu erzwingen, so hektisch, wie sie das versucht, schon gar nicht. Dabei übersieht sie den tiefen Schock, den die Vorstellung bei ihm auslöst, das ist nämlich der springende Punkt: Wie kann Vertrautheit derart erschrecken?

Geschätztester, schreibt sie, man hat Fehler gemacht (mir ist da was unterlaufen). Wieder sitze ich irgendwo herum, bin ich irgendwo angekommen, in der Öffentlichkeit jedenfalls, und spüre den Schweiß, der sich sanft in meinen Körperöffnungen sammelt und meine Pläne zur Vervollkommnung durchkreuzt, das Make-up untergräbt, meinen Wunsch, rüstungsgleich ausgestattet mit schimmernden Sicherungsplatten bedeckt meinen Körper zur Ansicht anzubieten, denn ansehen lassen muss ich ihn ja, sobald ich mich unter Menschen begebe. Unfassbar, wie groß das Schutzbedürfnis ist, wie dringend mein Wunsch, die kindliche Ausgesetztheit, die mir einen so harten und oft erfolglosen Kampf um Selbstbehauptung eingetragen hat, ein für alle Mal hinter mir zu lassen, und wie hoffnungslos ungeeignet das ebenso früh als Antidot begriffene Konzept, mich perfekt und noch perfekter zu gestalten. Kann nicht gelingen.

Diese Kindheit hat mir die Scham eingepflanzt wie nichts anderes: Die Vorstellung, im Pyjama überrascht zu werden, erfüllte mich mit abgrundtiefem Schrecken. Denn unter diesem Schlafgewand musste die Nacktheit offensichtlich sein, nachgiebig, wie sich der mürbe Stoff ihr anpasst und sie in fast schon durchsichtiger Weise einhüllt, und das ausgerechnet in einer Stadt, wo der Auftritt in Pyjamaartigem zur richtigen Jahreszeit geradezu gefordert ist, jedenfalls in jedem Aspekt gesellschaftsfähig. Der Körper, der ja nur ein anderer Ausdruck für die Person selbst ist, war etwas, für das es sich zu schämen galt, er wurde nur zu Reinigungs-, Ausscheidungs- und Strafzwecken entblößt, und dass man sich schämt, wenn man bestraft wird, ist durchaus das Herz- und Gustostück der Sache. Warum ich ausgerechnet in dieses Behältnis eingepflanzt worden war und nicht in das daneben, eines, dessen äußere Erscheinung in Ringelpullovern und Glatthaarfrisur so selbstgewiss vor sich hin strahlte, war mir ein Rätsel, schreibt sie und lässt das Rätsel stehen.

Das Wiedertreffen mit dieser Schulkollegin, Jahrzehnte später, in einer nordeuropäischen Stadt, deren Farbigkeit und großflächige Fensterfronten P schon immer begeistert hatten, was dem Unbehagen noch eins draufsetzte, sprach die andere doch voller Ernst vom Huren, dem ihr Mann nachgehe, und für das er von Gott durch eine anstehende Hüftoperation gestraft werde, Gott, der ihrer Überzeugung nach auf ihrer Seite stand und so zum Werkzeug ihrer Rache wurde. Die ersten Magnolien verausgabten sich in überquellender Blüte, die schon zu Boden tropfte. P überlegte, wie sie nun unauffällig den Rückzug antreten könnte, für das Auffällige war sie zu höflich, also eigentlich zu mutlos, obwohl es ihr auf der Zunge lag zu sagen, die ehemalige Freundin (waren sie wirklich Freundinnen gewesen, kann man davon reden in dem Alter?, sie wusste es nicht mehr) möge bedenken, dass sie gerade mit einer ebensolchen Sünderin spreche.

Lebendig, daran ließ die Schulkollegin wenig Zweifel, würde der Mann nicht mehr herauskommen aus dieser Ehe, die doch von ihrem Gott so weise eingesetzt worden war, mindestens ebenso wie der alltägliche Schulweg. Auch der Heimweg, heim zur Mutter, oder auch nicht, da warteten noch ganz andere, denen nebenbei noch etwas vorbeigebracht werden musste:

P sah sich schlagartig, achtjährig, neben einer anderen Mitschülerin die alte Dorfstraße hinuntergehen, die nun von der Stadt geschluckt worden war; rundherum wucherten Siedlungsanhäufungen. Sie sah sich an Klinkersteinhäusern mit sorgfältig aus hochkant gestellten Ziegeln geformten Bögen über Türöffnungen und Fenstern vorbeigehen, in denen noch Werkstätten untergebracht waren. Sie spürte Braunkohlenstaub im Mund, plötzlich ganz sicher, dass Braunkohle tatsächlich *schmeckt*, bisschen schokoladig, bisschen kaffeeig (das Auge isst mit), dass Braunkohle einen reproduzierbaren Geschmack hat, der Kindheitswörter zu Tage fördert: Schaufelradbagger, schiffgroß, Flöze, Flöße, Meer und Maare, Ammoniten, Abraumhalden. Tagbau, der keinesfalls das Gegenteil von Nachtbau war, auf Halden untertags gespielt: Abraum, Alraun, Albtraum, all dieses verträumte, Verbot verheißende Gebiet ganz ohne sichere Bestimmung, so wie der Bahndamm samt seinem Gestrüpp.

Der Schuhmacher war's, dachte sie, was gar nicht stimmte, der befand sich nur neben dem Metzger und dem Gemischtwarenladen, in dem die andere einkaufen ging, ein großes Mädchen, deren strengen Armutsgeruch sie noch in der Nase hatte. Als sie nach dem Zweck des Pakets mit den weichen weißlichen Objekten fragte, das die andere soeben erworben hatte, sagte die, das sei, weil sie blute, das sei eben so, wenn man älter werde. Sie war tatsächlich ein wenig älter als P, die allerdings auch schon Bescheid wusste, sie war ja nicht blöd, im Gegenteil. Der mächtigste Junge der Klasse hatte sie einmal beiseite genommen, quer über den Schulhof eskortieren lassen von seinen Adjutanten, die dann weggeschickt wurden, damit er sie ungestört fragen konnte, was dieses eine Wort eigentlich bedeute, das alle überall hinschmierten, vor ihr, der Außenseiterin, glaubte er sich seines Unwissens am wenigsten schämen zu müssen. P entgegnete also, das mit dem Bluten käme aber doch erst später, und das große Mädchen sagte, die Mutter habe ihr erklärt, das sei bei ihr deshalb schon jetzt so, weil sie immer bei einem Onkel vorbeigeschickt würde (P sah sie mit einem tuchbedeckten Korb unterm Arm), um ihm Bier zu bringen, und der lege sich dann mit ihr ins Bett. P hatte die Geschichte, die das Mädchen so freimütig erzählte, durchaus an Erwachsene weitergereicht, reagiert hatte niemand: Konnte nicht sein, war nicht. P betrachtete verstört das Lächeln der Schulfreundin, dabei hatte die mit der Rotkäppchengeschichte nun aber wirklich nichts zu tun.

P ruft A an, der Gedanke liegt nahe: Er freut sich, sie lachen gemeinsam, er sagt in einem Nebensatz, er traue sich eben noch nicht, Forderungen zu stellen, welche Forderungen?, fragt sie, er schweigt, und etwas durchzuckt ihren Körper, das sich auch nach Scham anfühlt, heiß, quälend. Scham darüber, dass nicht auszuschließen ist, dass sie durchaus wünschen könnte, dass er endlich Forderungen stellt, die sie ablehnen muss, das tut sie gleich, vorauseilend: Forderungen nach Exklusivität vielleicht? Das hätten Sie sich früher überlegen müssen, Verehrtester, diesen Hybridzustand haben Sie sich selbst eingebrockt, und ich weiß nicht, ob ich andernfalls bereit gewesen wäre, den Brocken zu schlucken. Ist ja gut, sagt er, doch so einfach kann sie das nicht stehen lassen.

Diese Steine, die man Tag für Tag hochrollt, um den Schutzwall endlich zu vervollständigen, werden nämlich von dem der Welt eigenen Hang zur Unordnungszunahme anvisiert und punktgenau zurückgeschickt, nur damit man am nächsten Tag, noch ein wenig mehr von der Aussichtslosigkeit des Kampfes gegen den Verfall betroffen, wieder von vorne beginnen kann. Die Unordnung nimmt zu, immerzu, das besagt nicht nur der Zweite Hauptsatz der Thermodynamik, für diese Erkenntnis ist nicht einmal der Blick in ein Kinderzimmer erforderlich, er hilft aber. Das menschliche Leben ist ein mittelfristig verloren zu gebender Kampf um die Aufrechterhaltung eines lokalen Entropieminimums, das auf zwei Beinen geht und durch Haut begrenzt wird. Es muss also schlussgefolgert werden, folgert die Protokollführende, dass die Selbstvervollkommnung als Schutzkonzept untauglich ist. Wesentlich aussichtsreicher und hoch an der Zeit wäre es, sich alternative Rezepte anzueignen.

Ich habe Ihre Panik übersehen: Was fürchten Sie von mir? Selbst bei für mich idealem Verlauf der Dinge hätte ich nichts weiter gewollt als ein paar Nächte pro Jahr, die mich der tiefen Verbundenheit versichern, nach der ich mich so sehr sehne. Die mir genau das dosierte Maß an Exzess gestattet hätten, das ich zum Überleben brauche. Kontrollierte Grenzüberschreitung, wenn Sie so wollen, bedingungslose Übergabe unter genau abgesteckten Randbedingungen, er sieht sie mitleidig an, wie sie meint, ich sage es ja, sagt sie: ziemlich karnevalesk. Diese Verbundenheit soll gerne subkutan bleiben, unterirdisch, ich brauche keinen äußeren Beweis. Was daran ist so erschreckend? Es gehe eben nicht, entgegnet der Angesprochene. Er müsse für sich herausfinden, was echt sei, was Schimäre, er wolle das nun endlich wissen. Da ist sie wieder, die Schimäre, die sie beide reiten, nächtens, eine wilde Jagd. Wovon er eigentlich rede? Hätte sie nicht einen Schlussstrich gezogen, diesmal wirklich? Was gebe es da noch zu betrachten, zu hinterfragen, von welchen Gefühlen spreche er überhaupt? Von seinen, natürlich, entgegnet er ein wenig befremdet, und die sind anscheinend in der Zeit stehen geblieben.

Doch er will aufschieben, auf später verschieben, er nimmt an, dass er dann klarer sehen werde, sie begreift nicht, was ihn zu dieser Annahme veranlasst, wozu das dienen soll. Er spielt auf Zeit, während sie sagt, sie wünsche sich, dass er mehr von sich gebe, dabei macht sie eine Handbewegung vor der Bauchhöhle, als wollte sie eine Rundung vervollständigen, Fülle anzeigen. Doch weiß sie schon, dass sie verloren hat. Das überrascht mich aber gar nicht, sagt sie, irgendwie habe ich nichts anderes erwartet, in dem Moment, als ich die Grenzen dessen auslotete, was ich zu ertragen bereit bin. Andere Menschen haben sicherlich ein gesünderes Ordnungssystem, du zum Beispiel. Die lieben gar nicht erst, schon gar nicht unter solchen Bedingungen, angesichts einer solchen Kommunikationsresistenz wie im vorliegenden Fall. Ja, sagt er defensiv, in dieser Hinsicht agiere er suboptimal, das sei ihm klar. Danke, sagt sie, jetzt wird sie ärgerlich, sie brauche keine Unterwerfung, sie wolle keine Entschuldigungen, sie wolle endlich eine nachhaltige Veränderung der Handlungsstrategie! So wird das nie etwas mit diesem Abend. Nein, wird es nicht.

Andere Menschen schaffen es, unter solchen Bedingungen gar nicht erst zu lieben. Ich liebe trotzdem, das ist mein grundsätzliches Problem. Diesmal, sagt sie zu sich, er hört es nicht, ist das Maß voll, die Grenze endgültig überschritten. Diesmal ist der Rahmen dessen, was ich noch mit dem Bild eines Menschen, den ich liebe, vereinbaren kann, gesprengt. Das alte Dilemma zwischen Gefühl und Verstand wird zugunsten des Verstandes entschieden, sie ist jetzt ganz entschieden. Das Gefühl wird sicher demnächst folgen.

Was das überhaupt für Probleme seien? Luxusprobleme mit einem Wohlstandsbauch, und was für einem. Dass man denkt, es sei nicht weiter verwunderlich und des Aufhebens wert, dass die dort drüben, unten sterben, beginnt sie, das sei eben so, während hier bei uns die Idee eines vereinten Kontinents erodiert, vor sich hin bröselt – das hat sie doch schon gesagt, hier waren wir schon? Auf dem Deutungsfeld darf man die Interpretationshoheit nicht den Brandsätzen und Sprengkörpern überlassen. Ist aber schon passiert. Er wendet ein: Als ob es was helfen würde, das festzustellen. Doch, schreibt P, das stete Wiederholen könne etwas verschieben, daran glaubt sie fest. Nach einer kleinen Nachdenkpause fügt sie hinzu: wenn auch nur marginal.

Das mit der Liebe im Tegeler See war falsch. Meine Hoffnung muss ich dort versenken. Endlich, wirklich und gut beschwert. Diese verfluchte Hoffnung, die ich mir selbst vor die Nase hänge, damit ich ihr nachlaufen und sie anbeten kann wie ein Götzenbild.

Verlust 10

In einer der ersten Nächte sagt sie zu ihm, er solle sich nehmen, was ihm gehöre. Schon fällt sie sich in den Arm, schon wurde es gesagt. Er fühle sich angenommen, sagt er, und diese Dichotomie aus Nehmen und Annehmen ist nicht zu fassen: Wie, fragt sie ungläubig, kann ich sehenden Auges einen solchen Unsinn von mir geben? Wie kann es sein, dass im Moment der höchsten Erregung, der Selbstveräußerung die Regeln der überprüften und handhabbaren Denkart derart auf den Kopf gestellt werden?

Die U-Bahn-Station liegt nächst dem Ort, von dem es heißt, er sei der einzige in der ganzen Stadt, an dem man sich nicht mit einem Joint erwischen lassen dürfe. Durchaus komisch, findet P, denn bei entsprechend schönem Wetter wabern um die Sitzgruppen der Straßencafés rundum süßliche Wolken, die niemanden zu stören scheinen. Tabu ist nur der Park, dessen längliche Form schon andeutet, dass er nichts weiter ist als der Überrest des namensgebenden Bahnhofs, dessen Schienen einmal nach Osten führten, da konnte man ins Grüne fahren. P und A schaffen nicht einmal das, nicht in dieser Auflage ihrer Geschichte. An der Dreifachkreuzung, deren zweiter Seesternarm die Köpenicker Straße kreuzt, begreift sie endlich, dass der Mensch grundsätzlich einsam ist, und diese Erkenntnis wirft sie zu Boden. Zumindest die Rüstungsteile, die sind einfach zerbröselt und abgefallen, und sie hätte sich gerne zum Sterben dazugelegt.

Und doch zögert sie, irgendwelche Greifarme auszustrecken, denn sie kann sich nicht mehr sicher sein, ob sie seine Reaktion überhaupt noch wollte, wenn denn wider Erwarten eine käme. Doch diesbezüglich muss sie sich keine Sorgen machen, auf sein beharrliches Hinunterschlucken jeder möglichen Gegenrede ist Verlass. So lässt sie es bleiben, schickt die Zeilen nicht ab, die etwas von Herzen sagen, die weinen. Haarsträubend, und im Übrigen weint sie gar nicht mehr. Oder wenn, dann hat jedenfalls niemand die Absicht es mitzuteilen. Und überhaupt, was ist denn das für eine Bildwahl? Was soll dieses Herz eigentlich sein, wo ist das verortet? Und wie soll ein so abstraktes Konstrukt Emotionen zeigen? Es ist erstaunlich, wie oft am Tag man keine Nachricht bekommen kann, noch viel öfter kann man keine Nachrichten bekommen, als man nicht daran denken kann, dass man keine bekommt. Sie freut sich sehr über den ersten Erfolg auf dem Weg zur Heilung, dass sie fast vergisst zu trauern, für diesmal.

Was willst du, fragt eine Stimme, die klingt recht vernünftig, mit einem Menschen, der unfähig ist, etwas von sich zu geben, und wir sprechen hier nicht nur von Sätzen. Nein, widerspricht eine andere heftig, denk an die Bodenlosigkeit der Nacht, in der ich, aufgefangen, geborgen, mich auflösen konnte. Da hat er gegeben, jede Menge, sich verausgabt, auch wenn du, werte Ratio, nichts davon verstehst. Als mir das Glück aus allen Poren lief, als ich strahlte vor Glück. Wir müssen jetzt aber mal langsam das Thema wechseln, sagt die Vernunft. Aleppo ist ausgebrannt, und die Schotten werden dichtgemacht. Wir können schließlich nicht alles so unmittelbar an uns heranlassen und in unser durchaus geräumiges Herz hinein, die Psychogesundheit fordert das haarscharfe Abgrenzen, und die Haut ist näher als das Hemd. Alles Elend dieser Welt, um mich zu bremsen? Nein: Kein Wunder, dass ich glücklich war, denn ich hatte meine Liebe wieder, auch wenn es eine eher einseitige Liebe war. Ich liebte und wurde nicht wieder geliebt, doch mir reichte das offensichtlich.

Es war wohl das am nächsten an Liebe heranreichende Gefühl, zu dem er fähig ist, das muss ich endlich begreifen. Mehr ist da nicht. Das möchtest du gerne glauben, mischt der Analysand sich ein, das stimmt aber nicht. Er sei sehr wohl liebesfähig. Ob ihr nie die Idee gekommen sei, dass er eben einfach nur sie nicht liebe? Dass sie einfach nicht die Person sei, für die er ein solches Gefühl entwickeln könne, warum nicht, sei eben nicht zu ergründen? Nur so als Frage möchte er das in den Raum gestellt wissen, er meint das nicht böse, auf seine Weise liebt er die Probandin sogar, das sagt er wenigstens, immer wieder, dass er das alles nur aus Liebe getan habe, als sie an der Kreuzung stehen und er nichts Dringenderes zu tun hat, als sich zu entziehen.

Nimm diesen Stachel wieder aus mir, sagt sie. Der Kränkung durch seine Zurückweisung begegnet sie auf höchst kindische Weise, für die sie sich sofort schämt, das kann sie gut. Sie sagt, er habe sie nicht so zu behandeln, weil es ihr Recht als Frau sei, nicht so behandelt, soll heißen: abgewiesen zu werden. Ein Scherz, der schon im Ansatz misslingt (unter Druck sollte man sich nicht im komischen Fach versuchen). Welchem reaktionären Geröllschutt öffnet sie denn da Tor und Hintertür? Sie fragt sich das auch selbst und möchte das Gesagte ungesagt machen, die Worte wieder den Schlund hinunterstopfen. Zu ihrer Rechtfertigung kann sie nur vorbringen, dass sie außer sich ist vor Entsetzen und deshalb nach allem greift, was sich findet, nur um nicht stehengelassen zu werden. Haben sie euch das nicht beigebracht?, sie versucht, den scherzhaften Charakter auszubauen und gibt damit doch nur der Verletztheit Raum. Sie bittet ihn, die Sache wieder glattzubügeln, doch er tut nichts dergleichen. So habe er das nicht gemeint. Wie er es dann gemeint habe? Die Frage lässt er offen.

Und überhaupt, schreibt sie später, zunehmend empört, wieso sollte sie sich dafür rechtfertigen müssen, hätte sie mehr gewollt (mehr und noch mehr). Wo sind wir denn? (Nicht dass er eine solche Rechtfertigung von ihr verlangt hätte, doch sie nimmt vorweg, schießt übers Ziel hinaus.) Sie habe sich immer jedes Recht auf eine freie Ausübung ihrer Sexualität genommen. Selbst wenn sie diesmal sicher nicht mit ihm schlafen habe wollen, wie sie das auch sehr deutlich zum Ausdruck gebracht habe!, würde sie es sich nicht nehmen lassen, ihm das andernfalls ebenso deutlich mitzuteilen, wie sie ihn wissen lässt. Diesbezüglich funktioniert die Argumentationstechnik noch. Insgesamt dennoch eine schwache Darbietung, sie ist nicht ganz bei Sinnen.

Dass es aber immer noch beschämender sein muss, als Frau abgewiesen zu werden denn als Mann: Mit dem Abgewiesenen fühlt das Publikum mit, die Abgewiesene erntet Spott, und wenn der leise ist, kann sie noch von

Glück reden. Bloß dass da gar kein Publikum ist, man müsste eigentlich nur vor sich selbst bestehen. Wie beneidenswert die Verhältnisse in homosexuellen Beziehungen, denkt P nun ganz naiv, das Recht nimmt sie sich. Ohne Geschlechtsunterschiede gibt es solche Zuschreibungen nicht mehr, sagt sie stur, da ist der Mensch reduziert auf das Gefühl des Abgewiesenwerdens, was schlimm genug ist, auch ohne die Vorstellung der von außen noch darübergestülpten Häme. Doch darum geht es doch hier wirklich nicht, kann es nicht gehen.

Aber, um die Sache abzuschließen, derzeit, unter den gegebenen Bedingungen komme Sex nicht in Frage, sei außerhalb jeder Reichweite, denn seine ewige Halbherzigkeit ermüde sie. Das würde doch zwangsläufig zu einer emotionalen Überschwemmung führen, zumindest im vorliegenden Fall und wenigstens bei ihr, einer Reizüberflutung, die sie gerade gar nicht ertragen könne, froh darüber, halbwegs wieder ein Gleichgewicht in sich hergestellt zu haben. Sie sei nicht bereit, ihre Gefühle auf die Basis dieser schmalen Teilzugeständnisse zu stellen, die sie nicht tragen könnten, von denen sie beim ersten Regen runterkippen würden wie Blumentöpfe von einem schiefhängenden Fensterbrett. Das ist auch beinahe die Wahrheit. Dass ein anderer Teil nichts mehr wünschte, als sich in den nächsten verfügbaren Abgrund zu stürzen, ist eine andere Geschichte. Und dieser Abgrund liegt für P nun einmal innerhalb von As körperlichen Grenzen, kann man nichts machen.

Komik 3

Als wir einander berühren in der zweiten ersten Nacht, als du dich hinter mich stellst und mich umfängst, wir beide mit nacktem Oberkörper, ich mich, wie gehabt, für den meinen schämend aufgrund des offenkundigen Versagens des Kontrollimpulses, der jede Abweichung von der idealisierten Normform, der uniformen Idealnorm unterbinden will, dieses unreifen Drangs nach Selbstzurichtung. Du bist der Ausuferndere von uns beiden, dem eine solche begutachtende Betrachtung des eigenen Fleisches jedoch fern liegt, das ist das Schöne, der sagt: schön bist du. Schön. Und ich will widersprechen, doch das bisschen antrainierte Selbstvermarktungsstrategie ruft mich zur Ordnung. Ich sperre dieses Korrektiv aber weg, das soll sich im hintersten Winkel meines Bewusstseins mit dem Memorieren von Merksprüchen vergnügen, die Betschwester kniet da auch schon herum, ihr werdet euch prächtig vertragen und euren Spaß haben! Mir ist das egal, ich will so aufrichtig und wahrhaftig sein, wie das nur menschenmöglich ist, Strategie war gestern. Was hilft die beste Strategie im Moment des Erlebens von etwas so Einmaligem, Drängendem, Kostbarem?

Die neue, rekapitulierende Nacht: Er noch ganz zuversichtlich, dass er das hier trennen können werde vom Rest seines Lebens, überschäumend vor Begeisterung über das Neuentdecken eines Geländes, das er vergessen zu haben schien: der Taumel des Anfangs, eine Frau, die sich schon bei der leisesten Berührung einnässt, deren Schamlippen glänzen vor Feuchtigkeit, geht vorbei, sagte sie, tut es immer. Er stieg aus dem Bett, um das Licht einzuschalten, sie protestierte, doch ohne Nachdruck. Die Kinder, bisschen faltig, was will man. Nichts gegen ihn, der noch einer anderen Generation anzugehören schien und seinen Körper sichtlich machen ließ, was der wollte. Was sicher zur psychischen Gesundheit beitrug, weniger zur physischen, für das gute Leben ist der menschliche Organismus auf Dauer nicht gemacht. Sie wunderte sich: Keine Frau, postulierte sie, die es in den Vorstandsetagen dieser Welt zu irgendwas bringen wolle, könne es sich erlauben, der Natur derart frei ihren Lauf zu lassen. Er lachte und entgegnete, hier könne sie das ruhig tun. Er beugte sich über sie, leckte, schluckte. Ihr liefen die Tränen aus den Augenwinkeln. Er zeigte gewisse Schwächetendenzen, zu viel der Performance in den letzten Jahrzehnten. Sie half ihm wieder auf die Beine und streute sorgfältig Salz in seine Wunden, sagte, das sei wohl ein Statussymbol. Er lachte. Das komme mit dem Alter, das sei ganz normal. Sie lachte mit. Und dann sagten sie nicht mehr viel, höchstens ein paar Dinge, die jeder Vernunftzensur zum Opfer fallen müssten und alle ziemlich dumm aussähen, würden sie niedergeschrieben. Punkt und Anton, A und Punkt

Sie mag alles an ihm, da gibt es nichts, was sich nicht liebevoll benennen ließe, denn dieser Mann steht im Zentrum ihrer Sehnsucht: Bei mir bist du schön, mein Schönster auf der Welt. Das Heimkommen scheint so endgültig, dass sie weinen könnte vor Erleichterung. Und er nimmt sie an in all ihrer Unzulänglichkeit, es gibt keine Stelle an ihr, die er nicht mit einschlösse in seine liebevollen Betrachtungen. Er nimmt sie an mit all ihren finsteren Winkeln, sie erkundet die seinen, verschwimmt an den Rändern. Grenzen gibt es keine mehr, für diesen Moment, für diese Nacht, deren Endlichkeit auf ihre Weise in eine Unendlichkeit führt, eine nicht enden wollende Ausbuchtung in der ablaufenden Zeit. Irgendwann sieht er sie an, auf der Seite liegend wie ein müder Bacchus auf einem Barockgemälde, und bittet um Entschuldigung. Frei, sagt er. Zur Gänze aufgehoben. Sie verschiebt die Frage, ob und wie sie das von ihren Gefühlen für T trennen könnte, auf morgen. Heute reine Empfindung, heute Überfülle, heute ausschließlich Gegenwart, so lange sie eben reicht.

Bist du jetzt mein Geliebter?, fragt sie am nächsten Tag, an der Autobahntankstelle, atemlos allein im Innenraum eines Mietwagens, ihrer aktuellen Behausung, über deren Scheiben filmreife Regenbahnen laufen. Das könnte man so nennen, sagt er lachend, und er hat recht: Er ist ihr Geliebter, in viel höherem Maß als sie seine Geliebte ist, denn er wird innigst von ihr geliebt, da ist er schon weit weg, auf der anderen Seite der Welt oder doch nur in der nächsten Großstadt. In komatösem Zustand, schreibt er später, habe er die Sitzung hinter sich gebracht. Und noch hofft sie, es könnte doch so sein, dass die Innigkeit gleich sei auf beiden Seiten, dass er sie genauso heftig liebe wie sie ihn. Dass sie angesichts der gegebenen Anfangsbedingungen und Bindungsverhältnisse nichts weiter voneinander wollten als eben die paar Nächte eines unabsehbaren Glücks, so denkt sich das die Praktikerin. Gleich die Linie gezogen: Bleib du nur ja bei deiner Frau.

Dann taucht der Knopf doch wieder auf, zwei gekoppelte Silberplättchen, eine silberne Doppelscheibe liegt auf einmal glänzend in einer Falte ihrer Tasche, wo sie definitiv nichts verloren hat, ein Beweismittel, wie es schöner nicht zu finden ist. Sie ruft ihn gleich an, er geht gleich dran, sie teilt die Freude über diese Entwicklung der Ereignisse mit ihm, jetzt habe sie endlich ein Unterpfand der Liebe. Ob und wie diese Gefühle zu trennen seien, diese Frage wurde auf morgen verschoben, doch morgen ist heute, was also tun? Wie bringt P das alles unter einen Hut? Sie fühle sich so, behauptet sie auf seine Frage hin, denn ja, er thematisiert das durchaus, er will verstehen, sie fühle sich einfach so, als ob zwei Flüsse in ihr flössen, jeder mit einem eigenen Ziel, einer zur Nordsee, einer zum Schwarzen Meer, ohne dass der eine dem anderen je in die Quere kommen könnte. Sie frage sich, ob es möglich sei, Leidenschaft in eine durchaus nicht unglückliche Langzeitbeziehung zu integrieren, doch sie zweifle. Punktuell, allerhöchstens, schließt P ihre Betrachtungen, denn Leidenschaft ist nicht nur unersättlich, sie verlangt auch nur nach dem, was fremd und nicht ganz einschätzbar aus einer Ferne lockt, die gerade eben überbrückbar ist. Zumindest manchmal, anfallsartig wie in einem Ladungsdurchbruch zwischen marodierenden Gewitterwolken.

Zwei Jahre später wird sie sagen, er solle sie endlich anständig behandeln, er solle aufhören mit dieser erratischen Kommunikationsfrequenz, er solle einhalten, was er ankündige, Härte nicht mehr für Stärke halten, sowas eben. Er verspricht Besserung und alles andere auch.

Möglichkeit 3

Es gibt auch tagsüber Männer, die ihr die Türe öffnen, Studenten, Pensionisten, Arbeitslose, Selbstständige, Spaß ist das keiner. Da ist der eine, der sich Riesenpakete mit den Produkten eines Autark-Überleben-Versandhandels schicken lässt und der die Zustellerin darüber aufklärt, dass er nicht vorhabe, sich bestehlen zu lassen, falls finstere Banden um sein Haus schleichen sollten, doch dass der gesetzestreue Bürger nun mal von korrupten Politikern an der Bewaffnung gehindert würde, und dabei zwinkert er, dass man wirklich so vielsagend zwinkern kann, überrascht G. Seine Töchter Sieglinde und Freia, deren Namen er stolz erwähnt, bilde er jedenfalls für den baldigst zu erwartenden Nahkampf um Ressourcen aus.

Überhaupt ist Freitag Männertag, manche findet sie sympathisch: den Bienenzüchter beispielsweise, der hat tatsächlich Bienenstöcke unter dem Dach seiner Villa, wie er ihr erzählt hatte, als er, schon in weißer Schutzkleidung auf dem Weg dorthin eine Sendung entgegengenommen hatte. Die Menschen fühlen sich sanft genötigt, sich ihr in den paar Augenblicken zwischen Tür und Angel zu erklären, das wundert G gelegentlich, doch vielleicht ist auch das eine Folge ihrer Freundlichkeitsstrategie, die durchaus überrumpeln kann: Wer rechnet noch damit? G gehört zur Stammbelegschaft, was heißt, dass die neueste Ausgliederung sie wohl nicht betreffen wird (arbeitskampftechnische Maßnahmen bereits angedacht, wie man hört). Dass sie nicht vor die Wahl gestellt werden wird: Arbeitslosigkeit oder zähneknirschende Akzeptanz schlechterer Arbeitsbedingungen bei einem der neugegründeten Subunternehmen (verliert man ja die Übersicht). Oder falls doch, dass ihre Abfindung so teuer wäre, dass man sich den Schritt überlegen würde, sie hofft das wenigstens. So hält sie den Kopf gesenkt und sich selbst von Betriebsratstreffen fern. Sie hat ihre Quellen. Was Streiks betrifft, nun, man wird sehen.

Die Frau des Bienenzüchters vermisst die Landschaft, wie zu vermuten ist. Der Anteil an Outdoorequipment, das sie bestellt, lässt vor Gs Augen das Bild einer bestens ausstaffierten Bergsteigerin entstehen, die interessante Felsformationen untersucht. Wird natürlich längst alles per Satellitenbild erfasst, das ist ihr klar, oder auch per Drohne, für die Details, wer weiß? Doch das ändert nichts am Bild, das ihr gefällt, dem der Landvermesserin. Die Drohne droht, vor allem uns, sagt G und lacht ganz allein in ihrem Auslieferungsgefährt.

Interessant ist auch der Mann, der seinen ebenerdigen Balkon mit Zeichnungen geschmückt hat, auf denen die Stellung des Mannes in der Ehe (ein devot am Boden liegendes Strichmännchen, das einer mithilfe übertriebener Attribute als weiblich gekennzeichneten Figur einen Geldschein reicht), die Unfähigkeit von Frauen, mit technischem Gerät umzugehen, und Ähnliches thematisiert wird, seine Form des Postings in einer ganz realen Welt, denkt G. Er würde sie sichtlich gerne in ein Gespräch verwickeln, bei einer der Gelegenheiten, wenn er mal wieder seine Unterschrift auf ihrem Signaturfeld leistet, in seinem Fall beschränkt sie die Interaktion auf das Nötigste. Sie wundert sich auch, dass sie nicht einmal ihr gewohntes Mindestmaß an Freundlichkeit zuwege bringt, denn ihrer Überlegung nach hätte es ja für das Nichtaufbringen von Freundlichkeit einer speziellen Anstrengung bedurft. Und dass dieser Mensch einen solchen Energieaufwand rechtfertigt, mag sie sich nun wirklich nicht vorstellen. Dennoch kann sie sich nicht zu einem Lächeln aufraffen, nicht einmal, als eine Frau die Wohnungstür öffnete, schaffte sie das. Sie betreibt offensichtlich Sippenhaftung, doch das macht nichts, ihre Person wird ohnehin nicht beachtet. Zweiklassensystem, mindestens, hatte jemand von den Befristeten gesagt – sie erinnerte sich an kein Gesicht.

Eines Abends gönnte sie sich ein Essen in einem Wirtshaus, das mit den größten Schnitzeln weit und breit warb. Es war ihr aufgefallen, da es mit seiner gelben Tünche, den grüngestrichenen Fensterrahmen und dem ummauerten Gastgarten wie ein Fremdkörper aussah, wie aus einem abgelegenen und archaischen Landstrich in die Stadt versetzt. Tatsächlich waren die Schnitzel pizzagroß, eine kulinarische Strategie, die konsequenterweise in der Wagenradgröße der Pizzen im Nebenhaus fortgeführt wurde, dessen hölzernes Hoftor auch noch die Bestimmung als Einfahrtsportal für Kutschen deutlich machte, fast erwartete man einen geschnitzten Pferdekopf als Abschluss. Die Lust auf gnadenlos knusprig Frittiertes, die ihr selbst ein wenig unwürdig erschien, hatte sie jedes Mal heftiger überfallen, wenn sie vorbeifuhr, so gab sie schließlich nach: Sie bestellte mit leichtem Schaudern, die Vorstellung, dass diese aus gepressten Fleischzylindern gewonnenen kreisrunden Scheiben irgendetwas mit einem natürlich gewachsenen Muskelstück zu tun haben sollten, war so absurd, dass sie schon wieder erregend war. Riesenaal oder Drachenschwanz?, fragte sie den mit einem grünschwarzen Wams bekleideten Kellner, der musterte sie, als hätte sie etwas sehr Dummes gesagt. Sie saß im Licht des beginnenden Abends, die Sonne wärmte den Körper, den sie erschöpft ausbreitete, sie hatte einen schönen Platz ergattert und war guter Dinge. Die schnelle Befriedigung der Fresslust, die sie hierher getrieben hatte, ließ die Freude am Essen jedoch bald erlahmen, G fühlte sich ein wenig schmutzig, als hätte sie sich selbst bei einer Tätigkeit ertappt, über die sie lieber nichts Genaues wissen wollte. Die zwei Drittel der Fleischscheibe, die sie nicht bewältigen konnte, ließ sie einpacken, gekauft ist gekauft. Gerade als sie das Paket entgegennahm, das ihr der wirklich recht humorlose Kellner reichte, erkannte sie am Nebentisch den Bienenzüchter in Begleitung zweier Kinder, eher schon Halbwüchsiger. Sie grüßte ihn, und er grüßte zurück, und in dem Moment war sie sicher, dass er keine Ahnung hatte, wer sie war, ihre Außenansicht, so ganz in Zivil, konnte er offensichtlich nicht einordnen. Sie lächelte und war wieder vergnügt, weil sie ihn im Unklaren lassen konnte.

Verlust 11

Sie setzt sich auf ihn, sie stülpt sich über ihn, beugt sich hinunter und flüstert: Nimm dir, was dir gehört. Dabei ist sie es ja, die ihn gerade in sich aufnimmt. Was für eine Unverhältnismäßigkeit, ja, sich dieses Alles auch nur vorstellen zu wollen, etwas, das wirklich alles umfasst und deshalb nicht begreifbar ist, unbegreiflich sein muss: das Unermessliche, das nicht zu haben ist. Sie sieht ihn an und tastet vorsichtig nach seinem Gesicht, seinem Lippenrand. Dann wieder liegt sie still, ganz still und wartet und ist Öffnung, konzentriert sich ganz darauf, Öffnung zu sein, um nur ja nichts zu verpassen. Sie kann sich jetzt leider nicht bewegen, das ist keine bewusste Entscheidung, es ist einfach nicht möglich, sie muss jetzt daliegen und wahrnehmen. Duldungsstarre, sagt sie. Antrainiert in Jahrtausenden. Dass sie immer so blöde Scherze machen müsse, sagt er. Sie sagt schon wieder: Nimm dir. Ein bisschen peinlich ist ihr das, doch sie kommt aus tiefstem Empfinden, diese unkorrekte Unerhörtheit, die er sich gerne gefallen lässt, die er nicht fassen kann, schon gar nicht von ihr, und er tut, was sie von ihm verlangt.

Dabei verlangt sie eben das Unermessliche, mehr, als ihr zusteht, so sieht sie das: dass der Wunsch nach dieser Liebe eine Maßlosigkeit darstellt, die niemand für sich beanspruchen kann. Dass das heißt, den Bogen zu überspannen, das Schicksal herauszufordern (was immer das wieder bedeuten soll, in mehrfacher Hinsicht unsinnig, denn wenn das Schicksal etwas unbeeinflussbar über einen Menschen Hereinbrechendes ist, dann kann man es auch nicht zum Duell fordern, wer hat sich das nun wieder ausgedacht?). Sie ist maßlos, so viel steht fest, maßlos in ihrem Begehren, maßlos im Geben, Nehmen, in der Kopflosigkeit, und dann sagt sie eben solche Dinge. Wenigstens bis zum Morgen, schränkt sie sofort wieder ein, was aber auch nichts mehr retten kann. Langzeitverpflichtungen eingehen wolle sie ja eher nicht, nicht in dieser Form und erst recht nicht in einem Moment, in dem der Verstand höflich und peinlich berührt wegsieht. Es katapultiert ihn direkt in irgendeine Umlaufbahn.

An Langzeitverpflichtungen dieser Art würde sie sonst nicht im Traum denken, versichert sie sich, das hier ist ausschließlich im sexuellen Kontext zu verstehen!, das verstehen sie beide. Und irgendwie im übertragenen Sinn, nur was genau das heißen soll, tja, da sieht sie ratlos aus. Sie lenkt ein bisschen ab: Nicht umsonst sei sie der eigenen Mutter schon als Dreizehnjährige recht entschieden entgegengetreten, als die ihr Keuschheit bis zur Eheschließung empfahl, da sie der Mann, der sich schon auf das Aufreißen des Paketes gefreut habe, ansonsten dankend zurückgeben werde: dass sie genau das dann auch tun werde, ihn dankend zurückgeben, wenn er so blöd sei. Dass sie nur sich selbst gehöre. Das erheitert ihren Zuhörer von Grund auf, doch dem Wesen des Ungeheuerlichen kommen sie damit keinen Deut näher.

Doch sagt sie: mein Geliebter, was ja auch einen Besitzanspruch bedeuten könnte, wenn es nicht hieße: du von mir Geliebter. Du so unerwidert und über alles Geliebter.

Betonklotz, Eisbrocken. (Und dort, in der Umlaufbahn, in seiner Blechdose, könnte er dann erinnerungsgenerierten Reproduktionen begegnen, vielleicht fehlte hier und da ein Reißverschluss, man denkt schließlich nicht immer an jedes Detail.) Weltraummüll.

Verlust 12

Anständig zu handeln, fragt er, was das bitte heißen solle? Sie solle ihm das erklären. Befänden sie sich nicht ohnehin jenseits solcher Einordnungsmöglichkeiten? So könne er ihr nicht kommen, das denke er doch nicht ernsthaft? Im Ernst: Unter Anstand wolle sie verstanden wissen, dass sie sich im Rahmen der Übereinkunft, von der sie jedenfalls denke, dass sie bestehe – oder auch dachte, dass sie bestünde, das sei jetzt aber ein wenig defensiv –, aufrichtig und verlässlich verhielten. Doch eigentlich wolle sie endlich einmal so etwas wie Engagement sehen, emotionale Zugeständnisse, die von einem Apathischen aber nicht zu bekommen sind, es erfülle sie mit Grauen, jedes Mal wieder jedes Gefühl der Wärme, des Vertrauens, das sich in der direkten zwischenmenschlichen Interaktion unweigerlich einstelle, zwischen den Fingern zerrinnen zu spüren.

Sie denkt in simplizistischen Mustern: Die Kälte, die Härte, nun endlich, wie beruhigend vertraut, in einem Mann gefunden, den sie mit Fug und Recht als geliebt bezeichnen kann, den jenseits jeder Vernunft oder eher ihr gänzlich zuwider Geliebten. Im Klo, diesem wunderbaren Rückzugsbereich, wo man sogar die Türen schließen kann und niemand einem dabei zusieht, was man dort treibt, nicht einmal der hauseigene Sicherheitsdienst (doch wer wollte dafür schon die Hand ins Feuer legen oder in die Muschel, um das kommunizierende Endgerät wieder herauszuholen, das blöderweise dort hineingefallen ist und ohne das man verloren wäre, nicht wäre, tatsächlich ist), am Klo weiß sie schon, dass sie sich von dieser Liebe befreien muss. Das geht doch, hält sie fest: sich befreien von einer Liebe. Sich ganz bewusst, Schritt für Schritt, entlieben. Ist ihr schon gelungen. Doch nicht bei dieser Liebe, die ungefähr um die Zeit herum begann, als er sie hochhob, um den Größenunterschied zu überbrücken. Als er sie fortschickte, da rings um ihn ein ernsthaftes Leben anfing, das er wirklich und wahrhaftig und in diesem Moment leben musste, und da störte sie. Doch sie wollte nicht begreifen, vielleicht kann sie jetzt endlich verstehen, dass er sich vor ihr schützen will, schon immer wollte. So innig er ihr auch in die Augen sah. Dass irgendwas an ihr eine unabsehbare Gefahr für ihn bedeuten muss, dass er all seine Sicherungsstufen ausreizen muss, eine nach der anderen abwerfen, wenn sie ihren Dienst getan hat (für höhere Geschwindigkeiten, höhere Umlaufbahnen). Wenn sie ungefährlich für ihn wäre, müsste er sie doch nicht so entschieden an sich heranziehen, um sie dann wegzustoßen. Als ob er sich immunisieren wollte. Sie überprüft die Zeit, als ob es darauf ankäme, liest die Neuigkeiten: Die Zäune wachsen schon wieder.

Vor dem Spiegel in der abendlichen Ausgehunterwelt kann sie sich fragen, ob er sie wirklich an sich herangezogen hat. Hat er? (Befrage dich selbst!, fordert die innere Kontrollinstanz, die integrierte Abteilung für dynamische Qualitätssicherung.) Oder hast du nur projiziert? Wäre nicht verwunderlich, soll kein Vorwurf sein, das Projizieren und Reflektieren ist durchaus üblich an glatten Grenzflächen. Also hast du? Etwas in ihm sehen wollen, was einfach nicht da ist, niemals da war und das in seiner

Abwesenheit nichtsdestotrotz, zu Überwindungszwecken, detailliert beleuchtet werden muss? Im Waschraum gibt es aber glücklicherweise ein so hartes Neonlicht, dass man jede Pore sieht und jede noch so kleine Porenverstopfung, denn wir wollen doch darauf achten, der Welt draußen keinen sie womöglich unangenehm berührenden Anblick zu bieten. (Da ist es ja wieder, das paternalisierende WIR, das wir so gerne haben, oder ist es doch nur die Zweieinigkeit von Bild und Spiegelbild?) Deswegen müssen wir jedem noch so kleinen Makel auf den Grund gehen, ihn beseitigen, kaschieren, so gut es geht, erst dann können wir uns als tapfere Exekutionsorgane der Selbstoptimierung der Umgebung wieder zumuten. Es ist übrigens noch nicht zehn und der Abend ist schon gelaufen, hat die falsche Kurve gekratzt, rast jetzt unaufhaltsam auf irgendein Abstellgleis zu. Und so verharrt sie noch ein wenig. Ihre Oberfläche zeigt schon beschämende Fehlstellen, das muss sie einräumen, mehr noch, wie absurd es ist, dass sie dieser äußere Umstand überhaupt interessiert: Da gebe ich mir die größte aller Blößen, ohne Bedenken, liefere mich völlig aus, lege die Gefühle offen, und dann kümmern mich Risse in der Blendfassade?

Dann kann sie sich noch fragen, ob sie das große Glück, das sie suchte, denn gefunden habe, und sie muss das leider bejahen. Sie darf das bejahen. Sie empfindet Dankbarkeit, sie dankt wem oder was auch immer: Ich bin dankbar, schreibt sie an ihn, für das Glück, das ich mit dir erleben durfte. Für die paar wenigen Stunden, in denen das Glück so allumfassend war, dass ich darin schwimmen konnte. Vielleicht ist mehr davon einfach nicht drin in einem durchschnittlichen Menschenleben.

Im aktuellen News-Stream sieht man einen Mann, der von den Umstehenden daran gehindert wird, sich über seinen kleinen Sohn zu beugen, dessen Hinterkopf weggesprengt und dessen Hirnschale leer ist, während vorne noch die Augen auf die Welt gerichtet sind. Das Gesicht des Vaters ist so voll Grauen, dass es nicht zu ertragen ist, dass man sich fragt, ob er je wieder froh sein wird können, ob er an diesem Schmerz nicht einfach sterben muss? Was ist dagegen schon mein kleines Leiden? Man müsste mich nämlich fragen, schreibt P, wie ich es überhaupt wagen kann, mit dem, was ich habe, nicht mein Auslangen zu finden, oder, anders: mit dem, was ich nicht habe, nicht meinen Frieden zu machen. Mehr zu wollen, mehr, diese unerträgliche Sucht in mir zuzulassen, diese eine unerfüllbare Sehnsucht erfüllen zu wollen, mit Begegnungen, von denen ich weiß, dass jeder Alltag sie abnutzen würde, schleifen.

Er antwortet auf all die Fragen nicht, alles andere hätte auch überrascht. Er antwortet nie, er fühlt sich gar nicht angesprochen, da kann sie ihn noch so oft als den ANGESPROCHENEN bezeichnen, er bleibt abwesend. Das Schweigen ist eine zweite Grenzschicht, eine evolutionäre Meisterleistung, die ermöglicht haihautgleich die reibungsfreie Bewältigung der beruflichen Normalität, und wenig ist fürs Erste selbstversichernder als das Aufrechterhalten der professionellen Existenz. Nach mehr als zwanzig Jahren allerdings keimen da doch Zweifel. Sollten sie wenigstens, sagt sie zu ihm, als ob das nötig wäre.

Einen Alltag will P lieber nicht. Die Liebe soll in einer Ferne bleiben, mit der sich pragmatisch umgehen lässt, und an so einem Gefühl kann man schließlich nicht einfach vergehen. Was für eine Anmaßung wäre das denn, an einer Liebe, die keinem Alltag standhielte, vergehen zu wollen? Wo die tiefste aller Lieben doch die für ein Kind ist, das weiß P ebenso gut wie A, das wissen beide, und jedes ihrer Kinder würde es sich jetzt entschieden verbitten, aus lauter Rührung über diese Erkenntnis in die Arme genommen zu werden. Völlig zu Recht.

Die Erinnerung kann man mitnehmen. Sich genau ansehen, was dieses Glück ausmachte: das Wiederentdecken einer Hauttextur. Das Lachen, das vielleicht vor allem. Dass sie die Schranke zu einer Sorglosigkeit überschreiten konnte, die in ihm ist, in diesem Mann, der selbstverständlich davon ausgeht, dass alles, was er tut, was er für realisierbar hält, realistisch betrachtet, schon irgendwie in Ordnung ist, keine negativen Folgen haben kann, weder für andere noch für ihn selbst. Ein Umstand, der sie so unwiderstehlich anzieht, gerade weil sie so sehr vom Gegenteil bestimmt ist. Auch wenn ihr andererseits die mangelnde Fähigkeit zum Selbstzweifel durchaus gefährlich scheint. Sie hingegen lässt sich von der allzeitigen Bereitschaft dazu leiten, zweifelt an allem und jedem, was sie tun oder denken könnte. Nervtötend, vor allem für ihn, da ist sie plötzlich sicher, ein paar Monate würde sie der Sache geben, allerhöchstens!

Sie ihrerseits würde sein Selbstbewusstsein dann doch für zu ausgeprägt halten, irgendwann, für nicht ganz auf Fakten basierend, gelinde gesagt; doch, sagt sie, davon ist auszugehen. Das ertrüge sie irgendwann nicht mehr, auch wenn es sie andererseits so überwältigt, vermutlich weil sie hofft, dass etwas davon auf sie abfärbt? Die Fingerkuppen, unter deren Annäherung jeder Widerstand dahinschmilzt, jeder Einwand sich verflüchtigt, jeder diesseitige wenigstens, die zartesten, die noch ganz anders können, die alles aufmachen, ohne dass irgendwelche Sicherheiten eine Rolle spielten. Die allgemeine Überwältigung, die in ihm ist, für sie. Er überwältigt sie ganz und gar: Doch, du hast mich an dich gezogen, an deinen weichen Körper, in dem ich fast verschwinde, und wie du das getan hast! Da gibt es dieses Gemälde, ein Doppelporträt, vor dem ich plötzlich stand nach einer Nacht, in der ich ziemlich viel Unsinn geredet hatte, und dessen hastig gemachtes Bild ich dir schickte. Das mich so sehr an uns erinnerte und mir als ein Beweisstück schien, erinnerst du dich? Das tut er und er lacht auch, dieses allumfassende Lachen, das sie bis zum Rand mit Freude erfüllt.

Das Glück, das so vor uns herliefe, wenn das Berühren zur Selbstverständlichkeit würde, die kleinen Unstimmigkeiten, die in den Ritzen der Zeitpläne aufblühten, auch. Die Sorglosigkeit, mit der man die Grenzen des oder der anderen überschritte, einfach, weil man es schon so oft getan hat, so lange, bis alles auseinanderliefe oder eher sich verliefe in den Niederungen der Tagesränder oder vielmehr einschliefe über angehäufter Schmutzwäsche. Diese modularen Möglichkeitsformen, wie praktisch.

P schließt sich in einer Kabine ein. Das beruhigende Gefühl, eine Tür abschließen zu können, hebt ein wenig die Stimmung, das ist auch nötig. Sie drückt sich Klopapier in die Augenwinkel, dorthin, von wo noch mehr folgen könnte, wenn sie sich jetzt nicht anstrengt. Sie ist zornig und fühlt sich gedemütigt, eine unheilvolle Mischung, die Folgen für das Urteilsvermögen können verheerend sein. Sie trauert, was also interessiert sie fremdes Leid, was interessieren sie Weltuntergänge?, sie denkt hier und jetzt nur an sich selbst und ihren Verlust. Dass Verlust Teil jedes Lebens ist, weiß sie zwar theoretisch, hat sie schon gehört, Grundsätzliches interessiert sie aber derzeit weniger.

Mir läuft das Herz über, das hört sie sich sagen, das sagt sie zu ihm, und er sieht sie an, wie das eben nur er kann, mit diesem Blick, dessen Tiefe Übereinstimmung verspricht, ein Geborgensein, ein nicht zu erschütterndes Vertrauen, ganz gleich, was er zu Letzterem zu sagen hat. Wie kannst du mit diesem Atemzug bei mir sein, näher, als das überhaupt zulässig ist, und im nächsten verschwunden? Wie machst du das, und wie kriegst du dabei auch noch diese blicktechnische Intensität hin? Von diesem Blick dachte sie doch schon einmal: Du weißt, wie du spielen musst?, und bald danach, wie unrecht sie doch habe mit diesem Skeptizismus. Dass er das in diesem Moment alles wirklich so meine, dass er sich wirklich öffne, nur um die Öffnung gleich darauf nicht mehr zu ertragen, um entsetzt die Tragweite des Zugeständnisses zu ermessen, dann baut er Stein auf Stein und dabei bleibt er freundlich, es hat nämlich niemand irgendwelche Absichten in Sachen Einmauern, und in den Lücken leuchten noch freundlich gefletschte Zähne.

Als er sie das erste Mal aus seinem Leben gestrichen hatte, verständnisvoll, höflich, hatte sie sich gefragt, was sie anders hätte machen können, machen sollen. Hatte das Mahlwerk der Selbstzermürbung angeworfen, die üblichen fruchtlosen Fragen der Verlassenen gestellt, die man so lange widerkäut, bis man sie selbst zum Erbrechen findet. Nun weiß sie mehr, so ein kleines Überlegenheitsgefühl wird man sich noch halten dürfen mit all dem zeitlichen Abstand, an dem sie wachsen und in dem sie erwachsen werden hätte können, hätte sie sich nur ein wenig angestrengt. Jetzt meint sie, den Grund für sein Zurückschrecken zu kennen, zu verstehen, was ihn anzieht und dann zaudern lässt, erzählen lässt und dann verstummen: es ist natürlich eine Gemengelage, eine allgemein menschliche noch dazu. Doch die Angst vor der eigenen Verletzbarkeit, die ist dabei recht dominant.

Nur einmal noch müsse sie sich hineinknien in die Frage, was daran sie eigentlich so anzog, anzieht, zittern lässt, wenn sie an diesen Mann denkt, seinen Namen sieht, seine Stimme hört, seinen Geruch reproduziert, an diesen Bestperformer, der krummer wird, dessen Belastung sich im Körper niederschlägt. Zu dem sie sagen wolle, dass sie ihn annehme, wenn er das denn wollte, ganz, trotz der diametral entgegengerichteten Lebensentwürfe, schon wieder; sind sie das überhaupt? Liegen die nicht auch viel zu nahe beieinander, bei allen Unterschieden? Und übrigens, was ist ihr Entwurf eigentlich? Das Anstreben von Wahrhaftigkeit etwa (kleiner macht sie's nicht), der Versuch, Idealen im Realen gerecht zu werden? Möglichem im Faktischen? (In der Praxis dann nichts weiter als das Herunterbrechen von Prinzipien auf Alltagsgröße, wirft die Pragmatikerin sofort ein.) P, die Authentizitätskönigin? Glaubt sie ja selber nicht. Im

Übrigen ist davon auszugehen, dass A ganz genau dasselbe von sich und seinem Anspruch an sein Leben sagen würde, würde man ihn fragen. Wenig aussagekräftig, diese Messreihe.

Dennoch widerspricht sie: trotz, eben. Und ist es nicht gerade das TROTZ, das ihn den Rückzug antreten lässt, diese Vorbehaltshintertür, deren Offenhaltung ihm nicht passt, wäre nur zu natürlich, wenn er sich stattdessen nach affirmativer Zuneigung sehnte, fast schon ein wenig nach Absolution, wer täte das nicht? (Dieser Ablasshandel ist nicht kleinzukriegen.) All das bekommt A unter den herrschenden Umständen, das hat er zu Hause, und Zimmer gibt es dort auch genug. Was also wäre dabei noch übrig für P? Was wäre da noch ihre Rolle?

Eben. Die ist aus Effizienzgründen gestrichen worden, wir bedauern. Und der fragliche Mann, dieses, wie sie so wenig freundlich formulierte: ungeeignete Zielobjekt, ist ein einziger Rückzug. Das ist keinerlei Basis für ein zukünftiges Zusammensein, dennoch stellt P ihre Beziehung in Frage, wenn auch nur hypothetisch, die eigene Aufrichtigkeit und Kohärenz, das schon viel konkreter, das Lebensmodell, von der finanziellen Absicherung gar nicht zu reden. Was immer sie je verdient habe, das habe allerhöchstens Spuren im Abtragen von Schulden für die Familienwohnung hinterlassen, die sie folglich als Institution auflösen, zu Geld machen müssten, den Kindern wegnehmen, wollte sie ihren Anteil. Ein solches Konstrukt lässt sich kaum aufdröseln, ohne alles zu zerbröseln, kein Dröseln ohne Bröseln.

Komik 4

Ausgerechnet die Ausgliederung der Unternehmenssubsparte, die zu einem der ermüdend bekannten Streiks führt sowie zum Rausschmiss des Spartenleiters, hat zur Folge, dass P ihren Abschiedsbrief nicht einfach so abschicken kann. Das würde zwar nichts ausmachen, denn es ist sicher nicht der letzte Abschiedsbrief, den sie verfassen wird, doch sie findet einen Weg.

Sie beginnt ihren Abschiedsbrief also mit der Ausgliederung, die nun ausgerechnet zur Folge habe, dass sie ihm den Brief per Kurierdienst schicken müsse, und zwar ins Büro, die Distanz zur Privatadresse würde die Grenzen des Vertretbaren übersteigen. So muss ich dir den Brief also durch einen berittenen Liebeskurier zustellen lassen, deiner Sekretärin, genaugenommen, von der du einmal behauptetest, sie kenne dich besser als deine Frau (und nicht einmal diese Abgedroschenheit konnte mich kurieren, schreibt sie resigniert). Daran wird zu arbeiten sein, sie zweifelt ernsthaft an ihrem Geisteszustand. Dafür unterhält sie sich mit dem Fahrradboten, der sich als Politologe und Islamwissenschaftler entpuppt, und die Entpuppung geht so:

Er verwendet zum Schreiben der Rechnung die Wand als Unterlage, diesen leicht körnigen Putz über dem abgestellten Fahrrad, kalkuliert die Mehrwertsteuer, sagt, das macht nach Adam Riese. Sie sagt: Den gab's wirklich, den Herrn Ries, sie will ein bisschen angeben, und nett sieht er auch aus. Außerdem sind das schließlich die treuen Hände, die ihre resignierte Niederschrift abliefern werden. Er sagt: Ich weiß, ich war bei seinem Geburtshaus, so ein nettes altes Fachwerkhaus, aus der Zeit nach der Erfindung des Buchdrucks, wann war das? – Sie muss passen, dann rät sie: Anfang des sechzehnten Jahrhunderts? – Früher, sagt der zukünftige Abschiedsbriefträger, Gutenberg war im fünfzehnten, sonst wäre sich das ja gar nicht ausgegangen mit der Reformation; nur wann? Sie lächelt, neigt den Kopf, keine Ahnung, da übertreffen sich zwei gegenseitig, haben sich gefunden zwischen Tür und Angel. Nicht weit von Bamberg jedenfalls, sagt der junge Mann, da habe ich studiert. Und als meine Eltern auf Besuch kamen, wollte ich ihnen was zeigen von der Gegend (er nimmt sich schon zu viel Zeit, so wird das nichts mit der Auslieferungsrate). Jetzt studieren Sie hier?, fragt sie, trocken. Er drauf: Nee, bin fertig. Bürojobs seien nichts für ihn, so komme er auch an die frische Luft, und sie sagt: Wer braucht denn schon Islamwissenschaftler? Das Feld der freihändigen Koranauslegung überlassen wir lieber der Rekrutierungsmaschinerie des globalen Jihad. Er grinst und sieht sie etwas zweifelnd an, dann schultert er sein Gefährt und macht sich auf, die Treppen in Angriff zu nehmen. Sein Körper läuft davon wie gut geschmiert, dabei hätte sie ihm noch viel zu sagen gehabt:

Es ist dies die Geschichte einer Besessenheit, die in nichts wurzelt als Projektion, sehr geehrter Herr Diplomtheologe, oder Doktor gar? Könnte man hier nicht das Thema der Überwindung des Widerstands finden, von der ich mir Erfüllung erhoffe? Eine quasireligiöse Entsagungsfantasie, wie sehen Sie das, so aus eschatologischer Sicht?

Je mehr ich leide, desto süßer schmeckt es, am Ende aufgenommen zu werden in den Kreis der Seligen? Der zugegebenermaßen recht klein ist, da bin nur ich drin, in diesem exklusiven Zirkel, und die Tatsache, dass er mich endlich erhörte, wäre mein Preis? Und deshalb, je spröder er sich gibt, umso besser, desto entrückender die Erhebung, desto größer meine Anstrengung und, vor allem, der Suchtdruck? Der reinste, purste Schwachsinn, weiter nichts, denkt sie, als sie die Doppeltür zuzieht, deren schlecht schließender innerer Teil einen gewissen grauen Charme verströmt. Passt aber hierher.

Lust 2

Das Leben ging tatsächlich weiter, warum sollte es auch innehalten. Ein abgedroschener Satz, dessen Wahrheitsgehalt man anzweifelt, wenn man am Boden liegt, auf Sisalteppichen oder Kunststofffurnieren, und denkt, alles drehe sich um den eigenen Schmerz. Eine Podiumsdiskussion über Fragen der Stadtplanung, bei der P zum ersten Mal erlebte, dass ein Mann die Frauen auf der Bühne als Gruppe zum Schweigen bringen wollte, und zwar der Moderator, der die *Damen* aufforderte, nun aber wirklich bitte keine feministische Diskussion anzuzetteln, nachdem einer der Diskutanten von der Situation von Einpersonenunternehmen gesprochen hatte, die ihren Arbeitsplatz, sofern er sich nicht abgetrennt im Wohnraum befände, leider nicht von der Steuer undsoweiter. Daraufhin erteilte der Moderator das Wort einem anderen Mann, die verhinderten Rednerinnen, nicht willens, sich provozieren zu lassen, schwiegen dazu, eine fürwahr beeindruckende Strategie, die sie da unisono wählten. Ein Mann aus dem Publikum (der Retter der bedrängten Unschuld, da wäre sie ja wieder) haute buchstäblich mit der Faust auf den Tisch und sagte, das sei nun aber ein Lehrbeispiel dafür, wie es nicht gehe. Der Moderator war beleidigt, und P sagt: Misstraue den Männern, wenn sie Damen vor sich her tragen.

Sie ist also durchaus fröhlich.

Glück 8

Etwas in ihr leuchtet sogar. Was immer auch sein wird, schrieb er nach der ersten (zweiten ersten) Nacht, diese Erinnerung kann uns niemand nehmen. Und dennoch steht er ihr im Weg. Vielmehr ihr eigenes Gefühl für ihn stand und steht ihr nun schon so lange im Weg, kein anderer konnte da hin, darf so nahe kommen, die Stelle ist besetzt, leider, nur der, der für den Posten vorgesehen ist, der will ihn leider nicht, wie tragisch. Doch das alles brennt schon nicht mehr ganz so sehr.

Ich habe das Glück bekommen, schreibt sie, das muss man dem Leben zugute halten, ist keine Selbstverständlichkeit. Es war ein Überlaufen und ineinander Aufgehen, verklärt noch von einer ausgefuchsten Erinnerungsregie, geschenkt, die alles ausblendet, was ihr nicht passt. Der Umstand zum Beispiel wird rundheraus geleugnet, dass er bald Anzeichen zeigte für einen zunehmenden Selbstverlust, der sich derart manifestierte, als wäre er abwesend, nur halbherzig dabei, als verkröche er sich irgendwie in sich selbst und benutzte zu dem Zweck ihren Körper. Er tat ihr weh und bemerkte es nicht einmal, und das war sicher nicht die Form von Schmerz, die sie erregend finden hätte können. Sie schwieg, hasste sich für die Passivität – die nun gar nichts mehr von Aufnehmenwollen hatte, die man vielmehr als Konfliktscheu begreifen konnte, Angst davor, ihm zu sagen, dass das jetzt gerade nicht so toll sei. Doch ich wollte nichts verderben!, entschuldigt sie sich nun schon fast, um keinen Preis, nicht jetzt, nicht die paar kostbaren Stunden eintrüben, die wir gemeinsam hatten. Und dann begleitete er sie, durch eine Innenstadt, gab ihr seine Hand, sah sie an, sie erwiderte den Blick, von der Seite, von unten hinauf, er fragte, was denn sei? Nichts, entgegnete sie, und dass sie eben nichts weiter tue als genau das: als ihn anzusehen. Und völlig zufrieden damit sei. Da ist sie glücklich, sie schwebt. Auf der Brücke küssen sie sich, was sonst: Heute morgen werde ich in den Schlaf fallen mit der Gewissheit, dass das jetzt so bleiben könnte, ich gar nicht mehr aufwachen müsste, dass es schön ist, genauso wie es ist, dass ich nicht mehr brauche, nie mehr mehr, bittedanke.

Weiter: Nie einen anderen, immer, nur, die alte Leier. Das große Du, das sich auswächst bis über die höchsten Erhebungen der Stadt, die längst nicht mehr Domtürme sind, auch Fernsehtürme sind sowas von von gestern, also: Investmentkathedralen. Nicht unter diesen Bedingungen, schwört sie sich, hält ihn auf Abstand, so nicht, das habe sie nicht nötig, das lasse sie sich nicht bieten, an keinem Kanal und auch sonst nirgendwo. Ein bisschen unerschütterlicher Behauptungswillen überfällt sie da plötzlich, wenigstens eine kleine Renitenzanwandlung. Mal sehen, wie weit die reicht.

Nachdem das Ich in jedem Moment nichts anderes ist als die Summe des bis dahin Erinnerten (natürlich auch, wirft sie ein, des glatt ins Gewebe Eingearbeiteten, des Unterdrückten und Vergessenen), will sie zurückgehen in den Moment des Wunders. Zurück zum Wunder der Berührung, des Sich-einander-völlig-Überlassens, in dem man ganz und gar angenommen wird, an dem großen HEUTE, wie er das formuliert in einer der Nachrichten, auf die sie so lange wartet und die so voll sind mit Unsäglichem, Unsagbarem, dass das, was wirklich dasteht, ganz dürr aussähe, wenn man nicht wüsste, wie es Blüten treibt. Dieses Gefühl ist tatsächlich nicht in Worte zu fassen, und der Umstand, dass es derart selten erlebbar ist, ist unergründlich, nicht begründbar, müßig, sich darüber den Kopf zu zerbrechen, was für ein dummer Ausdruck!

Das hier sei die eine, wahre, ganze Liebe, wie sie nur einmal im Leben passiert. Das sagt er zu ihr im Park, als sie ihn fragend ansieht: Wie oft das vorkomme, seiner Meinung nach? Einmal im Leben, antwortet er. Was genau die Worte sind, die sie hören will: Die Welt will betrogen sein, die Protagonistin auch.

Denn dann, kaum aus den Augen, schüttelt er sie ab. Oder eher sein Gefühl für sie, wie die Laus aus dem Pelz, wobei P anzweifelt, dass man das tatsächlich kann. Sie hat schließlich schon mit zunehmender Verzweiflung Kinderköpfe abgegrast und die winzigen Parasitenkörper vorsichtig entfernt, um sie dann rachelüstern zwischen Daumenkuppe und Zeigefinger zu zerquetschen, und sich darüber gewundert, warum dieser Befall unter Wohlstandsbedingungen nur in einem so wohldefinierten Alterszeitraum auftritt (nicht dass sie sich eine langandauernde Lausplage gewünscht hätte). Spielend schüttelt er sie ab, das ist jedenfalls ihre Vermutung, lässt sie im Regen stehen. Da lasse ich mich einmal im Leben auf so ein Gefühl ein und jede Vorsicht fahren, beschwert sie sich, und dann sowas. Typisch, ich wusste es ja, ich hatte meine Gründe dafür, dem Glauben an das Konzept der romantischen Liebe abzuschwören, vernebelt nur das Hirn. Lieber auf Freundschaft zu setzen, innige, herzliche Freundschaft, auf die man sich verlassen kann, und zwar nicht nur bei der Bewältigung größerer Lebensfragen (welche Arbeit ist sinnvoll, erfüllend und politisch relevant, und wenn ja, wie ernähren wir uns trotzdem?), sondern gerade auch in emotionaler Hinsicht. Nur leider ist es nicht gelungen, mir die akutere Gefühlsentwicklung abzugewöhnen. Doch das wird noch, da bin ich zuversichtlich.

Man muss die Dinge nur realistisch betrachten, das nüchtert aus, und jetzt ist die Entzugsphase dran, Cold Turkey (keine Ahnung, ob das einen Truthahnaufschnitt beschreiben soll, der ein wenig überständig ist und diesen Kühlschrankmief ausdünstet, oder doch eher das politische Klima in der Türkei). Du steckst mich in Sachen Schweigen locker in die Tasche, wo ich andererseits schon sitze, um dir bei der Arbeit zuzusehen. In Ausübung deiner segensreichen Tätigkeit, schreibt P, löscht es wieder, denn das ist nun doch auf billige Weise gemein. Dumm, dass du mich nicht löschen kannst wie diese Mail, wäre doch fein, mich einfach wieder aus deinem Leben zu tilgen, backspace: Schritt zurück, keine Gefahr.

Doch A fühlt sich ohnehin sicher, er hat diese Unberührbarkeit in sich, und unberührbar ist er für sie am letzten (nun wirklich allerletzten) Abend. Da zeigt sich das Berührbare, das um jeden Preis geschützt werden muss, von ihm, der ganz panisch wird. Doch tief in seinem Kern, davon ist P überzeugt, gibt es einen Bereich, in dem die Unantastbarkeit wohnt, wo etwas sich für unfehlbar und damit unverwundbar hält, denn verwundbar ist man nur, wenn man Fehler macht. Also macht er keine. Fehler liegen ihm fern, so ist er nicht zu beeinträchtigen durch die Vorgänge da draußen und etwaige Befindlichkeiten anderer. Doch das stimmt nicht, sie weiß, dass das nicht fair ist, die Befindlichkeiten seiner Kinder interessieren ihn, sogar sehr. Da müssen die ihren zurückstehen, das ist wiederum fair, fair enough, sie ist der Störfaktor, dass sie das nicht begreift! Doch, und das könnte sich unter Laborbedingungen als Fehler entpuppen, ihrer Loyalität ist er sich sicher, da ist er ganz sicher. Ganz egal, was er tut, er geht davon aus, dass sie nichts tun wird, um ihm zu schaden, dass das unter ihrer Würde wäre, jenseits ihrer moralischen Ansprüche, deshalb muss er keine Rücksicht auf sie nehmen: Sie haben den Karren in eine Sackgasse gefahren, die Sie auch noch selbst beschildert haben. Chapeau! Aber, sagt sie atemlos, selbst bei Außerachtlassung aller Moral, es würde doch nichts bringen, ihm zu schaden? Diese Logik habe sie nie verstanden: Was hätte sie davon außer einer Befriedigung wirklich niedrigster Instinkte und der Sicherheit, jeden Anspruch auf Integrität verloren zu haben? Nein, da ist er sich sicher und kann es auch sein, wie er so den ungeordneten Rückzug antritt, sie werde höchstens Briefe schreiben, sich das Leid von der Seele schreiben. Und, seien wir ehrlich, das Schlimmste liegt hinter uns. Also ihr.

Wobei an der Stelle, nebenbei bemerkt, einzufügen ist, dass die Zeile mit dem Eben-leiden-Müssen, nach der sie anfangs so unschuldig gegriffen hat, etwas anderes beschreibt, nicht das Leid der Verlassenen. Ganz unzweideutig handelt es sich dabei um eine Vergewaltigung, und wenn du die als Frau erleidest, dein Fehler, dann kannst du dir auch noch des Spotts sicher sein, der Entehrung, des Ausgestoßenwerdens aufgrund dessen, was man dir angetan hat. Was für eine Perversion und Unerhörtheit, da könnte schon der Zorn ganz unheilig hochkochen. Der Zorn hat sie fortgetragen, sie ist da etwas vom Thema abgekommen, zugegeben. Den Rückzug kann A jedenfalls antreten, unbeschadet, von ihrer Warte aus, seine Kreise und Haushaltsführung stören wird sie nicht, will sie nicht. Das erschiene ihr erbärmlich und wenig zielführend, wünscht sie sich doch, dass er ganz von alleine erkennt, was er da verschenkt, vertut, vergeudet.

Ein Einspruch wird hier nachgetragen, durchaus entschieden eingebracht: in Sachen Freundschaft nämlich. T meldet sich zu Wort, er müsse da korrigierend eingreifen: Die vorliegende Darstellung werde den Verhältnissen nicht gerecht. Das mit der Freundschaft sei eine Schutzbehauptung, die er klar zurückweise. Das käme einem Sortieren der Gefühle gleich, das er für absolut unrealistisch halte. Es sei doch klar, dass im Laufe von so viel gemeinsamer Lebenszeit etwas wie Liebe entstehe, vielleicht nicht die laute, schrille, aber eine sehr beständige und tiefe, und übrigens, da die ganze Zeit von Tiefe die Rede sei, wolle er einmal anregen, den Begriff zu überdenken. Wenn P diese Liebe nicht wertschätzen könne, dann sei das eben ihr Problem. Ja, sagt sie, sie kann ihm da nur recht geben.

Möglichkeit 4

Am Abend trifft sich G mit dieser Freundin, die ihre Leidenschaft für Role Playing teilt, sie nennt sich L wie die Prinzessin, und G fragt nicht weiter. Manchmal, an den Wochenenden, geht sie auch raus, unter die Leute. In die Vervollkommnung der Kostüme, die sorgfältige Ausführung jedes Details stecken sie beide viel Arbeit, sie mag eine klar strukturierte äußere Schale, die ihrer Existenz so etwas wie eine Form gibt. Manchmal würde sie gerne Wochenenddienste übernehmen, das wäre einfacher, als zwischen lauter bunt hingestreuten Familienansammlungen die Parks zu durchstreifen. Dabei mag sie es durchaus, auf einer Decke im Gras zu liegen oder im Sand einer Uferböschung und sich von der Sonne durchglühen zu lassen. Gelegentlich kommt ihr Sohn auf Besuch, der gerade an einer FH zu studieren begonnen hat, irgendwas mit Tourismus, so genau weiß sie das nicht. Gegen Morgen verfällt sie in einen Traum, in dem sie sich als Teil einer Gruppe von Spielern, die verschiedene Aufgaben im Rahmen einer Art von Ballspiel zu erfüllen haben, von behelfsmäßig aufpixelnden Monstern erwischen lässt, weil sie denkt, es sei eben Teil ihrer Rolle, sich erwischen zu lassen. Und dann ist sie plötzlich wirklich tot, nicht nur behelfsmäßig, nicht nur eine stets zur Wiederauferstehung bereite Spielfigur, und die Demütigung darüber, die Regeln nicht verstanden zu haben, nimmt sie mit in den Tag.

Glück, schon wieder

Ein fremdes Zimmer in einer halbbekannten Stadt. Immer neue Zimmer, das ist der Rahmen, den sie sich setzen, um aus den Zeitfenstern zu sehen, den Time Slots, in die sie die Sache nun mal stecken müssen. Das Erkennen der Gestalt auf einem abendlichen Platz, oft mit einem Gotteshaus im Hintergrund, als wollte das Mahnmal für das Regelsystem, gegen das definitiv verstoßen werden würde, gleich mit ins Bild. Das Aufleuchten des Blicks, die fast verschämten, schüchternen Berührungen des Anfangs, jedes Mal ein neuer Anfang. Das ist vielleicht ein nicht unwesentliches Element des Euphorisierenden daran, dass sie immer aufs Neue anfangen.

Bedingt durch den Abstand dazwischen. Und ohne diese zwangsläufige Abstinenz wäre das Ganze nur der halbe Spaß? Möglich, sagt P, was denkst du? Doch zum Reden ist jetzt nicht so viel Zeit, noch muss einfach geschaut werden, noch schweigen sie sich an, ratlos angesichts der ersten Küsse, die fast ein wenig verhuscht geraten, dieses: Wie geht es dir? Das dann ein wenig unbeholfen übergeht in die Fragen nach den Kindern, dem Alltag, den beruflichen Verwerfungen, die sie nun schon so gut voneinander zu kennen glauben, da sie einander Exzerpte bieten, Auszüge, in sich geschlossene Erzählungen mit einem Anfang, Verwurzelungen, denen man folgen kann, mindestens ansatzweise, mit dramatischen Höhepunkten, retardierenden Momenten und Schlussvolten oder auch einem abschließenden Versickern, sollte das Projektende noch offen sein, was der realen Erfahrung des stetigen Übergangs von einem Moment in den nächsten weit näher kommt. Narrativ angereicherte Happen des kondensierten Lebens dazwischen, die sie einander anbieten: schon wieder das Dazwischen, auf das es ankommt, und dann auch wieder gar nicht.

Manchmal schauen sie sich auch erst einmal ein wenig um, betrachten diese Heimatstadt für eine Nacht, manchmal geben sie zur Auflockerung Gemeinplätze von sich, in der Not greift man auf Gelerntes zurück: Ist dir schon mal aufgefallen, wie viele Orte nach der nutzbringenden Tätigkeit des Menschenvernichtens benannt wurden?, fragt sie ihn zum Beispiel. Nein, sagt er, sollte es? Klar, antwortet sie, jeder anständigen Altstadt ihre Brandstätte; was sagt uns das? Weiß nicht, entgegnet er: dass Menschen das Grausamste sind, was die Natur hervorgebracht hat? Halt, Einspruch, sagt sie, die Natur kenne solche Kriterien nicht, die kenne nur das Weitergehen, Weitertreiben des Lebensprojekts, ohne Rücksicht auf Verluste. Das sei nun doch ein wenig anthropomorph gedacht, sagt er, etwas so Abstraktem ein Wollen zu unterstellen, also ein Wesen. Nein, sagt sie, nur ein Weiterwurschteln, das sich gewaschen hat. Sie solle ihn in Ruhe lassen mit diesen Austriazismen, die dienten nur dazu, ihn schachmatt zu setzen, mundtot zu machen. Ja, streiten wir?, fragt sie, das wäre mal was Neues, sagt er. Und all das Geplänkel soll helfen, die Peinlichkeit zu überbrücken, die die Situation mit sich bringt, in der sie nun, so lange im Voraus vorsätzlich geplant, dann doch wieder unversehens sich selbst überlassen sind, das macht Angst.

Die Unfassbarkeit der Annäherung, des Tastens und zueinander Wollens und Gar-nicht-nahe-genug-beieinander-sein-Könnens, das dann folgt, manchmal auch leichte Missinterpretationen, selten laufen die Dinge in der Ausführung so rund, wie man es sich vorher vorstellt, das macht den Reiz aus. So ist das eben, sagt er, sagt sie, sie lachen, und nichts kann dazwischen kommen, für den Moment.

Ob sie schon mal dran gedacht habe, dass auch andere Menschen Schmerz empfänden, nicht nur sie? Was die Frage solle, fragt sie verärgert, und dass sie sich ja deswegen so einig seien, dass ihrer beider Leben nicht kompatibel sind, dass dieses Zusammensein nur auf Kosten anderer erzwingbar wäre, Kosten, die ihnen beiden gleichermaßen untragbar erschienen. Dass auch er seine Traumata habe, sagt er, ganz nebenbei, man könnte es leicht überhören. Dass ihre so gegensätzlichen Lebensentwürfe, wie sie nicht müde wird zu betonen (wen will sie überzeugen, sich selbst?), sie nicht daran hindern, gelegentlich, spielerisch, verstohlen, eine gemeinsame Zukunft zu imaginieren, ist allerdings ebenso eine Tatsache, Bilder, die dann schnell wieder weggepackt werden: aber wir würden das schaffen? Alles gut verstaut hinter der Gewissheit, dass es auf ein fein austariertes Gleichgewicht von Gefühlen Rücksicht zu nehmen gilt. Auf die Gefühle der beiden anderen, wie A sie nennt, auf C und T, auf die der Kinder, auf die vor allem, auf die eigenen. Vergraben hinter der Übereinkunft, dass sie beide nicht in die Falle der Flucht tappen wollen, einer leichtfertigen Ausflucht in eine neue, aufregende Beziehung, die eben das naturgemäß niemals bleiben kann. Die Flucht vor der sich einstellenden Langeweile, den Unachtsamkeiten, den eingeschliffenen Faulheiten jeder Langzeitpartnerschaft, insbesondere, wenn die aufgerieben wird bei der Erfüllung reproduktiver Vorhaben und finanzieller Vorgaben, ist schlichtweg lächerlich, als Konzept unbrauchbar.

Solange dieser Fluchtgedanke jedoch als Motiv nicht auszuschließen sei, stünde die Unternehmung, da sind sie schon wieder einer Meinung, auf zu wackeligen Beinen. Von einem Chaos ins nächste: keine gute Idee. Und dass sie dann erst recht um jeden Preis gelingen müsste, weil der Preis so hoch gewesen wäre. Dass sie also nur zum Scheitern verurteilt sein könnte angesichts der Hinterlassenschaft mehrerer Scherbenhaufen. Also nehmen sie sich zusammen. Er wolle die Kinder nicht verlieren, sagt er, das sei seine größte Angst. Sie erwidert, dass das heutzutage nicht mehr automatisch so sei, dass der sogenannte schuldige Teil, wenn es den als rechtlichen Begriff überhaupt noch gebe (wer wisse das, sie nicht), im Fall einer Scheidung die Kinder verlieren müsse, dass er sich schließlich als Alleinerzieher betätigen könne. Wäre doch mal was Neues in seiner Lebensplanung, ausgesorgt habe er ja. So meine er das nicht, sagt er, die Verlustgefahr sei ja schon durch die Enttäuschung gegeben, durch den Vertrauensbruch, den so etwas immer darstelle. Zumindest auch. Im Grunde gebe sie ihm recht, sagt sie, das Wohl der Kinder müsse an oberster Stelle stehen, die Frage ist allerdings, wie das am besten zu gewährleisten sei (diese unauffälligen Hintertürchen in den Argumentationsgebäuden werden raffiniert platziert). Dann ist da die Qualität einer langjährigen Liebe, ja, nennen wir das nur ruhig so, deren Wert sie schließlich beide kennen und schätzen, selbst wenn sie nicht mehr so lodert, wie sollte sie auch. Selbst wenn sie das vielleicht nie getan hat, dafür wärmt sie nachhaltig. Und was benötigt man, wenn man alt ist? Wärme, eben, und Vertrautheit. P und A sind also ganz eins, da ist keine Sollbruchstelle. Soweit die Sprache der Vernunft.

Tatsächlich werden völlig andere Tatsachen geschaffen, Traumbilder nämlich, die sie später hervorholen können, die Idee einer alles verschlingenden, unumgänglichen Leidenschaft zum Beispiel, sie nennt es so: Leidenschaft. Er versucht, die Sache ins Komische zu ziehen, mit dem Begriff könne er nun so gar nichts anfangen.

Alles in allem eine höchst alltägliche Geschichte. Absehbar, mit einem absehbaren Ende, man müsste dieses Ende nur endlich akzeptieren. Diesbezüglich haben wir ein Problem, sagt sie zu sich, das ist jetzt wohl ein kleiner Bescheidenheitsplural, damit P sich nicht so allein fühlt. Rundherum übertreffen sich die Krisen gegenseitig, eine zieht größere Kreise als die andere, es kommt gar zu einer Wellenbildung (sich ausbreitende konzentrische Kreise). Man könnte sich fragen, das heißt, die Protagonistin fragt sich das gelegentlich, ob denn die eine Krise mit der anderen vielleicht ursächlich was zu tun haben könnte, die Finanzkrise mit der Fluchtkrise mit der Klimakrise. Aber das ist sicher wieder nur so ein idealistisches Denken, dessen Verlockungen sie da aufsitzt, in Twittergewittern. Die Finanzwirtschaft hat ja gerade keine Krise, die Krise haben die anderen, die Nichtfinanzwirtschaften und die darin Tätigen, vor allem aber die, die aus dem Netz fallen, die Herausfallenden, die den Nichtkrisencharakter der diversen Finanztätigkeiten finanzieren. Ein kleines, gewöhnliches Glück, hormongetriggert, das nun leider ausläuft, sich im Licht einer milderen Lebensnachmittagssonne im Sand verläuft, das kann man durchaus gelassen sehen. Das ist schon gut so, denn was wäre die Alternative? Ein kleines, gewöhnliches Glück, das zu einem viel größeren Unglück führt, Familien zerpflückt, schuldig wird?

Was halten wir dagegen? Was unübersehbar gleich bleibt: die Gefühlsüberwältigung, das anfängliche Fremdeln bei jedem nächsten Mal, dabei ist bereits klar, dass auf eine gemeinsame Geschichte zurückgegriffen werden kann. Man muss nur den richtigen Ton finden für diese Nähegeschichte, die heimlich ist und gerade deshalb ins Unheimliche wachsen kann, ins Unermessliche, die sich kaum noch schultern lässt in den Zwischenräumen, dabei sind die doch dazu da, das Ganze zu durchschauen. Und dann steht man plötzlich wieder einem realen Menschen gegenüber, und der soll das sein, mit dem man? Diese leicht unsichere Körpersprache, die abweisende Haltung? Wo bleibt die Deckungsgleichheit mit der Wunschvorstellung, dem Traumbild?

Mein Ansprechpartner, schreibt sie, du hast eine Alltagstauglichkeit in dir, die beeindruckt. Du übertriffst die Erwartungen so weit, dass dir nichts mehr was anhaben kann. Dass dir nichts mehr was kann, das kann ich nicht. Heimlich, im Dunklen, machst du Licht und betrachtest unsere Körper vor dem Spiegel. Ich kann dir nichts.

Du versäumst dein Leben, schreibt sie noch ein wenig später, und ich bilde mir nicht ein, dass es eines mit mir ist, um das es dabei ginge. Dennoch glaube ich, das maße ich mir an, dass du den Großteil dessen, was in dir war, verkümmern und verkommen lässt. Du verschiebst einfach alles, was dir zu anstrengend ist, so verschiebst du auch mich, doch es ist allein meine Schuld, dass ich mich verschieben lasse, dass ich immer noch hoffe und an dir hänge, an der Idee von dir. Ich sollte meine Gefühle längst schon umgemünzt haben, umgewidmet auf gewinnbringendere Anlagen. Der ganzen Verschieberei wird jedenfalls ein natürliches Ende gesetzt, weiß nicht, ob ich das nun gut finden soll.

Lust 3

Dem eigentlichen Erkennen nähern sie sich nicht, dazu wäre es auch nötig zu begreifen, worum es eigentlich geht, und wer könnte das schon sagen? Zu schnell sind sie verstrickt in die Kleinlichkeiten des alltäglichen Arrangierens, des Sich-Arrangierens, der beiläufig platzierten Unaufrichtigkeiten, des Vorschiebens, Verbiegens und Lügens, die es mit sich bringt, die Sache unter Beibehaltung des Status quo in ihrer beider Leben zu integrieren. Das sich Verlieren im Blick des anderen, das unvermittelte Erkennen einer Nähe, die sie beide und alles rundherum mit einschließt, gerät da ins Hintertreffen. Und die Sache selbst ein wenig in Schieflage, wie sie findet. Sie beschwert sich immer wieder darüber, dass er sie warten lasse. Besteht der Trick darin, fragt sie, das Denkbare immer weiter auszubeulen? Aber nein, entgegnet er empört, er spiele nicht, um Finten gehe es nicht, wovon sie rede?

An einer Ladenzeile vernagelter Geschäftslokale geht sie auf und ab, um dem Belauschtwerden zu entgehen, dumm, kein Mensch interessiert sich für P und ihre Gespräche (ein einziges Auf und Ab seien die Dinge zuhause, kurz vor dem Aus, kurz gesagt, das ist alles, und das ist ja schließlich nicht nichts!, sagt er, doch die Erregung scheint schon erschöpft, der Ton milder). Das muss ja, nebenbei bemerkt, die allergrößte Schmach sein für einen Politiker, eine Politikerin, wenn die Privatgespräche auf keinem Radar auftauchen, sagt sie. Übrigens ist auch kaum jemand auf der Straße, sie führt Selbstgespräche mit ihrem zutraulich vertäuten Headset. Nur vor einem vereinsamten Handyladen mit blinkenden Reklameschläuchen steht eine kleine Gruppe junger Männer, der sie großräumig ausweicht, kurz fragt sie sich, was sie eigentlich zum Ausweichen bewogen hatte. Warum sie nicht einfach mittendurch gegangen war, mit der geradezu körperlichen Sicherheit, dass man ihr schon Wegerecht gewähren werde, was ist der Grund? Die betont maskulinen Posen, die selbstverständliche Inanspruchnahme des Gehsteigs, die enge Kleidung, die die Muskulatur hervortreten lässt, die sorgfältig gestylten Haare, alles Dinge, die sie ohne nachzudenken als Anzeichen der Zugehörigkeit zu einer sozialen Gruppe deutet, von der sie wiederum, jedem Vorurteil freien Lauf lassend, annimmt, dass sie der Idee von der Gleichwertigkeit der Geschlechter gegenüber nicht so richtig aufgeschlossen sei, ein Umstand, der sich in negativen Konsequenzen für die pt. Passantin niederschlagen könnte? Die Haltung, die ein einziger Schulterschluss ist, mit dem die Außenstehende, also sie, ausgeschlossen wird? Doch dann sagt sie sich, dass sie sich allein als Frau unter Männern, zumindest was das Ausweichen betrifft, ruhig auf ihren Instinkt verlassen könne, ohne sich selbst des Rassismus beschuldigen zu müssen, ist das so? Auf den Instinkt der physisch Unterlegenen, Blick vorbei, Fokus im Unendlichen, Haltung gestrafft, Beschleunigung. Er verstehe sie nicht, sein Empfang sei gerade so schlecht, sagt er, ach, entgegnet sie, vergiss es. Biete keine Angriffsfläche, werde wie die Wand, aber nicht, dass du mir drin verschwindest!

Sie erinnert sich, sich vorgenommen zu haben, A damit zu konfrontieren, dass er wiederum ihr ausweicht, nichts als ausweicht, auf das Freundlichste, wie stets, doch eben ausweicht. (Vielleicht wären die Männer höflich und gerade eben nicht lächelnd einen Schritt zur Seite getreten, Augen gesenkt, nun, das wäre übertrieben, doch wenigstens freundlich zurückgewichen. Der Rest: Projektion.) Dass er das Nachdenken auf später verschiebe und dass das Methode habe. Sie hatte ihn gefragt, ob er sich je damit konfrontiere, was sein Obenaufschwimmen mit der Verfasstheit der Welt zu tun habe? Bis jetzt hatte er nur entgegnet, dass er ihr für ihre Fragen danke, aber leider noch nicht dazu gekommen sei, gründlich darüber nachzudenken. Nicht dass das je der Fall sein wird, grummelt P. A schweigt. Das Schweigen, will sie sagen, habe System. Und dann ist sie einfach nur froh, ihn zu hören, wie jedes Mal, sein sie so berückendes Lachen, die Stimme, die sie im ersten Sekundenbruchteil identifiziert. Er versichert ihr, wie sehr er sich freue, sie zu hören, und die Sache hebt plötzlich doch ab ins Leichte, vielleicht aufgrund des Abstands, den er spürt und überbrücken will, vielleicht aufgrund ihrer Schwäche für ein paar seiner Lieblingsformulierungen: Ob sie das nun eher als *my dear* oder als *my love* verstehen solle, und er sagt: *My dear love*, du stellst Fragen! Doch das Zentrum, das sie so begierig umkreisen, bleibt eigenartig leer.

Später schreibt sie: Jede Beziehung beruht auf Kommunikation. Da du das Kommunizieren jedoch mehr und mehr verweigerst, bricht die Basis weg, das lässt mich immer ratloser zurück. Selbst wenn meine Hormonproduktion bei deinem Anblick anscheinend durchdreht, mein Verstand tut das noch nicht (hier wird noch einzuhaken sein, das riecht nach Widersprüchen). Bitte sehr, schließt sie etwas beleidigt, da hast du deine rationale Ebene, von der du doch behauptest, du könntest dich darauf so leichtfüßig bewegen.

Und in ihr gärt ein weiteres Mal der Ärger darüber, dass es ihr einfach nicht gelingen will, die Gefühle herunterzufahren angesichts dieser überbordenden Laschheit. Warum beherrscht sie das nicht, was doch die natürlichste Reaktion anderer Betroffener zu sein scheint: sich zu entlieben aufgrund der Hoffnungslosigkeit des Falles? Klar, sagt sie, deshalb, weil die ganze Beziehung von Anfang an aus nichts als ihrem Wunschdenken bestand. Dann platzt ihr der Kragen, noch etwas unbeholfen, auch das muss man gelernt haben, den Kropf anschwellen lassen, damit der Knopf abspringt und einen schönen Bogen ausführt, mitten hinein ins gegnerische Gesicht – sie weiß im Vorhinein, dass sie das im Anschluss bereuen würde, es ohnehin nichts bringt und sie sich damit höchstens selbst ihre Unreife beweist, Erleichterung gewährt es dennoch. Sie verlangt von ihm, das Aufschieben endlich sein zu lassen. Leider hat sie keinerlei Druckmittel an der Hand, um diese Forderung zu unterstreichen. Du schiebst die Sache so lange auf die lange Bank, schreibt sie, bis sie auf der anderen Seite wieder runterfällt. Er zeigt völliges Unverständnis. Diesmal habe er doch. Wort gehalten.

Großartig, sagt sie. Ach, und übrigens (sie läuft gerade warm), das Problem ist doch: Wie zeigt man durch die Sprache, dass in der Sprache etwas falsch läuft, weil sie Denkstrukturen gleichermaßen formt UND wiedergibt? Dass sie das Denken einfriert, seine Strukturen fortschreibt und neu Entstehendes solcherart in vorgegebene Bahnen lenkt? Und das nennt sich dann *das Rationale!*, doch das ist intellektuelle Falschmünzerei, da es ja behauptet, die Modellgrenzen, beispielsweise die von Finanzmodellrechnungen, steckten den Rahmen des Argumentierbaren ab. Und das stimme naturgemäß nicht, führt sie mit zunehmendem Tempo aus, da ja erstens noch beliebig viele andere Modellfelder verfügbar seien, wirtschaftswissenschaftliche, soziologische, philosophische, psychologische, um nur ein paar Beispiele zu nennen, deren Schlussfolgerungen sich durchaus, und zwar auch innerhalb der eigenen Disziplin widersprechen und sogar gegenseitig ausschließen können, in unterschiedlichen ohnehin. Ein Modell sei schließlich nur so gut wie seine Grundaxiome. Dem widerspreche er doch gar nicht, sagt er.

Sie lässt sich nicht bremsen: Zweitens aber, und das ist noch viel entscheidender, verlässt man die Grenzen des Rationalen auch noch lange nicht mit dem Erklimmen dieser beschreibungstechnischen Metaebene. Das Rationale ist keinesfalls so eng gefasst, wie es manche derjenigen, die es sich auf ihre Fahnen heften, gerne verstanden wissen wollen. Da wird wohl etwas verwechselt: das Parametrisierbare mit dem Rationalen! Ha, sagt sie, was sagst du jetzt?

Er habe doch seine Art zu kommunizieren geändert. Er halte ein, was er angekündigt habe. Er habe ihr gleich gesagt, es ginge nur diese Woche. Er redet sich in Rage. Er müsse erst sehen, wie. Er habe die Verantwortung für seine Tochter übernommen. Ja, sagt sie matt. Schimpf du nur. Irgendwie scheint sie froh zu sein darüber, dass er sich aufregt, sich aus der Reserve locken lässt, wo er doch sonst so verbockt herumhockt. Ein masochistisches Vergnügen? Nein, Unsinn, es ist nur legitim, befindet sie, sich darüber zu freuen, dass er sich verteidigt, Gefühle zeigt, sie müssten nur nicht gleich so negativ sein. Doch nachdem das Eis nun solcherart gebrochen ist, die Muskeln aufgewärmt wurden, nutzt sie die Situation, um ihm auseinanderzusetzen, woher ihr Zorn kommt: vom Prioritätensetzen, das leider immer zu ihren Ungunsten auszugehen scheint, was für sie bedeute, immer weiter nachgereiht zu werden, etwas, worauf sie keine Lust mehr habe. Auf seiner To-do-Liste immer ganz unten anzuschrammen, das wolle sie nicht, könne sie nicht, werde ihr nicht gerecht. Nein, sagt er, werde es nicht, so sei das auch keinesfalls zu verstehen, das sei passiert. Er gelobt Besserung, das tust du immer, sagt sie: erst die Grenzen ausreizen und dann klein beigeben. Sie sei nicht scharf auf seine Unterwerfungsgesten, sie wolle Verhaltensänderungen, nachhaltige, Ergebnisse sehen, diese Sprache müsste er doch verstehen. Ja, sagt er und lacht, und doch weiß sie, dass das Gespräch vollkommen wirkungslos verpuffen wird, dass er bei allem guten Willen einfach nicht mehr Potential frei hat als das, was er ihr eben auch schon bisher widmen konnte, und das ist eher dürftig. Dass es an ihr liegt, Konsequenzen zu ziehen, und da drehen wir uns wieder im Kreis, sagt sie, nicht wahr, denn genau dazu sind wir, bin ich, ist P nicht fähig.

Die Nachricht, sagt er, sei zu einer denkbar ungünstigen Zeit gekommen. Ja, sagt sie, das sei ihr bewusst, deshalb habe sie ihn auch um Nachsicht gebeten, sie hätte ja sonst keinerlei Grund, sich zu rechtfertigen für einen Gefühlsausbruch, wie er sie gelegentlich, nächtens, überkomme, wenn sie allein sei, unterwegs, und dass dieses KOMM ZU MIR, das so sehnsüchtig dagestanden hatte, einfach die Arme ausgestreckt hatte, um ihn an sich zu ziehen, auch eher im übertragenen Sinn zu verstehen gewesen sei. Sie wolle ihn keinesfalls in Verlegenheit bringen. (Wirklich nicht?, fragt die so bestens bestallte Kontrollinstanz, seien wir ehrlich, ein bisschen schon, ein wenig juckt es da in den Handflächen, ein kleiner Unerhörtheitskitzel, der die Sinne schärft. Doch sie lässt das nicht gelten, wirklich nicht.)

Dass sie also nicht gemeint habe, er solle jetzt, sofort und unmittelbar zu ihr kommen, doch andererseits, warum eigentlich nicht? Er könnte doch, wenn er tatsächlich wollte, wer, wenn nicht er, sollte dazu imstande sein, er habe alle Möglichkeiten dieser Welt, doch das hilft alles nichts. Alle Optionen, um jede Distanz zu überbrücken, jedes noch so tückische Gewässer, jede Untiefe. (Keine Kerzen mehr nötig, auch keine Nonne, um sie zu löschen, warum eigentlich eine Nonne schuld sein müsse am Tod der Königskinder, ob er sich das schon mal gefragt habe? Weil sie auch allen anderen die sexuelle Erfüllung missgönne? Obwohl sich, andererseits, in der einschlägigen Literatur die Nonne als solche höchster Beliebtheit erfreue. – Wovon sie da rede?) Egal. Alle Möglichkeiten dieser Welt sind zu nichts gut, wenn die Vorstellung nicht hinreicht. Es sei alles eine Frage des Wollens, das müsse er doch zugeben, gerade er. Doch nein, all das habe sie in dem Moment nicht gemeint, es sei mehr so prinzipiell zu verstehen gewesen:

Komm zu mir, in diesem Leben, bevor wir sterben. Ich bitte recht schön.

Dass er ihr noch ausführlicher habe antworten wollen, doch dass er das im fraglichen Moment nicht geschafft habe, weswegen er ihr – neue Informationspolitik, Glasnost und Perestrojka –, lieber kurz geschrieben habe anstatt gar nicht, wie bisher in solchen Fällen, er arbeite an sich, doch, das müsse sie doch anerkennen. Sie anerkennt also. Was er denn noch sagen habe wollen, wenn er sich denn aufraffen hätte können? Nun, dass ihn das schon auch gefreut habe. Was er zu den Bildern sage? Seien schön geworden. Und aus der Glut lodert es munter auf. Wie wenig es braucht, ein hoffnungsloser Fall.

Verlust 13

Sie hatte davon geträumt, an einem seichten Gewässer zu stehen – einem Frühlingswaldgewässer, auf dem etliche Boote unterwegs waren, darunter ein Paddelboot, ein Faltpaddelboot, wie es aussah. Darin ein Mann und drei Kinder mittleren Kindesalters, so zwischen fünf und zehn, und eines nach dem anderen fiel über Bord, und ihre Aufgabe war es nun, die Kinder zu retten, denn augenscheinlich konnten sie alle nicht schwimmen. Sie zog die älteren heraus, es waren zwei Mädchen, legte sie auf die Uferböschung zum Trocknen, auf der sicheren Seite, der waldseitigen Böschung des Dammes, der das Gewässer einfasste, in stabiler Seitenlage, und ging fort, wohl um sich von der Menge feiern zu lassen für ihre humanitäre Leistung. Auf den Jüngsten vergaß sie, um kurz darauf in Panik und voller Reue zurückzulaufen. Doch der Junge war zusammengeschrumpft auf Erbsengröße, nur mehr ein Kopf in einem Metallrahmen schwamm im Wasser, wie ein als Medaillon eingefasstes Bild. Was aus dem Mann im Boot geworden war, unklar, weit und breit nichts von ihm zu sehen. Sie fischte nach dem Uhrengesicht, zog es an Land, flatternden Herzens, versuchte sich an Mund-zu-Mund-Beatmung, und wirklich wuchsen ihm Gliedmaßen wie einer aufblasbaren Gummipuppe. Doch die Figur war klein, Kleinkindgröße, und erinnerte sie ein wenig an die Sparefrohfigur ihrer Kindheit. Sogar den Geschmack hatte sie auf einmal im Mund, der sich verdichtet hatte, wenn man hineingebissen und die Gliedmaßen zerkaut hatte. Sie begann mit einem vorsichtigen Finger den Herzmuskel zu massieren, sie blies und pumpte, wie sie meinte, dass man das bei Herzversagen tun müsse. Irgendwo vor ihr schwebte auch die Anzeige eines Oszilloskops, dass die Herztätigkeit ansprang, war deutlich zu sehen. Doch kaum widmete sie sich dem Mund, sanken die Herztöne wieder ab. Plötzlich war es auch kein Kind mehr, das sie bearbeitete, sondern ein winziger Mann, und das, was sie mit seinem Mund anstellte, war auch kein Beatmen, eher ein Küssen, ein einseitiges allerdings. Kaum gelang es ihr, die Herztöne wieder anzuwerfen, wich die Kraft aus den Gliedmaßen, sie schrumpften und ließen sich hängen. So ging das ein paar Mal hin und her, ein kommunizierendes System fehlerhafter Stellen, das sie vergeblich zum Funktionieren zu bringen versuchte: ein Wiederbelebungsversuch, der zum Scheitern verurteilt war.

Sie erkannte, dass es nur ihre Schuld gewesen sein konnte, eine falsche Entscheidung bezüglich der Reihenfolge des Aus-dem-Wasser-Ziehens, denn die Mädchen, die immer noch am Ufer lagen, bewegten sich und lebten. Sie verfügten offenbar über die robusteren Organismen und hätten die kleine Zeitverzögerung unbeschadet überstanden, das legte die weitere Entwicklung der Ereignisse zumindest nahe. Sie hatte allmächtig gespielt, doch falsch gewählt. Im Aufwachen dachte sie: nicht mehr zu beleben. Offensichtlicher geht es doch nicht, dein Unterbewusstes serviert dir das schon auf dem Silbertablett, warum, verdammt noch mal, kannst du aus dieser eindeutigen Erkenntnis keine Konsequenzen ziehen?

Einen wahnwitzigen Moment lang stellt sie sich vor, was geschehen hätte können, hätte sie sich letztens nicht klammheimlich aus der Leitung, was für ein altertümliches und unkorrektes Wort, also: aus der Verbindung geschlichen, als seine Frau plötzlich neben ihm stand und also in Hörweite war, in Sprechweite. Wenn sie einfach das Gespräch gesucht hätte, wenn sich ihre Stimme aus dem Smartphonelautsprecher hinaus in das Leben der anderen hineingestohlen hätte. Entschuldigung, doch ich denke, wir hätten da was zu besprechen. Ich habe nichts gegen Sie, ich bitte Sie, mir das zu glauben. Warum sollte ich auch? Wir teilen uns bloß etwas: das Gefühl für diesen Mann, zumindest vermute ich das, ich weiß ja nicht, was Sie tatsächlich für ihn empfinden, über die Qualität Ihrer Gefühle zu ihm maße ich mir keine Meinung an, nicht mal einen Meinungsbildungsprozess. Vielleicht geht er Ihnen schon des Längeren auf die Nerven, wäre ja möglich. So direkt habe ich Ihnen nichts zu sagen, denn ich will Ihnen nichts wegnehmen, und ich hoffe, dass auch Sie mich leben lassen, sein lassen. Mein Herz ist durchaus großzügig, wie Sie sehen, und, ja, ich gebe zu, dass mir die Vorstellung gefällt, dass wir uns siezen. Obwohl wir andererseits ja eine gewisse Nähe zueinander haben, uns durchaus etwas miteinander verbindet, etwas ganz Konkretes, lachen Sie nicht! Doch ich denke, Sie müssen eine Frau mit Humor sein, sonst hält man es schließlich nicht so lange aus in einer Beziehung, wenn man nicht das eine oder andere mit Humor nehmen kann. Und sehen Sie, das ist schon wieder etwas, das wir gemeinsam haben, das Aufrechterhalten einer langjährigen, jahrzehntelangen Partnerschaft, und das könnte man, per se, durchaus auch schon als eine Leistung betrachten, so im bürgerlichen Rahmen des Begriffs, oder wie sehen Sie das? Dass der Leistungsbegriff diesbezüglich völlig deplatziert ist? Da möchte ich nicht widersprechen, mehr noch, da muss ich Ihnen richtig Recht geben.

Und jetzt verrate ich Ihnen ein Geheimnis: Der, Sie wissen schon, den ich meine, der von uns beiden durchaus Geschätzte hat mal zu mir gesagt, wir, also: Sie und ich, könnten durchaus Freundinnen sein. Ich weiß nicht, ob er das Ihnen gegenüber auch erwähnte, vermutlich nicht, nein, wie dumm von mir, natürlich nicht, er hält ja so manches geheim und unter der Decke. Nein, ein Meister der freien Rede war er noch nie. Im Gegenteil, Sie stimmen mir da zu, Sie würden sagen, es handle sich bei ihm eher um einen Schweigemönch, einen Meister des Verschluckens des Ungedachten? Ja, so weit gehe seine Meisterschaft bereits, dass er sogar das Denken unterbinden könne, Sie könnten mir Sachen erzählen, da würde ich staunen, doch andererseits, wie kämen Sie eigentlich dazu, sich ausgerechnet mir anzuvertrauen? Überhaupt finden Sie diesen Versuch der Verschwesterung widerlich? Recht haben Sie, ich kann Ihnen da nur zustimmen, schon wieder sind wir einer Meinung, dem kommen Sie nicht aus, leider.

Er sagt: Nein, das sei alles ganz anders gewesen, es sei eben drunter und drüber gegangen, dieses Projekt den Bach runter, die Arbeit der letzten Jahre, auch wenn das nur eines von vielen Projekten sei, die er in der Luft halte und am Laufen, doch ein Einschnitt, nun, und so weiter. Er müsse überlegen, wo er jetzt stehe. Überleg du nur, sagt sie. Ich ziehe derweil weiter, wenn es recht ist. Wir haben nicht alle Zeit der Welt, ich wiederhole ungern so etwas Banales, doch mir scheint, du hältst dich für unsterblich, du laborierst noch am Unsterblichkeitswahn, in deinem Alter? Überleg du nur, ich sehne mich inzwischen, und ich bin zuversichtlich, dass auch das mit der sinnlosen Sehnerei irgendwann vorbeigehen wird.

Dem Sehnen entkommt sie nicht, das Sehnen kann offenkundig Selbstzweck werden. Dabei kann sie nicht einmal sagen, was es ist, wonach sie sich sehnt, was sie zurückhaben will, vorausgesetzt, das Sehnen sei der Wunsch danach, etwas haben, berühren, erschließen, erfassen zu können. Was ist es dann? Das ewige Warten kann es ja wohl nicht sein. Die Rückkehr in eine bestimmte Zeit, das Heilen der Verletzung, die Heimkehr in diesen Sommer von vor über zwanzig Jahren? Lächerlich, sagt P, dieser Sommer ist vorbei, ein für alle Mal, begreif das endlich! Freu dich an der Erinnerung, das ist alles, was bleibt. Was man je haben wird, und was heißt schon *haben*?, was für ein besitzwütiger Begriff ist das denn nun schon wieder? Emotionaler Giftmüll: nichts kannst du mitnehmen, nichts gehört dir. Jeder Moment im Moment der Erfassung schon in der Rekapitulationstrommel, in den Mühlen der Erinnerungsmaschinerie, die wählt aus, baut ihre Geschichtchen daraus und lagert sie ab.

Was bedeutet es, sich zu sehnen, außer dass es schon so klingt, als würden sich alle Körperfasern nach dem Ersehnten strecken: Die Vorstellung, dass die Gegenwart dieser einen Person, diese eine Präsenz so sehr im eigenen Leben fehlt, dass sich die Gedanken ständig nur um dieses Nichtvorhandene drehen? Sobald man halt nicht arbeitet, sich um die Kinder oder Eltern kümmert oder die Beziehung pflegt, die ja nun wirklich nicht schlecht ist? Sobald niemand da ist, um etwas von ihr zu fordern, schweifen die Gedanken ab, machen lange Spaziergänge, die immer ein und dasselbe Ziel umrunden, mal näher herankommen, mal in sicherer Entfernung bleiben und sie an eine Strandwanderung erinnern, die sie einmal als Schwangere an einem einsamen Februarmittelmeer so unersättlich ausgedehnt hatte, obwohl ihre Schuhe längst durchweicht gewesen waren. Immer weiter war sie dem Wassersaum gefolgt auf der Flucht vor dem Anblick sich auftürmender Hotelbunker, Gebirgsketten aus Hotels, deren jahreszeitgemäßer Leerstand sie noch unheimlicher machte, als sie ohnehin schon waren; sie hatte sich extra zum Zweck des Zweckfrei-vor-sich-hin-Gehens von einer Konferenz davongestohlen. An die immer wieder neu und anders anbrandenden Wellen, die sie, Binnenkontinentalgewächs, das sie nun mal war, reproduzierbar faszinierten, an das weiche Licht, den nackten, ungepflegten Wintersand voller Schwemmrückstände. Bloß Leichen waren noch keine darunter gewesen, die Vorstellung so unerhört, wie sie das ja tatsächlich ist, auch wenn man sich an alles gewöhnt, sogar an kenternde Boote mit anderen Menschen darin, so lange die das eben bleiben: andere. Es sind immer die anderen, die sterben, so lange das so bleibt, ist es gut.

Im Zentrum der Abschweifungen steht das Fehlende, die Hohlform, die sich so wunderbar als Raum für Projektionen anbietet. Darum handelt es sich, sagt sie, nichts weiter, und sie selbst ist die begierig Projizierende, Absorbierende und Produzierende, alles in einer Person.

Glück 10

Bist du noch da?, fragte sie ihn, als sie sein Gesicht wieder in den Händen hielt, hoffnungsfroh über die nachwachsenden Barthaare strich und dachte, dass die Frage wohl eher lauten müsste, ob sie selbst noch da sei, und wenn dem so wäre, dass beide da wären, wo das denn sei. Wo sie eigentlich sein wollte. Da tauchte unvermittelt wieder dieser Zug um den Mund auf, auf den Lippen selbst, in ihrer linken Hälfte, von ihr aus gesehen, die Regung, die sie so gut kannte und die sie beben ließ, vielleicht, weil die Lippen ein wenig zitterten, als wollte er sprechen. Und dann schwieg er.

Ein Treffen im Frühlingslicht, das durch noch spärlich belaubtes Geäst strahlt: Sie friert schon wieder, während seine Hände die Wärme ihres Körpers suchen. Wie sie das hier mit ihrem Gewissen vereinbaren könne, will er wissen. Gar nicht, sagt sie. Ob sie also wissentlich das Falsche tue? So könnte man das nennen, sagt sie, in vollem Bewusstsein handle sie allem zuwider, was man ihr je als gut und wahr und richtig beigebracht habe, einzig und allein deshalb, weil es sich dennoch richtig anfühlt. Ob das nicht sie selbst gewesen sei, die ihm diesen ausgelutschten Satz vom Richtigen im Falschen an den Kopf geschmissen habe? Du sagst es, sagt sie, aber ihrer Ansicht nach sei es das Richtige im Richtigen, denn sie mache schließlich kein Hehl aus dieser Janusköpfigkeit, Zweigleisigkeit, wie auch immer man das nun nennen wolle. O, gleich Janus, ja?, sagt er spöttisch, drunter machen wir es nicht? Und im Übrigen sei das aber nun ein ziemlich erbärmlicher Rechtfertigungsversuch, fügt er hinzu, ein wenig hitzig möglicherweise? Ja, lenkt sie ein, er habe durchaus recht damit, dass es nicht sehr heroisch sei, die Frage der Rechtfertigung auszulagern, indem man den Partner vorschiebe, indem man ihm vom Leidtragenden zum Mittäter mache. Doch so laufe das nicht, sie hätten ihre Vereinbarungen, und dass sie T versprochen habe, die Dinge schön für sich zu behalten, sei manchmal hart. Und so bringt sie Ts Namen in das Gespräch ein. Da steht er nun herum, ein wenig verloren, und sie sieht sofort ihren Fehler, denkt, sie hätte ihn schützen müssen, ihn nicht so leichtfertig zu einem Gesprächsgegenstand machen dürfen. Gut, dass wir das auch einmal besprochen hätten, sagt sie, defensiv, um abzulenken, was heißt hier *hätten*, sagt er, wir haben ja. Okay, sagt sie und berührt vorsichtig seine Wangen, wir besprachen.

Und du?, fragt sie, wie steht die Sache bei dir, außer, dass du die Verleugnung des eigenen Empfindens anscheinend für das Gebot der Stunde hältst? Dass du alles vergräbst, was sich nur vergraben ließe, ohne jeden Gedanken an die renitente Tendenz zur Wiederkehr. Wobei ich nicht glaube, dass so etwas wie das hier – sie vollführt eine Pendelgeste – verborgen bleibt, ich meine, das hier geht nun auch schon seit einiger Zeit, da sind schon ein paar Jahre ins Land gezogen, meinst du wirklich, dass sie das nicht im Grunde weiß? Er schließt die Augen.

Was hätte ich davon, sie zu quälen?, fragt A. Es erschiene ihm ganz und gar nicht anständig, C mit hineinzuziehen. Nur das Leid hätte er dann auf sie übertragen, nicht die Freude, das sei nicht fair. Nein, ist es sicher nicht, P muss ihm recht geben, ein billiger Selbstrechtfertigungstrick sei das, bei Licht betrachtet, ein Dilemma, dessen Verwerfungen man nicht entkomme, wie immer man es drehe und wende. Er müsse noch sein Lieblingsprojekt in den Griff bekommen, sagt er. Und dann das nächste, sagt sie. Und das nächste und das nächste. – Ja, ist ja gut. Die Botschaft ist angekommen. – Du brauchtest das doch nicht mehr, wenn du nicht wolltest. Die Konsequenz ist, sagt sie und bohrt ihm fast den Nagel ins Brustbein, schlüpft in die Öffnung der Knopfleiste des Hemdes, dessen Stoff sie aufspannt, als baue sie ein Zelt auf, ein kleines transportables Heim an seinem Herzen, in das sie gerne einziehen möchte: Du willst es so. Nein, sagt er ernst. – Doch. – Ja, aber was will ich sonst? Was will ich denn?

Könne sie ihm nicht sagen. Doch die Frage, wie er mit seiner beruflichen Situation umgehe, sei die eine, die nach der emotionalen Lage eine andere. Ganz allgemein betrachtet habe die Arbeit ja nichts mit der Frage des Nachdenkens als solchem zu tun, sagt sie, doch halt, was postuliert sie denn da gerade? Dieses leichthändige Postulieren auch immer, dass sie das nicht lassen kann! Der Mensch ist schließlich ein Ganzes, und eine Arbeitssituation, wie er das nennt, die er verändern müsse, eben weil sie ihn unglücklich mache, macht eben den ganzen Menschen unglücklich und frisst das Denken an, das vor lauter Korrosion ganz selbstgenügsam vor sich hin schrumpft, jetzt wird sie ein bisschen gemein. Auch wenn er das Veränderungsvorhaben, die Arbeit betreffend, nun schon seit geraumer Zeit vor sich herschiebt, und das sei eben allein seine Sache, wie er damit umgehe. Worauf will sie eigentlich hinaus? Sie will das Vor-sich-her-Schieben auf die Arbeit eingrenzen, soviel ist klar, wenn er es für sein Seelenheil denn unbedingt brauche, etwas vor sich herzuschieben.

Was will sie eigentlich von ihm? Er solle die Dinge nicht vermischen. Sie wolle Klarheit. Sie wolle nicht mehr als die paar. Nächte. Aber zu denen solle er sich klar bekennen, und übrigens, ganze Nächte sollten es schon sein, von Zeit zu Zeit. Das bisschen Zeit, das sie eben unauffällig, ohne Aufsehen zu erregen, aus einem Alltag herausquetschen können. Fakt ist, und das zeigt sich in dieser Szene besonders deutlich, dass er nicht mehr die Kraft aufbringt, mehr als diese paar dürren Stunden mit ihr zu verbringen, während schon der Chauffeur wartet, der Chauffeur! Sie ist ein wenig empört, ob über den Chauffeur selbst oder die Tatsache, dass das ein klares Zeichen der Einordnung, der Begrenzung für sie bedeutet, und was für eines!, könnte sie auch nicht sagen. Fakt ist weiters, dass seine Präsenz immer fadenscheiniger wird. Als würde etwas durch ihn hindurchschimmern, das sie nicht wirklich sehen will: die Überanpassung, so nennt sie das wohl.

In seinem Gesicht arbeitet es, dann kommt der Ausfall, sie hat ihn ja auch wirklich gegen die Wand gedrängt: Und wenn dein Mann? Sie lächelt huldvoll nachsichtig und verdrängt nun ihrerseits geschickt. Dann sei sie wohl kaum in der Position, sich zu beklagen. Sie wolle ihm das gönnen. Und wenn deine Frau? Er betont ihren Namen, ungläubig, ein wenig zu dick aufgetragen, findet

P, sie dürfte streitlustig sein: C? Dann wisse er wenigstens, dass es aus sei und dass sie endgültig genug habe von ihm. Ein Fall, der natürlich durchaus eintreten könne. Ansonsten hätten sie aber kein so enges Verhältnis. Ich liebe sie, hatte er gleich am Anfang festgestellt, und will bei ihr bleiben, da hatte sie noch vorausschicken können, von plötzlicher Panik erfasst (was, wenn er plötzlich vor der Tür stünde und Forderungen stellte?): Bleib du nur schön bei deiner Frau! Leb du dein Leben. Gib mir nur deinen Überfluss und deine überschüssige Zeit. Davon habe er nichts, überschüssig sei bei ihm gar nichts, hatte er konstatiert, alles durchgetaktet, e2e, wie bitte? End to end, nichts zu machen. Denkste, hatte sie grinsend erwidert: Ear to ear. Alles da drin, nirgendwo sonst.

Hier wird nichts weniger verhandelt als unser Leben, unsere Restleben, um präzise zu sein, sagt sie vor dem schmalen Wasserlauf im Park, der über seinen Rand getreten ist und die Sandfläche vor der Bank teilweise geflutet hat: hinter Rhododendren, die ein wenig Blickschutz bieten. Auch wenn sie alles ins sichere Becken der Überschusszeit geleitet zu haben glaubt, wird immer greifbarer, dass es genau darum geht, um die Frage, was sie mit den jeweiligen Resten (Überbleibseln) anfangen wollen. Er nickt auch nur, als sie das feststellt, erstaunt darüber, dass diese Eindeutigkeit jetzt einfach so aus ihr herausquillt, denn eigentlich ist die Abmachung eine andere. Ich bin davon ausgegangen, dass diese Form der Liebe, wie wir sie teilen, müßig ist und überschüssig und jedenfalls keine Basis für irgendwas, stellt sie ein wenig zu demonstrativ fest, und du beweist mir das auch noch mit jeder Silbe! Es könne also gar nicht um so etwas Großes wie Lebensplanung gehen, undenkbar, indiskutabel. Er müsse abwarten, entgegnet er, das müsse er leider so konstatieren. Er könne nur beobachten, was sich in ihm entwickle.

Doch dann versöhnen sie sich wieder, die Pflanzen in der nassen Erde rundherum quietschen leise vor Freude über das Austreiben der Blätter, und sie sagt: Küss mich. *Help yourself to leftovers.* Er lacht schon wieder, beugt sich zu ihr und sie küssen sich, wie immer schwimmt sie davon, er kommt kaum nach.

Lust 4

Der familiäre Alltag verläuft einigermaßen reibungslos, die Jugendlichen schmeißen Sachen herum, sind ungehalten und entwickeln sich auch sonst recht prächtig. Die Nachbarin sitzt auf einmal an der Kücheninsel, P kocht Kaffee, das bittere Schmiermittel sekundärer Realnetzwerke, und hört zu, das ist ihre Rolle als Nachbarin.

P hat nichts gegen C, warum sollte sie auch. Dieses altbewährte Spiel des Gegeneinanderausspielens spiele sie nicht mit, habe sie noch nie getan. Schließlich sei das nicht das erste Mal, dass sie sich in einer solchen Konstellation wiederfinde, nur dass sie bisher meist als C besetzt worden sei, also in der Rolle der Langzeitgefährtin, die sich plötzlich mit einer zweiten konfrontiert sehe, und auch von dieser Seite habe sie sich nie auf solch billige Ablenkungsmanöver eingelassen. Sie habe, naiv, aus Überzeugung, durchaus an die befreiende Kraft des Überschreitens unhinterfragt anerkannter Grenzen geglaubt, schlicht gesagt: an die Kraft gelebter Lust. Wie es um eine Beziehung stehe, sei ja immer Sache der unmittelbar, nicht der mittelbar Beteiligten, die könne man schließlich nicht dafür verantwortlich machen.

Die Nachbarin verströmt aus jeder Pore Bitterkeit. Über ihren Noch-Mann, dessen junge Freundin, seine Karrieregeilheit, die sogar laut P unbestreitbar ist, die die Nachbarin allerdings in ihrer Zeit als Geschäftsführende einer VORZEIGEFAMILIE, so drückt sie selbst es aus, nicht sonderlich gestört zu haben schien. P sagt nichts, sie spürt entsetzt eine Anwandlung von Schadenfreude, Mittelklasseleben, sie kann sich gerade noch zurückhalten, sie muss gerade reden! Sie hatte stets einiges hinuntergeschluckt, wenn sie von der durchaus berufstätigen Vorzeigemutter mit Erzählungen über das vorgekochte glutenfreie Essen, das exakt dem Menüplan der Schulkantine entsprach (damit das Kind sich nicht von den Ritualen der anderen ausgeschlossen fühle), die jahreszeitgemäße Fensterdekoration und die unzähligen Freizeitaktivitäten der Kinder konfrontiert worden war, die anscheinend ein ständiges Herumkutschiertwerden durch die Erzählende (die narrative Instanz) erforderten, der Vater hatte Wichtigeres zu tun. Jetzt muss sie sich erst recht zusammenreißen, um nicht zu sagen, dass sie die Sache immer schon für zu angestrengt, zu sehr auf Außenwirkung bedacht gehalten habe. So ermahnt sie sich, nicht in Selbstgefälligkeit zu verfallen, das kann nun mal jeder und jedem passieren, ganz egal, wie sehr man sich um Authentizität bemüht, und im Übrigen sieht man der Nachbarin das Leiden an, sie hat Gewicht verloren, was sie in einer Aufwallung von Tapferkeit als Erfolg werten will (von einer Frau, die was darstellen will, kann es nie zu wenig geben), den Eindruck der Verhärmtheit allerdings noch verstärkt: eine vom Vorzeigesystem nach Ende des Gebrauchs ausgespuckte Beispielexistenz.

P schämt sich erst recht ihrer niederen Impulse und versucht alles in ihren Möglichkeiten Stehende, um der solcherart im Stich Gelassenen für die kurze Zeit des Aufenthalts an der eigenen Kochstelle etwas Freundliches zu tun: Sie hört geduldig zu. (Und denkt nur zwischendurch darüber nach, dass ihr Vorgesetzter, das einzig verbliebene Gründungsmitglied der Firma, verlangt hatte, sie solle vorfühlen, was man denn in Sachen Vermittlung gemeinnütziger Arbeit an Menschen ohne klaren Aufenthaltstitel aufziehen könnte, das wachse sich ja zu einem nennenswerten Markt aus: Sie, P, sei doch so gut im Herstellen von Verbindungen, im zwischenmenschlichen Verknüpfen, er legte nach, ein wenig aus dem Tritt gebracht: im Ausbau der Infrastruktur.) In dem Moment begreift P die Panik der anderen vor dem Statusverlust, ein Umstand, dessen Kenntnisnahme sie glatt verweigern will. Dieses Gift, sagt P, lasse ich mir nicht einträufeln, wird sich nicht in meine Gehörgänge fressen, dieses Dogma stößt bei mir auf taube Ohren: Warum sollte eine Scheidung eine Frau stigmatisieren? Wie käme sie dazu, verflucht? Jetzt wird sie ganz im Stillen ausfallend, hilft aber auch nicht wirklich weiter.

Sie hört also nur mehr mit einem halben Ohr zu. (Sie hatte nichts erwidert, sie war dem Rest der *Offenen Gesellschaft*, der verbindlich gelächelt hatte, nicht ins Gesicht gesprungen, natürlich nicht, er sucht schließlich dringend eine neue zweite Person, um die Firma in dieser Rechtsform aufrechtzuerhalten: Offenhalten aller Optionen, fürs Erste.) Nicht dass ihr der Plot, den der Ehemann da Punkt für Punkt abarbeitet, nicht ebenso auf die Nerven gegangen wäre wie die Teilzeithausfrauenperfektion, die den Druck auf die Mitglieder der Peergroup durchaus vorsätzlich erhöhen soll, keine Frage: die Ausstiegshilfe für den pekuniär einigermaßen erfolgreichen Durchschnittsmann in Gestalt der jungen Mitarbeiterin oder Studentin oder was sich halt so findet, ein

Abhängigkeitsverhältnis erhöht den Reiz. Die Flucht aus der Ödnis des Alltags in eine neue Beziehung, die Vermeidung jeder offenen Konfrontation, kein Sich-Stellen, keine Reflexion, kein gar nichts. Sie merkt selbst, dass sie beim Zuhören immer unleidlicher wird, obwohl ihr die Frau von nebenan und deren Situation aufrichtig leid tut. (Betrachtungen der folgenden Art verdrängt sie fürs Erste: dass nämlich der Verlust des Einkommens des Hauptenährers wie im vorliegenden Fall den Fall durch einige Hierarchiestufen der sozialen Schichtungen mit sich bringen müsste, und zum Schaden noch den Spott? Wer braucht denn die Versorgerehe?, selber schuld, sagt P. Verflucht noch mal.)

Später schreibt sie an A: Ich kam mir vor, als würde sie mich anklagen. Das ist nun wieder ein schiefes Bild, denn schließlich hat sie ihm nie ihre Verwendung als Fluchtmittel angeboten, ganz abgesehen davon, dass er ja ein Aussitzer sei, ein Beharrer, ein beharrlich Aussitzender im Gewohnten. (Auf den zweiten Blick: Übernahme unbeschränkter Haftung? Für finanzielle Gebarungen, die im Dunklen liegen?, sie ist doch nicht verrückt. Lieber die Fühler in andere Richtungen ausstrecken, warum nicht in die der Exgesellschafterin?)

Natürlich frage sich ein Teil in ihr, warum A C P damals vorgezogen hatte – denn so erklärt sie sich das, von Geburtsterminen rückrechnen und daraus ihre Schlüsse ziehen kann sie noch: die zeitliche Nähe offensichtlich –, doch in den genauen Ablauf habe sie nun mal keinen Einblick, das könne sie nur als gegeben hinnehmen, als Rand- oder eher Aktivierungsbedingung der aktuellen

Bindungsverhältnisse. Und eigentlich ist es nicht sehr überraschend: C entsprach vermutlich eher, ich versprach sicher keine Anpassung an die Bedürfnisse des professionellen Adrenalintrips. Wobei ich ihr jetzt nichts dergleichen unterstellen wollte, da haben wir schon wieder diese kleinen Übergrifflichkeiten, ts, schreibt sie ihm. Sie erledige die ganze Verwaltung, sagt er. Die Alltagsgestaltung. Und sie ertrage offenkundig seit Jahrzehnten seine Abwesenheiten und Abgrenzungen, entgegnet sie. Das sei kein Verschanzen hinter Arbeit mehr, sagt er, so könne man das nicht mehr nennen, die aktuelle Situation sei als Suchtverhalten zu beschreiben. Deine Entscheidung, sagt sie. Sie bemerkt spitz, er könne sich ja durchaus zwei nur halb so alte, aufstrebende Businessfrauen suchen, die womöglich die Beziehung zu ihm noch als karrieretechnische Aufstiegshilfe nützten, statt einer mittelalten, die immer irgendwas zu hinterfragen finde. Er sagt darauf, das würde seine Dissoziation allerhöchstens verstärken. Doch tief in sich ist sie nicht sicher, ob er das nicht eines Tages dennoch vorziehen und suchen wird, eine pflegeleichtere Gefährtin für unterwegs. Das dürfte kein Problem sein, wirtschaftlicher Erfolg ist ein prächtiges Aphrodisiakum, sagt sie, unterstellungsbereit.

Und du?, fragt sie sich, würdest du ihn tatsächlich ebenso interessant finden, wenn er, sagen wir, Hausmeister geworden wäre? Wohl kaum, da du voller Vorurteile bist, was den geistigen Horizont von Hausmeistern betrifft, Bildungssnob. Die Briefträger wiederum streiken, und die Erfahrung zeigt, dass das geistige Potential anderer, beispielsweise von Angehörigen kapitalorientierter

Berufsfelder schon aus professionellen Gründen tatsächlich, nun, zur praktischen Engführung neigt. Es sei unwürdig, Menschen derart klassifizieren zu wollen, an ihren Taten sollt ihr sie erkennen!, legt sie jetzt nach. Süß. Und das Hausmeisterinnendasein sei ohnehin nur mehr eine nette historische Reminiszenz, nun, vielleicht nicht sonderlich nett, es gab da durchaus Episoden mit Hausbesorgerinnen voller Überwachungsfreude, Herrscherinnen über Fenster, die zum Zweck des Belauschens rund um die Uhr geöffnet waren, Gewisper der Alteingesessenen, das versiegte, sobald sich Dritte näherten, anonyme Mitteilungen. Fragt sich, ob das besser war als heute, wo es höchstens noch Facility-Managerinnen gibt, und die werden von immer neuen Leiharbeitsfirmen geschickt. Zum Ausgleich wird das brandneue Berufsbild des SICHERHEITSBÜRGERS markteingeführt, der berufene Bürger beteiligt sich proaktiv an der Gestaltung der öffentlichen Sicherheit, Comunity Policing, total im Trend und nachgefragt!, wenigstens in Österreich. Und Leute wie du, sagt sie und durchbohrt ihr Spiegelbild mit Blicken, die sich mit wirtschaftlich gesehen höchst ineffizienten Themen beschäftigen (die die Ineffizienz zum Inhalt machen!), werden eines Tages noch froh sein, in irgendein passendes Management einsteigen zu dürfen, Leerflaschenmanagement zum Beispiel.

P würde C nicht hineinziehen, sagt sie. Sie respektiere die andere und ihr Recht auf ein ungestörtes Privatleben. Da ist es wieder, das *andere*, dieses hinterhältige Wort, das so unauffällig daherkommt. Nie hätte sie, in einer anderen Zeit an der Seite einer anderen Variablen auf der anderen Seite der Gleichung stehend (immer auf

Appeasement gegenüber Hausmeisterinnen bedacht, sie war noch jung gewesen und hatte sich allein schon deshalb unter verschärfter Beobachtung gefühlt), in Erwägung gezogen, der Zustand ihrer schon aus dem letzten Loch pfeifenden Beziehung sei einer anderen anzulasten. Und Ähnliches setze sie nun bei C voraus, obwohl sie damit nichts über die Qualität der Beziehung zwischen o. E. und dem Angesprochenen aussagen wolle, das stehe ihr nicht zu. Tut es auch nicht. Nein, er solle aufhören, ihr ins Wort zu fallen, er sei ja schlimmer als sie selbst, was sie sagen wolle, sei: Sie glaube, dass jeder selbstständig denkende Mensch im Stande sei, diese Dinge zu trennen. Seine Ehekrisen, sagt sie mehrfach zu ihm, seien seine Baustellen (sie sieht ihn vor sich ganz blaubetucht und schaufelschwingend im Schuttberg des gewöhnlichen häuslichen Unglücks, der Bauch wölbt sich auch schon vertrauenserweckend). Nicht, dass er davon nicht erzählen dürfte, wenn es ihm durchaus ein Bedürfnis sei, aber einmischen wolle sie sich nicht. Und, wenn sie ehrlich ist, allzu viel wissen will sie auch nicht. All das existiert unabhängig von ihr, sie kann dazu weder etwas sagen noch tun oder lassen, er lasse sie also besser gleich in Ruhe damit. Die Krisen werden die Beziehung zusammenhalten bis zu ihrem natürlichen Ende, denn nichts kittet dauerhafter als die Gewohnheit. (Das hält sie nur für sich fest, das schreibt sie ihm nicht, es schmeckt ein bisschen gallig.) Und sie hatte auch nie etwas dagegen. Sie wolle bloß Aufrichtigkeit in allem, was sie anbelangt, aber da hat sie sich nun in ein Dilemma hineinmanövriert, denn wo genau, bitte, will sie diese Grenze ziehen? Was langt sie an und was nicht mehr? Da fehlt es an Präzision, das merkt auch er beiläufig an.

Die Kinder stehen an erster Stelle, die brauchen uns noch eine Zeit lang recht intensiv, schreibt sie ihm schließlich, und sie brauchen uns in den bestehenden Konstellationen, würde ich meinen, dabei meint sie die jeweils jüngsten. Sie wolle ihre Beziehung erhalten, und dafür brauche es stabile Verhältnisse auf beiden Seiten, bei ihm wie bei ihr. Dass sie hinter solchen Behauptungen möglicherweise nur Schutz sucht, kehrt sie fürs Erste unter den Teppich, unter dem sie jetzt gerne läge. Das stellt sie sich durchaus beruhigend vor, sich einen dicken Flor über den Kopf ziehen zu können und in den Boden einzugehen. Sagen wir, da war nichts. Sie schließt: Ich wollte nie etwas anderes als offen gelebte schlampige Verhältnisse, organisierte Unordnung. Vermutlich ist das mein eigentliches Vergehen.

Glück 11

Andererseits ließe sich sagen, dass bei P selbst entwicklungsmäßig einiges schiefgelaufen ist, dass bei ihr die Fehlbarkeit und Endlichkeit zu sehr im Zentrum standen, schon früh, eigentlich seit dem Einsetzen der Erinnerung. Zuerst die Fehlbarkeit, und da sie der nicht entkam, was immer sie auch versuchte, im Gegenteil, dem Bewusstsein dafür immer weniger ausweichen konnte, verlor die Vorstellung des Nichtseins ihren Schrecken. Die Möglichkeit des Todes, zur letzten Zuflucht umgedeutet, hatte früh auch etwas Verlockendes. Wie unbefriedigend eingleisig und irreversibel diese Lösung wäre: all die anderen Optionen vernachlässigt und nicht einmal versuchsweise experimentell untersucht, machte sie sich erst später klar, und der pubertäre Flirt mit der Todessehnsucht (ruhe hier und lass mich sterben) verflüchtigte sich nachhaltig. Und außerdem, flüsterte sie sich selbst zu, könnte man diesem einen Ansatz bei Fehlschlagen der anderen ja immer noch folgen, dafür sei es schließlich nie zu spät. Umgekehrt gelte das nicht.

Sie hielt sich erst einmal fest an einem ganz handfesten Studium, so schien ihr das, und absolvierte es brav nach Plan. Nur ja nicht zu viel des Unabschätzbaren, das hob sie sich für später und vor allem für das Theoretisieren auf. Die Realität hieß Zaghaftigkeit, Aufenthalt in einer behüteten Jugendblase, selbst wenn sie stolz war auf ihr Alleinreisen, das größte Wagnis waren auch schon in Bahnhofshallen verbrachte Nächte, wo sich die Rucksackgemeinde hinter den Schließfächern traf und die

Isomatten ausrollte, um darauf zu schlafen, wie es heute wohl nur noch Flüchtlinge tun, falls sie gut genug ausgerüstet sind und der Sicherheitsdienst es zulässt. Sechserabteile, in denen junge Männer und Frauen unsichere Berührungen versuchten, die Hände nach fremden Rücken ausstreckten, nach einem geteilten Bier, einem gemeinsamen Joint, man durfte in Zügen noch rauchen. Man blieb unter sich und zurückhaltend, fast schon sittsam nebeneinander aufgereiht auf den zusammengeschobenen Sitzen, die ein Liegetablett bildeten, in das sich direkt hineinstolpern ließ, wenn man die Schiebetüren öffnete. Ockergelbe Ziehharmonikavorhänge behüteten das Nest zum Gang hin, die Bauchtasche, die sie gegen alle Unbill mit Geld, Pass und Reiseschecks absicherte, beschützte sie mit dem gekrümmten Körper, Rücken an Rücken mit frisch Bekannten schlafend. Auf den Rucksack, der mit den anderen für die Nacht unter die Sitze geschoben worden war, hatte sie ein kleines Zelt geschnallt, das sie zum Verstauen abnehmen hatte müssen. Zähneputzen, Haarewaschen, das Reinigen der neuralgischen Körperstellen über den winzigen Waschbecken der Zugtoiletten (Entleerungsrohre, deren Inhalt sich auf die Gleise ergoss, weshalb die Benutzung in Bahnhöfen untersagt war); die Geschichte, dass so ein Ding in Italien ausgerechnet RITIRATA hieß, wurde begeistert weitererzählt, wobei sie das Wort natürlich falsch aussprachen, rittirattarittiratta, Zugschwelle um Zugschwelle. Das Gewicht ihres transportablen Heims inklusive Hausrat und Wäsche, einem Paar Sandalen, einer Ersatzhose, T-Shirts, Regenüberzügen, Wasserflasche, konnte sie gerade so eben stemmen. Die Vorstellung, alles zum unmittelbaren Überleben Nötige bei sich zu tragen, war erregend. Ebenso erregend wie falsch, denn die Absicherung durch ein bekanntes Umfeld, das sich so selbstverständlich wiederfand, vernachlässigte sie dabei großzügig.

Auch der junge Krankenpfleger war freundlich und vorsichtig, den sie auf seiner Rückreise vom Nordkap vor seinem Campingkocher sitzend zum ersten Mal erblickte, mager, zäh, mit dunklen Augen, sein Fahrrad ein massives Gefährt, das Gepäck so dauerhaft durchweicht und sanft nach Fäulnis riechend, dass Rettung nicht mehr möglich schien. Sie zogen ein paar Tage lang gemeinsam herum, er kam in ihr Zelt und erklärte anschaulich die *Fisimatenten*, einen Ausdruck, den sie von früher kannte, ohne seine Bedeutung je verstanden zu haben. Sie gingen an Küsten entlang, bewunderten den Umstand, dass der dänische Strand per Gesetz Gemeingut war, stoppten Autos, aßen in backsteinroten Fleischereien und Fischgeschäften Dinge, die als Salate bezeichnet wurden und doch hauptsächlich aus Mayonnaise von dicklicher Industriekonsistenz bestanden, erfuhren von einem hollsteinschen Bauern mit Rübezahlbart und historischem Mercedes, der fast die ganze Breite der Landstraße beanspruchte (zwei Lanzenlängen, sagte der Krankenpfleger, der eine Schwäche für Versdichtung hatte), dass er in ein anderes Gefährt gar nicht hineinpasse, fühlten sich wohl miteinander und freuten sich daran. Irgendwann sagte er im Scherz, sie werde sich schon noch ihren standesgemäßen Studenten suchen, sie wurde böse, in dem Punkt war sie empfindlich, sie hielt sich für frei von Dünkel aller Art. Und doch gab ihm die Statistik recht, wie ihr wohl klar gewesen sein musste, die Gelegenheit ist schließlich entscheidend für die Auswahl, und die Auswahl der Gelegenheiten keineswegs so zufällig, wie sie sich weiszumachen versuchte. Nach ein paar Jahren und wechselseitigen Besuchen verloren sie einander aus den Augen, ohne böse Absicht und sicherlich mit leichtem Bedauern.

Lust 5

Manchmal schreit der Schmerz noch, doch wenn sie ehrlich ist, muss sie zugeben, dass er insgesamt allmählich erträglicher wird – so banal das ist, durch die Gewohnheit, ein festgespanntes Netz alltäglicher Verpflichtungen. Auch dass das Leid eines sogenannten gebrochenen Herzens, selbst eines doppelt gebrochenen (und der Umstand der Dopplung spricht leider für ein ordentliches Maß an Dummheit), zu bewältigen ist und sein muss für ein halbwegs sicher im Leben verankertes Ich. Dass das Eben-leiden-Müssen ganz anders geht, gibt sie glatt zu, dass es anmaßend gewesen war, diese Formulierung so unbedarft zu denken, dass sich da gänzlich andere Dimensionen des Schmerzes öffnen, dass darin das innige Versprechen steckt, dass man eine Vergewaltigung eben nicht erleidet wie einen Unfall, ein Unwetter, das über den Körper hereinbricht, sondern dass du als Frau gleich als Ganzes gebrochen wirst, in der öffentlichen Existenz zerstört, aus der Gemeinschaft ausgeschlossen, die dich, statt zu trösten und zu heilen und vielleicht auch für Genugtuung zu sorgen, für das dir Zugemutete auch noch verantwortlich macht. Wertlos. Siegel gebrochen, Verpackung aufgerissen. Entspricht leider nicht den hygienischen Anforderungen. Unter dem Dogma eines solchen Reinheitsgebots, dachte P böse, ist das Abschneiden der äußeren Schamlippen und dieses Klitoristeils (Versäubern) naheliegend – und dann zunähen! Trennt ab, was euch fremd erscheint, oder zu vertraut, ist es das?

Weiter im Text, ermahnt sie sich. Vielleicht wäre es ihm leichter gefallen, mit klaren und maßlosen Ansprüchen umzugehen anstatt mit diesem diffusen Wunsch nach auch und manchmal und gelegentlich, dann aber bitte richtig. Vielleicht versteht er nur die Sprache radikaler Forderungen? Kennt er, ist sein täglich Brot? Aber nicht meins. Wobei seine Flucht dagegen spricht, oder wäre das schon wieder falsch kombiniert? Rechtzeitig vorher, so viel ist sicher, ist jedenfalls unüberhörbar, dass die Verhältnisse ins Rutschen geraten. Der Bergrutsch beschleunigt sich, wie das in seiner Natur liegt, sodass der Betroffene nichts lieber will als rennen, wie das wiederum in seiner Natur liegt. Weit weg von dieser Störungsquelle, Verzeihung, Hemd näher als der Rock, ist nicht persönlich gemeint.

Was Sie zu sagen hätten, falls Sie sich doch, wider alle Erwartung, dazu entschließen sollten: Wir kennen ihn nun einmal beide? Wie gehen Sie mit seinen Maulwurfshügeln um, die überall aufpoppen, und kaum greift man hin, ist der Verursacher schon wieder weg? Glätten Sie den Boden und säen Sie Grassamen? Oder verlegen Sie fertige Rasenstücke? Geht auch schneller, sieht gleich besser aus, würde ich auch nicht anders machen, Effizienz ist eine Sprache, die wir alle drei verstehen. Darauf, wenigstens, können wir uns einigen. Er behauptet, Sie beide sprächen nicht mehr so viel miteinander, wäre noch nie anders gewesen, aber vielleicht ist das nur eine der witzarchetypischen Ausreden, die fremdgehende Männer angeblich so vor sich her tragen? (Dabei hat nichts davon etwas mit Fremdheit zu tun, im Gegenteil, er kommt mir nahe, zuallernächst. Es ist ein Nahekommen, kein Fremdgehen.)

Ich nehme an, Sie sehen das anders, bitte, ich gebe Ihnen gerne Gelegenheit, Ihre Sicht der Dinge darzulegen. Sie pfeifen drauf? Und jetzt murmeln Sie etwas von Herablassung und begütigender Geste und was ich mir eigentlich einbilde. Sie haben recht, was bilde ich mir eigentlich ein? Ja, so weit waren wir schon, doch so kommen wir nicht weiter, denken Sie nicht? Am weitesten kämen wir, wenn ich mich einfach verflüchtigte? Wenn ich jetzt schnell hinterherschicke, kaum hörbar, vertraulich, unter der Hand, dass das ja schon einmal so gewesen sei, dass ich mich in Nichts auflöste, als Sie damals die Dinge recht entschieden in die Hand nahmen, mit Verlaub – anders kann oder will ich mir das jetzt nicht erklären, sonst müsste ich womöglich irgendwas einräumen, was mir unangenehm wäre, irgendwas mit intensiveren Gefühlen, größerer Seelenverwandtschaft oder so –, dann tun wir beide so, als hätten Sie das nicht gehört. Doch manche Männer seien eben schwach, denen müsse man den rechten Weg weisen? Wenn ich das nicht verstehe, selber schuld, nicht wahr? Das ist mein Friedensangebot, ich verstehe diese Finessen eben nicht, bin halt zu ungeschickt: Freundinnen? Den Wert des Weghörens als schöne Kunst, verstehe ich den wenigstens? Leuchten Sie mir ruhig heim, auch ich kann eine Wegweisung derzeit gut gebrauchen.

Ich bin mir sicher, dass er ehrlich ist, lachen Sie nur, bis auf ein, zwei Mal, wo er meine Bereitschaft zur Gutgläubigkeit nun doch ein wenig strapazierte. Die Episode mit dem Handy im Wasser, egal, doch prinzipiell glaube ich an seine Aufrichtigkeit, will ich daran glauben, sonst zerrinnt mir hier noch alles zwischen den Fingern. Mir scheint, dass er solche Klischees ganz unfreiwillig bedient, dass er eben die Strukturen des Funktionierens in sich aufgenommen hat, die haben angedockt am Knochengerüst und halten den Anzugträger noch ein wenig aufrechter. So wie sich meine Körperfasern nach der Überschreitung sehnen, sehnen sich seine nach dem aufrechten Gang. Der markiert schließlich die höchste Stufe der Evolution!

Im Ernst: Sie passen in sein Leben, das brauchen Sie nicht mehr zu beweisen, das wurde hinlänglich bewiesen, in das exklusive Eliteleben, in sein Wichtigkeitsnetz, an dem er so hängt. Ich passe da nicht hin, ich passte da nie hinein, selbst wenn diese Option jemals zur Debatte gestanden wäre. Was nicht der Fall ist. Obwohl ich möglicherweise so aussehe, als versuchte ich verzweifelt, da hinein zu gelangen, der Schein trügt. Das ist nur mein ganz normaler Kampfanzug, Camouflage, verstehen Sie mich jetzt? Wer's glaubt, sagen Sie? Egal, der Punkt ist: Das trägt wohl entscheidend zur wechselseitigen Anziehung bei, dass wir beide, also der Antagonist und die Protagonistin, zueinander passen wie die Faust aufs Auge. Auf mein Auge, wie es aussieht. Ganz blauäugig lässt mich die Sache zurück, so mit mir selbst geschlagen und dieser verfluchten Liebe. (Und schon hat sie sich entlarvt, haben Sie's nicht gesehen: *der Antagonist*, hat sie geschrieben.)

Sie passt da nicht hin. Bei jedem gemeinsamen Restaurantbesuch stellt sie das fest, anscheinend die einzige Vergnügung, die ihnen einfällt: die gemeinsame Aufnahme von Nahrung in der Öffentlichkeit. Sie kann froh sein, dass er sich überhaupt mit ihr zeigt. Diesbezüglich ist er plötzlich nicht mehr selbstsicher, versteckt sich vor dem Taxifahrer hinter seinem Endgerät, statt sie anzusehen, sie, die auf der Straße wartet wie eine Escortexpertin (doch seit wann warten die auf der Straße?). Und sie sagt noch, sie warte nicht auf ihn an der nächsten Ecke, bis er sich herablasse sich zu entscheiden, ob er jetzt oder lieber doch nicht, während er in seiner ewigen Landeschleife kreise und professionell neutral den Entwicklungen zusehe, bis die ganz von alleine Ergebnisse zeitigten, während er als externer Beobachter seiner inneren Vorgänge lieber nicht eingreife: Wenn du so weitermachst, bin ich weg! Er lacht, was sonst, und sie ist nicht weg, sie steht da und fasst es nicht. Nicht an der Straßenkreuzung, dort steht er, während sie am Bordstein steht, wie man hier sagt, vor dem Lokal, in dem es keine Bar gibt, an der sie gepflegt warten könnte wie eine anständige Nobelprostituierte, also, nobel muss es sein, da wäre ja wieder diese hybride Hybris, das beiläufige Unterscheiden, und was sollte an der Sache überhaupt nobel sein? (Also sie vermute schon, gibt die Praktikantin zu bedenken, dass in dem so eingegrenzten Fall mehr Autonomie auf Seiten der Dienstleistungsnehmerin oder Leistungsgeberin zu erwarten sei als im Laufhaus oder am Straßenstrich, aber prinzipiell, ja, nobel sei wenig an der Unternehmung, höchstens die Gewinnspanne im Zwischenhandel.)

Sie habe nicht im Eingangsbereich herumstehen wollen und sich anstarren lassen von den Kellnern, verteidigt sie sich, jetzt starrt der Fahrer sie an, sie starrt den Mann an, auf den sie wartet und der sich so seltsam verhält, der wiederum starrt sein Gerät an, ein kreisförmiges Starren baut sich da auf, ein Belauern: Wer sich als Erstes bewegt, hat verloren. Der Taxilenker gibt auf und fährt an, der hat aber auch einfach zu wenig Ausdauer, dabei verspricht die Sache durchaus spannend zu werden. A wartet, bis das Auto sich entfernt, P wird es ein wenig flau im Magen, doch ist diese Demütigung nicht nur im Auge der Betrachterin?, unerhört, nie gehört. Falsch, denkt sie, wenn sie die Verhältnisse ignoriert, sind sie vielleicht gar nicht so, wie sie scheinen? So falsch jedenfalls das Ganze, dass anzunehmen ist, dass der Abend sich rasch in eine noch falschere Richtung bewegen wird. Aber man leugnet gerne das Offensichtliche, erstaunlich, wie lang man damit durchkommt.

Glück 12

Dann wieder Feiertage und Familie und Zurückhaltung, immer Zurückhaltung und immer Warterei. Immer geht anderes vor, das ist der praktische Preis, sie wusste das. Die Frage ist doch, sagt sie fernmündlich: Wie lange lässt du mich diesmal wieder warten? Nein, falsch, wie konnte ich, auch nur für Sekundenbruchteile, spielerisch, fakultativ daran denken, wir würden unsere Familien verlassen, um miteinander zu leben? Wieso sollte man denn gleich miteinander leben wollen?, fragt sie, ziemlich riskant und sicher nicht nötig. Überhaupt, wie viele Frauen sie kenne, deren Männer sich irgendwann mittendrin aus dem Staub gemacht hätten, nicht zu fassen, Langeweile, Überdruss, einmütige wechselseitige Abneigung undsoweiter, immer dieselbe Leier, um mit ihren meist viel jüngeren Freundinnen neu anzufangen, wenn sie das schon höre: neu! Bloß, dass sie sich selbst dabei mitnehmen, das sei das Problem, dieses ewige Mitnehmen des immergleichen alten Selbst, ein Umstand, der dem Neuanfang diametral entgegenstehe. Besser wäre es, in sich zu gehen und zu überlegen, was einem am bisherigen Leben falsch erscheint. Jetzt wird sie pädagogisch, sie geht in die Erwachsenenbildung und fängt gleich bei ihrem Zuhörer damit an, der nun ein wenig gequält dreinschaut. Zurückgelassen wird: die Wut, die Verzweiflung, die Hoffnungslosigkeit angesichts des Verlassenwerdens, des plötzlichen Alleinseins (gut, vielleicht nicht ganz, mit den Kindern und den finanziellen Verpflichtungen und all dem Rest alleine halt), des Zusammenbruchs eines Lebenskonzepts, aber auch einfach nur aufgrund der

Verletzung enttäuschter Liebe, dem emotionalen Desaster. Verstehe ich alles, will ich nicht verursachen! Also sitzt sie da, zieht sich in sich zurück und hofft, dass der Schwebezustand noch ein wenig anhält, ohne allzu viel zu kosten. Und dann fragt sie noch, ob es eigentlich so ist, dass man den Glauben an die eigene moralische Unkorrumpierbarkeit – und sie befürchte, dass es sich um eine reine Vermutung handle, die keinem echten Test standhielte –, dass man den Glauben an die eigene Standfestigkeit nur um den Preis der Machtlosigkeit erhalten kann? Oder umgekehrt: Korrumpiert jede Form von Macht, von Einfluss und Gestaltungsmöglichkeit automatisch?

Lust 6

Das Gute ist, mein Herr, schreibt sie: Dass nur ich es bin, die leidet, dieses Leiden kann ich verantworten, das korrumpiert niemanden, nicht mal mich selbst, es betrifft ja nur mich, und mir war dieses Risiko, bitteschön, diese intrinsische Risikoimplikation von Anfang an bewusst. Ich kann mich nur bei mir selbst beschweren. Höchstens A ist noch betroffen, doch der zieht es vor, sein Leid in sich hineinzufressen wie die Kilometer des höchsteigenen Marathons, den er da läuft. Seins! Doch die anderen müssen nicht leiden, wenigstens nicht ihretwegen, so sieht P das.

Die Rückschau stellt sich in den Weg, das kurze Wegdriften unter Beibehaltung freundlichen Nickens in alle Richtungen, die ein wenig melancholische Sequenz Als-ich-in-der-ersten-Nacht-erwachte, die kann sie sich vorspielen, immer wieder und wieder, so lange, bis die Fantastizität der Ausschmückungen sie selbst nicht mehr überzeugt.

Ihr kennt ihn ja, er ist doch so ein Familienmensch, sagte die Nachbarin. Ich verstehe das nicht, und nun macht es ihm nicht einmal mehr was aus, dass die Kinder ihn nicht sehen wollen. Er wird sich frische, neue Kinder zulegen, dachte P und schämte sich gleich noch mehr. Das macht man so. Nicht zu früh sterilisieren lassen, man weiß ja nie, ob man nicht doch noch die Zweitfamilie gründen will. Schon um die glänzend frische neue Frau an sich zu binden, ziemlich ungerecht. Die Kinder kamen in die Küche, die Nachbarin stellte die Tasse ab.

Du wirst noch von mir hören, ich könnte entschieden fordern, dass du dich stellst. Muss ja nicht gleich der Bois de Boulogne sein, im Morgengrauen, was hätte ich auch davon, Schießen kann ich nicht. Was hätte ich davon, dich zu treffen (unter den Bedingungen des Nahkampfs bin ich jetzt ganz zwanglos auf das Du umgeschwenkt), also, was hätte ich davon? Es würde meinen Schmerz auch nicht verringern, wenn ich dich verletzte, denn es muss ja nicht sein, dass ich dich gleich töte, mit einem einzigen Versuch zu töten, das muss man schließlich auch erst gelernt haben. Vielleicht täte es ja wiederum mir gut, wenn du gut zielst, damit ich einen körperlichen Ort für den Schmerz haben kann? Vielleicht wäre das leichter? Ist Schmerz leichter zu ertragen, wenn man die Quelle lokalisieren und die Faust dagegen drücken kann? Oder ist bloß die Idee so verführerisch? In der Realität eines milchigen Morgens würde ich höchstens deine Gestalt blassgrau zwischen den Stämmen verschwinden sehen. In alle Richtungen, bis zum Waldteich vielleicht, der dabei ist zuzufrieren.

A ist, was P betrifft, wieder in seinem natürlichen Habitat angekommen: auf Tauchstation. Dort scheint er sich recht wohlzufühlen, die Grenzschichten unüberwindbar, nicht mal mehr blickdurchlässig, zu dick das Eis, zu tief der Winter. Schlaf könnte heilsam sein. Man muss sich schließlich erst einmal um sich selbst kümmern, wenn man an strukturellen Quetschungen laboriert, an einer äußeren Torsion innerlich zerbröckelt, da braucht man Abstand und Rückzug. Sie wird das schon verstehen, es fehlt nicht viel. Er muss erst wieder zu sich kommen, sagt sie schulmeisternd reif und geläutert und unter völliger Verkennung der Machtverhältnisse, sie wolle ihn reif und geläutert. (Trauben, ja, die versauern, was das Zeug hält.) Ruhig, ohne diese offenkundige Dissonanz in ihm, will sie ihn wiedersehen, versehrt, wie alle eben, doch sich dessen bewusst, und damit, so meint sie, schon auf dem Weg zur Genesung. Doch so einfach ist das mit dem Verheilen wohl doch nicht, die Erkenntnis allein kann immer nur die halbe Miete sein. Bis dahin steht er ihr im Weg, das hatten wir schon, allem, was sie sonst empfinden könnte, dumm gelaufen. Dass sie sich hinter diesem Gefühl für ihn einfach verschanzt, diese Idee kommt ihr gelegentlich, ansatzweise, die lässt sie nicht ganz zum Zug kommen, dabei hat die doch viel für sich, schlicht und schön: Wann immer ich unsicher bin, wenn mir die Erinnerung an etwas unangenehm aufstößt, das mir widerfahren ist oder das ich getan oder eben nicht getan oder gar falsch gemacht haben könnte, dann sage ich schnell: meine Liebe, du meine Liebe, und diese Zauberformel rettet mich, mein Mantra, das ich nur aufsagen muss, um mich vor Scham zu bewahren, so einfach geht das, Liebe mein.

So lange schon hat sich da etwas aufgetürmt, dass sie sich gar nicht mehr erinnern kann, wie es vorher war. Ein Riesenbrocken verstellt die Sicht, um den sie nicht herumkommt. Ihn zu überwinden, zu bezwingen, einfach drüberzuklettern gelingt ihr nicht. Da kann sie Anlauf nehmen, so viel sie will, Luft holen, tief einatmen, bevor sie springt, Stabhochsprungstäbe ansetzen, hilft alles nichts, funktioniert nicht. Tiefe Müdigkeit erfasst sie, den Stab lässt sie fallen, der liegt jetzt neben ein paar anderen, aufgefächert sind die wie ein Mikadospiel, das ihre hilflosen Versuche bezeugt. Sie legt sich lieber hin, am Wegrand, und sieht denen zu, die vorbeikommen, die bemerken sie nicht und das Hindernis noch weniger, und siehe da, fort ist es, so einfach ist das, dass ihr das nicht früher aufgefallen ist! Doch sie fürchtet sich davor, die Abwesenheit des Hindernisses zu überprüfen, indem sie aufsteht und sich der heimtückischen Stelle nähert, sie kennt ihre Traumpappenheimer, ein Kippbild ist das, und nur aus ihrer Position im Abseits bleibt die Sicht eine weite, mit einem Weg, der am oder eigentlich im Horizont verschwindet. Sie kennt das schon, kaum rafft sie sich auf und geht mit ausgestreckten Händen darauf zu, materialisiert sich der Widerstand, der wartet nur auf sie.

Schließlich ist dieses Gefühl geheim. So geheim, dass nur sie es kennt. Es wäre so einfach, wenn man nur ein wenig über den Rand sähe und erkennen könnte, was alles auf dem eigenen Teller draufliegt: die Liebe einer ganzen Reihe nächststehender Menschen, Frieden, weitgehende Sicherheit, wie selten in einem Leben, eine Wohnung, genug zu essen, unfassbar viel mehr, als die meisten haben, was gibt es da zu beanstanden? Als Bonus auch noch beste soziale Einbindung, da kann der Markt für die gesellschaftliche Anerkennung ganz beruhigt sein, die Lage lässt man sich bezahlen, Lage, Lage und nochmals Lage! Und was will dieser dumme Geist in der Flasche, sich sehnen, wie allerliebst. Das kann er nun, da kann er sehen, wo er bleibt.

Sie hofft nur, er lernt endlich was draus.

Was sie lernen muss: dass Liebe anarchisch ist. Die lässt sich nicht steuern, die kann man nicht geschickt auf ein geeignetes Zielobjekt hinlenken, die hängt sich einfach an irgendwas völlig Ungeeignetes und hanget dort wie der Mann an seinem Weibe oder so. Das Anarchische ist schließlich auch das Interessante daran, sonst könnte man gleich heimgehen. Es erfordert nur die Bereitschaft, auch den Schmerz in Kauf zu nehmen, wenigstens den eigenen. (Der Schmerz anderer, den man verursacht, ist eigentlich nicht zu verantworten, geschweige denn in Kauf zu nehmen, sagt P. Aber alles kein Problem, da war man (sie) doch vor kurzem noch ganz entschieden: Fremder Schmerz ist nicht vorgesehen, und Einwände will sie gerade keine hören.) Was den eigenen Schmerz betrifft, nun, ganz einfach, sie muss einfach hindurch durch diese Niederungen, die muss sie durchwaten und aufpassen, dass sie sich nicht an der falschen Stelle hinlegt und einschläft, das könnte schlecht ausgehen. Und kein Gejammer unterwegs, wer lieben will, muss auch leiden können. Die Alternative wäre das geschickte Abschotten, aber dafür gibt es ganz andere Experten, ausgewiesene Abschottungsspezialisten von exzellentem Ruf, an P wendet sich diesbezüglich sicher niemand.

Vor allem muss dieses Warten ein Ende haben, das man sich mit dem spitzfindigen Versuch versüßen kann, alles andauernd ein bisschen besser zu wissen, immer eine Erklärung im Ärmel zu haben, wie gewieft, macht aber auch nicht unsterblich. Sorgt auch nicht dafür, dass P ihr persönliches Etappenziel erreicht. Behaupten kann sie viel, behaupten kann sie übungshalber, sie warte übrigens nicht mehr auf diese multiplen Klingeltöne,

Posteingangsmorsezeichen auf einem der allgegenwärtigen Kommunikationskanäle. Sie erwarte nicht mehr, dass da noch etwas komme, um sie zu erlösen, alles zu löschen, die Verletzung rückgängig zu machen, etwas, das die Wunde, die tief in ihr vor sich hin eitert, entgiftet, sich schließen und zusammenwachsen lässt. Sie weiß, dass nichts dergleichen passiert, sowas passiert nicht.

Auch wenn es schön sein müsste, einfach wieder ganz zu werden und fähig, den ganz personalisiert auf die persönlichen Schwachstellen abgestimmten Felsen aus dem Weg zu räumen. So schwer kann der doch nicht sein?

Was sie ihm an den Kopf werfen wollte, wenn sie ihn stellen könnte? Dass er versprochen habe, diesmal nicht mehr davonzulaufen? Dass er in Sachen Flucht das erste Mal noch bei weitem übertroffen habe? Dass er irrational und panisch gehandelt habe, und dann, damit der Fehler nicht zu sehr als solcher auffalle, einfach stur in der Spur geblieben sei, alles auf Schiene, auf dem Beibehalten des Eisernen Vorhangs beharrt habe, wenn er schon dabei war? Dass er ein Ungeheuer sein könne, unfähig zur Empathie? Das sicher, das auf jeden Fall, das hatte sie ihm bereits an den Kopf geworfen, unmittelbar nach dem Bruch an der Kreuzung: Ihn hatte es nicht beeindruckt. Der Vorhang war wirklich feuerfest, der hielt stand, da konnte sie noch so große Geschütze auffahren.

Was sollte das bringen außer der Einsicht, dass er wieder einmal entgegnen würde, er wisse ohnehin, dass sie recht habe, es tue ihm leid, woraufhin all ihre Vorbehalte und Vorwürfe ins Nichts laufen würden, wohin sonst? Leere

Kilometer, die auch noch direkt ins Leere führten, ein vollkommen sinnloser Aktionismus. Möglicherweise wäre sogar eine sanfte Versöhnung denkbar, fernmündlich, oder haptisch, so wie nach der letzten Eiszeit. Er solle Härte nie mehr mit Stärke verwechseln, hatte sie noch verlangt, er hatte das versprochen. Dann strich er ihr zum Abschied so sanft und behutsam über den Oberarm, dass jeder Widerstand in ihr klein beigab? Auch wenn sie ihm das nicht zeigen wollte, nicht will, ihm reicht der Blick in ihr Gesicht, das so unverschämt nackt ist, da hilft kein Make-up, um zu entscheiden, dass er unverändert weiter wildern könne. Dass er keine Rücksicht nehmen müsse, nur an sich denken dürfe, so wie bisher. Dass sie ja doch wieder weich werden würde. Und dem wird sie einen Riegel vorschieben, diesmal wirklich.

Glück 13

Als sie in der ersten Nacht erwachte, er neben ihr völlig selbstverständlich ausgestreckt, die Hügel und Senken seines Körpers sanft beleuchtet vom Wiederschein der Fassade gegenüber, und die Panik sie mit solcher Heftigkeit ergriff, dass ihr übel wurde, Panik, deren Ursachen sie nicht umfassend benennen hätte können, Verlustangst war sicher eben so dabei wie Entsetzen über die Ungeheuerlichkeit der Nähe und sonst noch so einiges andere, die Bloßstellung, die Preisgabe der körperlichen Autonomie, und sei es nur für kurze Zeit, das Ausmaß der begangenen Unvorsichtigkeiten, Schlucken von Körperflüssigkeiten, nur so zum Beispiel, griff sie nach seiner Schulter, suchte seinen Mund, küsste ihn, seinen Schlafgeschmack, warm und erdig, bis er nachgab, und was dann folgte, ließ sie weinen, unter Kontrolle, meine Regeln, my arse.

Lust 7

Er solle Härte nie mehr mit Stärke verwechseln, sagt sie entschieden, und er ganz kleinlaut, zieht den Kopf ein, stimmt zu – manchmal habe sie ihn im Verdacht, dass er sich willig abkanzeln lasse, was doch gar nicht in ihrer Absicht liege, doch er dränge sie mit dieser Körperhaltung automatisch in eine solche Rolle –, duckt sich weg, was komisch aussieht angesichts der physischen Verhältnisse, und sie sagt, dass sie das nicht wolle, dass sie da nicht scharf drauf sei, zu sehen, wie er sich kleinmache vor ihr. Was sie wolle, sei endlich eine Verhaltensänderung! Respekt, so etwas wie ein stetes Bemühen um eine Beziehung, einen vernünftigen Umgang miteinander, und er versteht das alles, stimmt zu, sagt, er hoffe, dass er das jetzt endlich begriffen habe. Doch praktisch gesehen bleibt mal wieder jeder Stein auf dem anderen, passgenau eingeschliffen wie die Teile einer mörtellos gefügten Mauer. Zumindest vermutet sie das, und an der Verwirklichung dieser Erwartung arbeitet sie eifrig mit, wie zu erwarten ist. Praktisch gesehen bleibt alles beim Alten: Er folgt den bewährten Mustern, sie auch, menschlich verständlich, doch unendlich lähmend.

Vor dem hoffnungsvollen Gang zum letzten Treffen sagt sie noch am Telefon, dass, falls, was natürlich im Augenblick ausgeschlossen sei, da die Voraussetzungen dafür nicht gegeben seien, keinesfalls, dass jedenfalls in dem unwahrscheinlichen Fall, dass der Fall je wieder eintreten sollte, er damit rechnen müsse, dass sie weinen werde. Als ob das Neuland für ihn wäre, dass sie die

Rührung überfällt. Von Bedingungen spricht sie stattdessen, um sich Mut zu machen, Voraussetzungen, die er zu erfüllen habe, deren Erfüllung absolut notwendig sei, bevor je, ehe jemals, ehe auch nur irgendeine Bereitschaft ihrerseits zu erwarten sei. Von *sine qua non* spricht sie, wer sagt denn sowas noch? Er nimmt es ohnehin nicht ernst.

Ihren Vorschlag, zu ihr zu gehen, sagt er später, habe er nur als Einladung zu einer Nähe verstehen können, vor der er Reißaus habe nehmen müssen. Er könne dann für nichts garantieren, vor allem nicht dafür, dass er stark bleiben werde, und das wolle er doch, mehr als alles andere, damit sich das Chaos in ihm lege, damit er das auseinanderhalten könne, er kriege das nicht mehr übereinander (sie stellt sich vor, wie er mit Namen beschriftete Spielsteine aufeinanderlegt, keine Legosteine, die ineinander einrasten, eher Vollwertholzbausteine mit abgerundeten Kanten, deren Oberflächen weich aneinander vorbeigleiten, wenn man nicht aufpasst). Ich hatte nicht vor, über dich herzufallen, sagt sie empört und verletzt. Und Beute bin ich schon gar keine, bei der es nur darauf ankäme, ob du an dich halten kannst, wie kannst du es wagen, so etwas auch nur beiläufig einzubauen? Was soll er darauf sagen: Ihm fehlen die Worte, er stürzt sich Hals über Kopf in die Sprachlosigkeit.

Ich wollte bloß nicht in der Öffentlichkeit die Fassung verlieren, erklärt sie, ein wenig defensiver. Diese Fassung, deren perfekter Halt ihr so ans Herz gewachsen ist: Ist es vielleicht das, was die beiden verbindet, die oberflächliche Unantastbarkeit der äußeren Hüllen? Selbst wenn sie bereit ist zuzugeben, dass das nun ihr Strohhalm ist, nach dem sie greift, das Gefasstsein hat sie so weit perfektioniert, dass ihr die Vorstellung, auch nur ein wenig unter Alkoholeinfluss zu stehen, gefährlich erscheint (vielleicht traut auch sie sich selbst nicht, durchaus möglich). Dabei würde ein wenig Lockerheit den beiden nun gar nicht schaden. Sie bleibt während des Abendessens ganz entschieden nüchtern, im Vollbesitz ihrer Willensstärke, so predigt sie sich selbst, damit der Mut wächst, den Wein muss er alleine trinken. Sie seien schließlich erwachsene Menschen und wüssten daher, was sie täten. Sie wollte sich zurücklehnen können, das ja. Ihm vielleicht auch über die Wange streichen. Vielleicht ein bisschen weinen, sowas eben. Was sie eben so tue, wenn der Abstand zu groß gewesen sei und die Zeit zu lang.

Dieses schiefgelaufene Zusammentreffen lässt sie nicht los, dafür entschuldigt sie sich. Schon wieder einer dieser Abschiedsbriefe, P beherrscht das Schlussmachen mittlerweile: Es tut mir leid, der Abend verfolgt mich immer noch. Das Bild deines versteinerten Gesichts verfolgt mich. In punkto Schweigen steckst du mich locker in die Tasche, da gewinnst du spielend, geschenkt, wenn mir auch nicht ganz klar ist, was dir das bringen soll. Hart ist es jedenfalls, was mich zu der Frage bringt, was dein Wort wert ist? Auf deine Worte kann man einprügeln, die wehren sich nicht.

Ja, genauso macht man Schluss. Das ist der springende Punkt. Der Brocken muss bewältigt werden, und was wäre für den Zweck besser geeignet als Wasser, jetzt, wo es Winter wird, Wasser, das in alle Ritzen dringt, sich ausdehnt, wenn es friert, das Gestein sprengt, unzählige Haarrisse verursacht, die aber nicht zum Tragen kommen, solange das Eis alles schön kompakt zusammenhält: in schönster monolithischer Ordnung. Erst wenn die Schmelze einsetzt, zeigt sich das Ausmaß der inneren Zerstörung, im Frühjahr; stimmt aber alles nicht mehr, ist durcheinandergeraten, spätestens im Dezember wird es wieder warm, die Jahreszeiten sind ein wenig aus dem Tritt, doch damit sind sie nicht alleine. Egal wann, beim ersten Auftauen zerfällt der Block in seine Einzelteile, darauf muss man setzen, die rutschen ab, purzeln herunter, dann müsste die Sicht wieder frei sein. Sie arbeitet daran.

P versteht nicht, wie sich jemand so im Kreis drehen kann wie sie selbst. Im Supermarkt trifft sie eine Bekannte, geschieden (und im Gegensatz zur erst im Stadium der Scheidung befindlichen Nachbarin durchaus nicht unglücklich über diesen Umstand), die erzählt, dass sie allein das Geld nicht mehr aufbringen könne für die Schulveranstaltungen der Kinder, Skikurse, Klassenfahrten, sie tauschen sich kurz aus über die Peinlichkeit, Sozialreferate oder Elternvereine um Unterstützung zu bitten. Die Stigmatisierung der Kinder, die sie fürchten, benennen sie nicht. Die Elternvereinsvorstandssitzung auch nicht, die sie sich vorstellen, still im Kämmerlein im Kreis, während der Schriftführer der Kassierin die Unterlagen reicht und beiläufig feststellt: die auch? Dann werden einvernehmlich Augenbrauen hochgezogen, Mundwinkel gekräuselt. Aber haben die nicht –? Und die trauen sich! Doch diese Schamgrenze ist Unsinn, da sind die beiden Frauen im Supermarkt sich einig, warum sollte man sich dafür schämen, Unterstützung zu benötigen? Das diskutieren sie allerdings in verhaltener Lautstärke, die eigene Behauptung Lügen strafend, sie enden in der Klage (abgeschmackt, sagen sie und spüren wohl beide, dass sich die andere ebenfalls schuldig fühlt), dass es Jahr für Jahr schwieriger wird, die Dinge in den Rahmen zu quetschen, aus dem Budget herauszuholen, die eine weitergehende Schulbildung so erfordert. Auf der Straße trennen sie sich schnell.

Die Vorstellung, dass ihn während einer seiner Abtauchperioden der Herzinfarkt erwischt haben könnte, nur so zum Beispiel, *always two steps ahead*, wie er es nun mal ist, und sie würde es nicht erfahren, verstört sie. Sie dürfte nicht trauern, und vor lauter Mitleid mit sich selbst, der bedauernswert nichtsahnenden Geliebten, kommen ihr fast die Tränen, sie muss sich am Riemen reißen. Den bringt so schnell nichts um, sagt sie sich dann, der ist robust wie kaum ein anderer. Aber die trifft es ja am radikalsten, wendet sie ein (sie diskutiert schon wieder heftig mit sich selbst, was soll sie tun, er tut es ja weniger). Die Unantastbaren sind auf einmal doch antastbar, wenn der Körper plötzlich wegbricht, in Ausstand tritt, dessen dienstnehmerseitige Leistungsdichte sie so lange für selbstverständlich hielten. Ich werde es schließlich selbst bald erfahren, dauert nicht mehr lange. Wir werden alle mit dem Unsterblichkeitsvirus geboren, dieser kostenlosen Geburtsbeigabe, diesem Babyspeck, der sich bei manchen wohl ein wenig länger hält? Es lebt sich bestimmt auch nicht schlecht so abgeschirmt vor der Erkenntnis, zumindest eine Zeit lang.

Glück 14

Später machte P ihren Frieden mit der Erinnerung, obwohl A sie nach eingehendem Studium gründlich und entschieden aus seinem Leben entfernt hatte, ohne dass sie je den Grund begriff, das Nichtbegreifenkönnen erschien ihr als das Allerschlimmste. Obwohl sie damals schon wusste, dass das nichts als eine Verschiebung sein konnte, dass das Allerschlimmste das andere war, das umstandslos Entsorgtwerden. Trotz allem war sie froh über diese Zeit, trotz Wut und Zorn und Schmerz, trotz des Gefühls, verraten worden zu sein, es war das Maximum, so dachte sie, das für sie drin war, das Äußerste, was sie je erreichen würde in Sachen Exzess und Ekstase, die das Eigene bedingungslos und unbedingt als Einsatz forderten. Eine Matratze als einzig möglicher Aufenthaltsort, ein fast schon zu schönes Lotterbett, auf dem die Freuden und Abgründe verschiedener Praktiken ausgelotet wurden, gerade als vor dem halboffenen Fenster Kinder vorbeigingen, und eins sagte zum anderen: Er hat ganz was Freches gesagt, er hat gesagt, die Mädchen haben so Tunnels, wo Züge durchfahren.

Die Luft glühte in diesem Juli, während die Mitglieder einer protestantischen Sekte sektiererisch protestierten, wie es sich für sie gehörte, und zwar gegen ein Aktionstheaterfestival: Blut und Widderschädel, Gedärm und Höllenlärmmaschinen, die das Publikum vor sich her scheuchten, Grillparty, sagte P, um sich Mut zu machen, und dass die Berechenbarkeit unangenehm berühren könnte, auch wenn die Tricks wirkten und die Menschen zu einer Masse einschmolzen, die leicht zu steuern war. Der Zorn der Wälder, übersetzte sie sich den Namen der Gruppe, auch wenn sie wusste, dass das falsch war, die Deutung gefiel ihr. Sie selbst hielt sich mittendrin lieber an einem großen Mann fest, der seiner Natur gemäß den Überblick bewahren konnte und lachte, während einander zwei archaisch sich gebende Menschenhorden die Beute abjagten und so taten, als ob sie Gefangene in durchsichtigen, mit roter Flüssigkeit gefüllten Tonnen ertränkten. Am Rand standen Hilfskräfte, die diejenigen, die in Panik auszubrechen drohten, herausgriffen und ihnen Zigaretten anboten.

Der Protesttrupp stand draußen vor der Halle und empörte sich über das Teufelswerk, Comics mit Bildern Beelzebubs wurden verteilt, was als Abschreckung gedacht war. Die aus den Türen quellenden Besucher rissen die Heftchen gierig an sich, um sich darüber lustig zu machen, erleichtert über diese billige Möglichkeit der Angstabfuhr. A musste arbeiten, sein Betreuer wollte irgendetwas Unaufschiebbares von ihm. Sie besichtigte währenddessen das Umland, machte entschieden Urlaub, sie wunderte sich über sein Vertrauen in ihre ausgesprochen jungen Fahrkünste und darüber, dass er überhaupt ein Auto besaß, alt zwar, doch immerhin. Erst allmählich gewann sie am Steuer ein wenig Sicherheit, im Lauf dieser Anstrengungen vergaß sie auf den Grünewald, da kam sie sich schon wieder dumm vor. Dass die Leute in Österreich zur Südgrenze gefahren waren, um auch ein bisschen was vom Krieg zu sehen, erzählte sie ihm, als sie sich am Abend trafen auf einem Platz unter silberblättrigen Bäumen. Ein bisschen Kriegslüsternheit kann ja nicht schaden.

Was macht uns eigentlich nichts aus?, fragte sie ihn. Der Schmutz? Ja, sagte er, der auch. Und was man tut oder eben nicht, solche Kategorien. Da haben wir ja Großes vor, sagte sie. Nur das Größte, entgegnete er breit lächelnd. Geteilter Schmutz ist doppelte Freude, antwortete sie, dann griffen sie synchron nach ihren Biergläsern, und es war Sommer.

Lust 8

Die Idee des Bahnhofs als Abenteuerort ist rückblickend beschämend, schreibt sie ihm, was für eine Schande der Zustand, den wir Zwischenkriegskinder verantworten müssen: Nach dem Krieg ist vor dem Krieg, und die Zelte versinken an der Peripherie des Reichtums im Schlamm. Den vor dem Krieg Geflohenen werden Bahnhofsnebenräume zugewiesen, in denen der Geruch nach gestrandeten Körpern steht. Behelfsmäßige Privatheit behauptet sich in Raumwinkeln, die mit Plastiksäcken und Kleidungsstücken abgegrenzt werden, lange Schlangen vor den Duschcontainern, zu den kurzen Zeiten, in denen das Duschen erlaubt ist, farbige Bänder zum Sortieren der Menschen, die wie Neugeborene ins Nichts geworfen werden. Sortiert und abgepackt in Hallen sitzend, Liegen zugewiesen, die nicht einmal Platz für zwei Personen bieten, sodass Eltern mit Kleinkindern den Boden vorziehen, vom Boden kann schließlich niemand mehr herunterfallen. Die Schlangen vor den von Freiwilligen improvisierten Küchen, in denen das Recht des Stärkeren zum praktischen Prinzip wird, junge Männer ihre bloße körperliche Präsenz in platzgreifender Weise nutzen, zwei-, dreimal nacheinander kommen, während die Frauen abgedrängt werden, Kinder am Rand bleiben.

Ihr könnt doch alles, warum nicht auch Fluchtbewegungen koordinieren? Und sie vermutet, dass er antworten wird: Wir können das. Und sie würde entgegnen: Ich höre dich. Ich sitze hier und schreibe mit, während ich an meiner Liebe zu dir verzweifle. Du lässt die Biologie für dich entscheiden, wie man annehmen darf? Du wartest einfach, bis einer von uns stirbt, vorzugsweise beide, dann ist das Problem sicherlich erledigt. Ich will eine freie und reife Entscheidung, wollte ich schon immer. Ich gehe in Auffanglager und Transitlager und Nicht-einmal-Transitlager und erfülle die mir zugedachte Rolle: caritativ und verschleiernd, die bemäntelt das menschliche Versagen der staatlichen Rahmenstrukturen für das freiströmende Wirtschaftsgebaren so wunderhübsch. (Und übrigens: Ich werde mich beruflich neu aufstellen, ich greife gründlich durch in Sachen meiner selbst, da staunst du!)

A antwortet nicht, was soll er sagen? Er müsste entgegnen, das sei alles zu kurz gegriffen, und wie sie das jetzt mit der Biologie meine? Und die Koordination der Freiwilligen sei ein wesentlicher Teil, nicht zu unterschätzen, sonst stünden die nur im Weg herum und verursachten mehr Aufwand an Betreuung, an auf sie verwendeter Personenarbeitsstunden, als sie Nutzen für die Fluchtverwaltung brächten?

Ein langer Brief wird das, dabei ist der Abschied so kurz. Der Aufbruch ist schnell vollzogen: Wird ein wenig in der Tegeler Blechhalle gewartet, die diesen Inbusschlüssel-Charme verströmt, ist man auch immer überrascht, wenn man nicht geduzt wird. Wird also gewartet, unter Menschen, die überteuerte Getränke konsumieren, ihre WLAN-fähigen Geräte frei zugänglich machen, egal, sie haben nichts zu verbergen, wer hat das schon. Dann das Besteigen des Busses, die Aufteilung in eine Reihenfolge zustiegsberechtigter Untergruppen beflügelt Neidgefühl und den Wunsch zum Erwerb von Statusvorteilen, das

Einsteigen, Warten, Abfahren des Rollfeldes, Halt vor der Startbahn, wieder Warten, das Warten insgesamt viel länger als die Flugzeit. Das Abheben, der Blick auf die Stadt, auf die geometrisch strukturierten Siedlungsfelder, die Plattenbaureihen, die aufgespießte Diskokugel des Fernsehturms, die Köpfe der Abhöranlagen, die wie Boviste aus den Pölstern des Grunewalds wachsen, mäandernde Flussbänder, die silbrig aufleuchten.

Mein lieber Exgeliebter, schreibt sie, was will ich eigentlich? Angenommen, Wünsche würden wahr, was wären die dann? Kann man einem Menschen etwas Schlimmeres antun als die Erfüllung all seiner Wünsche? Die da wären, in ihrem Fall: Als Allererstes grenzenlose Liebe, eingepackt in einen mündelsicheren Alltag, ohne Grenzüberschreitung in Hinblick auf Lebensmodelle, ist das so? Lässt du mir meins, lass ich dir deins? Grenzenlos unerfüllbar, hoffnungslos naiv? Betrachten wir einmal das Handfesteste: Dein Geld, schrieb sie einmal, ist mir unheimlich, denn das kostet, was das kostet! Viel zu viel. Sie prüft sich: Will sie es wirklich nicht? Ja, natürlich hätte P gerne ein bisschen mehr zum Leben, grade so, dass das Konto am Monatsletzten nicht so oft überzogen wäre, was für sich genommen nicht so schlimm wäre, wenn es denn dabei bliebe, doch das tut es eben nicht, diese Minusakkumulation häuft sich grellrot mit dem Anhäufen der Monate, das wird maßlos. Aber nein, dieses Geld will sie eben selbst verdienen, redlich, und damit auch noch was bewirken! Zum Positiven hin! Eine gesellschaftliche Entwicklung in positiver Richtung befördern, hin zu Chancengleichheit, Entscheidungsfreiheit, Geschwisterlichkeit!

Niedlich, die tapfere kleine Geistesarbeiterin, so kommt man nie auf einen grünen Zweig, nicht mit der harten Arbeit rühriger Synapsen, braucht nämlich keiner, diese Dienstleistung. Der Markt ist ein empfindsames Wesen, das reagiert flatterhaft und fluchtbereit, jeder Zeit ihr Sensibelchen. Da gibt es eine Horde bebrillter älterer Herren, die verbrennen rituell die Businessteile großformatiger Seriositätsblätter, wer braucht denn auch die Börsenkurse vom Vorabend? Die sind ja schon in dem Sekundenbruchteil überholt, in dem sie in den Printfile eingefügt werden. Die dienen einzig dem Zweck, von den Experten professionell verheizt zu werden: Aus dem Funkenflug lesen wir dann die Zukunft, bitte sehr, und da kann keiner kommen und sagen, wir hätten die Finanzwirtschaftskrise nicht vorhergesehen, die Formulierungen der höheren Börsenexegese sind klug gewählt, die kann man retroaktiv situationselastisch interpretieren, uns kann da keiner was!

Immer noch der erste Wunsch: Was soll das sein, das sich spätestens nach der Fleischwerdung im Handumdrehen entzieht? Das Fehlen des Atems, das man dann mangels Tonträgers eben nicht benennen kann, ohne Luft keine Lautbildung, die Aufladung der Fingerkuppen, dieser isolierten Schnittstelle zwischen der Innenseite des Eigenen und der Außenseite des anderen. Die Behauptung von Ehrlichkeit, die in einem offenen Blick liegt, in dem man sich verlieren könnte, aber nicht darf, wo kommen wir da hin. Nicht mal der Händedruck ein verlässlicher Grundstock, von dem man heute weiß, dass er morgen noch halten wird. Der Schrecken ist in A gefahren, P hat es gesehen.

P muss sich leider mit der unbequemen Frage konfrontieren, ob sie ihn nur deshalb will, weil er sie nicht wollte, weil er die Flucht ergriffen hat, so schnell er konnte, in dem Moment, als er begriff. Sie wiederum begreift nicht, was er da begriffen hat, so instinktiv und klar, dass es keine Verzögerung erlaubte. Um wie viel mehr wird sie ihn folglich in Zukunft lieben müssen, nach dem ultimativen Abbruch der Verhandlungen an diesem Herbstabend, an den sie sich schon gar nicht mehr erinnert? Mein Exgeliebter, ich bin müde.

Ich habe dich geliebt (hoffnungsfroh verwendet sie die Vergangenheitsform); vielleicht zu sehr. Doch ich wollte diese Liebe unter Beibehaltung unserer getrennten Leben, ich wollte keine Vermischung, niemals! Dass sie T von Herzen gern habe, schreibt sie noch, und dass sie ihn nicht verlassen wolle, nicht verletzen wollte, so lange das eben durchzuhalten gewesen wäre. Dass sie genau wisse, dass genau das die Crux an der Sache sei. Dass sie dennoch bereit gewesen wäre, an dieser Konstruktion zu basteln. Dass dieser Wille zu diffusen Verhältnissen durchaus verstörend sein könne, räumt sie ein. Andererseits ist alles an der Liebe verstörend, an dieser Art von Liebe jedenfalls, die sei unkontrollierbar. Die entzieht sich allen Erklärungsversuchen, das ist das Problem, dass man nicht weiß, wie man mit diesem Gefühl fertig werden könnte, wenn schon der Versuch, es in Worte zu fassen, so aussichtslos ist. Sie wäre gerne fertig, sie würde gerne von sich sagen können: Ich habe fertig geliebt!

Dann schreibt sie noch, dass sie keinen Sex wolle, weil das alles zu lau sei, er vor allem: Lauheit überhaupt sein

Gebot der Stunde? Dass sie sich aber möglicherweise danach sehne, sogar sehr, dass also ihr Körper gewissermaßen klarer sei als sie, sie laviert herum, versucht mit sich selbst zu argumentieren, sich davon zu überzeugen, dass sie jeden Grund habe, ihn nicht zu wollen. Dabei ist doch alles so einfach: Eine Frau liebt' einen Mann, er liebte nicht zurück, so ist das eben. Am Nachmittag mit einer Freundin, die sich gerade genüsslich über die Kleinkindeltern am Nebentisch erregte (auch das ein Gemeinplatz dieser Stadt), konnte sie kaum noch sprechen. Die Freundin trat für die strikte Trennung von Staat und jeglicher Religion ein, sollte selbstverständlich sein, sagte sie, ist es aber nicht!, P stimmte zu, sie sagte, sie wolle sich noch einmal umziehen vor dem Abend, die Freundin wurde neugierig. Ein andermal, sagte sie.

Mein lieber Drachentöter, sagt sie, als sie ihn endlich wieder hört, erledige mir jetzt doch bitte mal schnell den Krieg in Syrien, diese lästige Erderwärmung kannst du auch gleich mitnehmen, wenn du schon dabei bist, alles aufräumen und wegräumen, damit ich mich ausruhen kann, so ganz alleine schaffe ich das nicht. Da gibt es noch so viel mehr, bring bitte ein für allemal alles in Ordnung, noch einmal in meinem Leben möchte ich sehen, dass etwas einfach besser wird, sich auf einer globalen Skala zum Positiven entwickelt, so wie damals. Und dabei zeigt sich jetzt, dass der Keim für die heutigen Schwierigkeiten eben gleich mit ausgesät wurde, dass in diesem Besserwerden zu viel Besserwissen war, bedingt durch Naivität, jugendlichen Leichtsinn unsererseits. Ich bitte dich, tu doch was für mich, mach einfach alles gut! Ich kann das nicht mehr in die Hand nehmen, keinen

Krieg beenden, nicht einmal die Lösung für das kleinste Teilproblem finden, mir sind die Hände anderweitig gebunden, ich kann nur fassungslos dasitzen in meinem Wolkenkuckucksheim, meinem vernetzten Krähwinkel (so findet mich auch meine selbstlernende Drohne ganz problemlos), und dabei zusehen, wie diese Zwischenkriegszeit (ein lokales Minimum, das wenig aussagekräftig ist) allmählich zu Ende geht. Ein Funken reicht, und alles fliegt uns um die Ohren, Sachen, an die keiner mehr glaubt, Demokratie, Rechtsstaatlichkeit, Verfassungen.

Einmal in meinem Leben möchte ich nicht selbst Hand anlegen, werter Bezwinger des Ungeheuerlichen, leg mir einen Schuppenkopf vor die Füße und schläfere mich ein.

Glück 15

In der kurzen Zeit, die sie wirklich miteinander verbracht hatten, überschüttete er sie mit Zuwendung, allen Anzeichen der Zuneigung, strich ihr über die Wange, war liebevoll auf selbstverständliche, fast beiläufige Weise, verströmte Lebensfreude, lachte. Manchmal lachte sie mit. Er fühlte sich sichtlich wohl in seiner Haut, er lag in der Sonne an einem Schotterteich und breitete sich aus. Sie schämte sich, für ihren Körper, ihre Schwäche, ihre Lebensvergeudung, wie sie es damals nannte, diese gewisse Trägheit, die sie daran hinderte zu erfassen, was sie eigentlich anfangen wollte mit sich und ihrer Zeit, ihre Unentschlossenheit, sie lachte, um die Scham zu besiegen. Wenn sie nebeneinander gingen, meist Hand in Hand, blieb er oft stehen, beugte sich zu ihr herunter und küsste sie genau so, wie sie es mochte, ein wenig fordernd, nicht zu nass, voller Zartheit und Begehren. Eigentlich war klar, dass sie den Kürzeren ziehen musste, zu gut spielte er auf ihr, zu bereitwillig ließ sie auf sich spielen. Ihre Gefühle schäumten auf, ein Vorgang genauso absehbar wie die Fluchtbewegungen der Massenschwerpunkte in der Mehrzweckhalle.

Sie unternahmen auch gemeinsame Ausfahrten, er fuhr zu schnell, schnitt die Kurven und gab ein bisschen an, wich im letzten Moment einem Motorradfahrer aus, was hatte sie erwartet? Sie kamen an einen von erstaunlich hohen Bergen umgebenen See, über dessen Namen – *Lac Blanc* – sie sich wunderte. Der sei doch nicht weiß, warum der so heiße? Keine Ahnung, sagte er, eher im Gegenteil, sagte sie und wies auf die Spiegelung des dunkler werdenden Himmels, die der Wasserfläche den Anschein von Tiefe gab. Das sei eigentlich eine Versorgungsstrecke für die Verteidigungslinien der französischen Armee im Ersten Weltkrieg gewesen, erläuterte er, nicht ohne einen gewissen Stolz auf seine Geschichtskenntnis. Immer ein wenig unterhalb des Hügelkamms auf der sicheren Seite. Wieso er das wisse? Ob er Weltkriegsnostalgiker sei? Er lachte und sagte, diesem Wissen entkomme man in dieser Gegend kaum. Grenzland sei schließlich immer Kriegsland. Die Vorstellung von eingegrabenen Soldaten, ihren Unterständen und zerbombten Stellungen, alles inmitten lieblichster Landschaft, verstörte sie. Ja, sagte sie, aber wie entstehen Grenzen? Wie entsteht die unterschiedliche Definition getrennter Staatswesen? Das ist doch die Frage. Da müsste man doch ein wenig weiter zurückgehen, sagte er. Sicher, sagte sie, lassen wir das, was zu kompliziert wird, lässt man besser. Doch es habe sie stets gewundert, dass die Sprache mit dem Passieren einer ideellen Linie schlagartig eine andere sein könne. Da sehe man, wie schnell aus einer Idee etwas Reales werde, entgegnete er. Es hatte deutlich abgekühlt, ein Unwetter schien heraufzuziehen, und sie wanderten einsam zwischen Holzkreuzen entlang, französische und deutsche Namen in wenigen Metern Abstand voneinander, in den Überresten von Schützengräben, die dicht an dicht die Frontverschiebungen im Verlauf von mehreren Jahren anzeigten: zehntausend Tote für Gebietsgewinne jenseits jeder Relevanz.

Er setzte sich in einen Bunker, den Rücken gegen die poröse Wand gelehnt, deren Außenkanten vor sich hin bröselten – aufrecht stehen konnte er nicht –, sie sich auf ihn drauf, so hast du das besser unter Kontrolle, sagte er später. Der kleine, verstohlene Akt, der im Schutz seiner Oberbekleidung folgte, die er ihr um die Schultern legte, könne dem Ort nur Gutes tun, meinte er. Der Akt der Versöhnung am Ort der Vernichtung, der noch dazu recht banal stinke, wie er feststellte. Er werde doch nicht an so etwas wie den Geist eines Ortes glauben, das würde sie nun wirklich enttäuschen bei einem Rationalisten wie ihm. Nein, sagte er, er sei einfach nur geschmacklos. Sie schließlich auch, ja, gab sie zu, das sei immerhin so etwas wie ein Friedhof. Vielleicht freue es die Toten sogar, gab er zu bedenken. Schwein, sagte sie. Warum das denn?, fragte er, was denn so schlimm sei an der Vorstellung? Sie wusste keine Antwort. Und überhaupt sei sie keine Französin, sagte sie, wie zur Verteidigung, das sei ihm klar, Autrichienne. Chienne, sagte er später, ein wenig liebevoll. Das gehe nun aber wirklich zu weit, sagte sie, doch trotz dieses Wortwechsels, oder eigentlich deshalb (er stachelte sie durchaus an), führten sie ihre pazifistische Großtat fort, auf die anale Art, kein Kondom dabei. Schlecht ausgerüstet, nichts mit allzeit bereit, hatte sie gesagt, doch, er. Dann sah er ihr verzerrtes Gesicht, stockte, tu ich dir weh? Sie hielt ebenfalls still, horchte in sich hinein und kam zu dem Schluss, dass sie es nicht wusste. Schmerz- und Lustlaute sind leicht zu verwechseln, sogar von innen. Kalt ist mir, sagte sie.

Nein, von hier kommst du nicht, sagte er und leckte ihr das Gesicht ab. Doch ihm gefalle die Idee. Da könne man geteilter Meinung sein, sagte sie, er glitt unversehens und glatt tiefer in sie hinein, in diese Untertunnelung des

Rückgrats, und dort, auf der sicheren Seite, war sicher kein Schmerz mehr.

Während der Rückfahrt entlud sich das Gewitter so theatralisch, dass er länger stehen blieb, um den Anblick zu bewundern, was sie dazu nutzte, im Wald zu verschwinden, ihre Blase war zum Platzen voll. Sie hatte es nicht gewagt, auf dem Schlachtfeld zu urinieren, was das für ein lächerlicher Pietätsanfall gewesen war, verstand sie selbst nicht, sie schlüpfte regennass zurück ins Auto und befürchtete weiterhin, dass ein Brei aus ihr liefe, die Hose durchweichte, in den Autositz suppte: Das stört uns nicht, würde sie sagen. Doch nichts geschah, ihre Darmwände schienen alles Verdaubare zu absorbieren. Sie blieb stumm an einem rotweiß karierten Tischtuch, sie hatte ihn bestellen lassen, rede, sagte er, du redest doch sonst so gerne. Sie spürte immer noch, dass und wo er in ihr gewesen war, sie trug den Abdruck seines Körpers in sich wie eine Merkhilfe. Er scherzte mit dem Kellner, der ihnen billigen Wein kredenzte.

Ich muss dich bitten zu gehen, sagte er, als sie ihren Teller von sich schob. So einfach beendete er das Experiment, man hätte es fast überhören können. Er habe sich extra für sie diese Tage frei genommen, die Tage, sagte er genaugenommen, nun ginge es nicht mehr, er könne die Arbeit nicht mehr aufschieben. Sie möge ihm nicht böse sein. Sie war nicht böse, Bösesein war keine Kategorie, die zur Auswahl gestanden hätte. Sie hatte den Schlag erwartet, die Bauchmuskeln vorsorglich angespannt, das brachte aber alles nichts, wie sie nun einsehen musste, sie zitterte ein wenig.

Lust 9

An einem Apriltag in einer finnischen Stadt bei leuchtendem Himmel über noch kahlen Ästen an einem Kanal telefoniert. P liebt Wasserläufe und Treidelpfade, denen sie folgen kann, wurde das schon erwähnt? Auf und ab gegangen, schon wieder, als ob das die Konzentrationsfähigkeit erhöhte, an Menschen vorbei, die einsam oder paarweise auf Bänken saßen und tranken. Dass man sie ohnehin nicht verstehen würde, dass sie also nicht so verschämt ins Headset zu flüstern brauche, sagte sie zu ihm, lachte, dabei musste sie aufpassen, dass die Stimme nicht entgleiste. Das Blau war licht und transparent, sie stellte sich vor, er würde ihr einfach entgegenkommen. Sie würde die Gestalt sofort erkennen, seine Statur, seine Bewegungen, seine Lippen. Seinen seltsam verhaltenen Gang, drehend, ein bisschen die eine Schulter vor, dann die andere, und sie hätte gerade noch Zeit zu denken: diesen irgendwie unbeholfenen Körper begehrst du? Dann kann sie sich ein wenig besser fühlen, doch es ist nur ein kleiner Schutz, dann sagt schon alles in ihr: *Yes I say*, was sie zu ihm sagte, als sie mit dem Lift hinauffuhren, einander noch nicht berührend, *yes I will yes*, nachdem er beim Verlassen eines Lokals mit unerhört weicher Stimme gefragt hatte, ob sie? Ihn begleiten wolle? Als sie sich sagte, dass die anderen Menschen im Raum sofort erkennen müssten, um was für ein ungleiches Paar es sich handelte (der Koch bestand darauf, ihm die Hand zu schütteln und ihn persönlich zu verabschieden) und dass gerade ein Verhältnis stattfände, nein, nicht stattfände, ausgeübt würde? Im Zentrum steht offenbar das Sehnen.

Also hatte sie ihn begleitet, und das klang schon wieder so nach Dienstleistung. Ein bisschen in die Jahre gekommen für so einen Job, allerdings, Frauen haben ein klar definiertes Ablaufdatum, wussten Sie das nicht? Der Job erfordert eine andere physische Performance, man muss realistisch bleiben, nicht nur alterstechnisch. Und wenn wir schon beim Aussehen sind: Das Empathiepotential für verunstaltete Frauen, wirft sie ein, und seien sie noch so sensibel und brillant, für weibliche Monster und Genies ist ebenfalls endenwollend. Weibliche Monster sind ja auch selten Genies, seltsamerweise. Als ob sich die Frauen bei der Entwicklung eines unansehnlichen Äußeren verausgabten und kein Potential mehr für etwas anderes hätten, während bei Männern die Unansehnlichkeit, zumindest in der geekigen, nerdigen Variante, irgendwie direkt mit dem geistigen Potential zu korrelieren scheint. Kurios und kuriöser, sagt sie, doch dass sie da jetzt wohl ein wenig vom Thema abgekommen sei, jedenfalls: Einspruch.

Es gehe schließlich immer um das Image, nichts anderes. Warum sollte eine Prostituierte etwas anderes verkaufen als alle anderen, ein marktseitig nachgefragtes Bild, von dem man unbedingt ein Stück haben muss, wenn man etwas auf sich hält? Irgendwann hatte sie tatsächlich zu ihm gesagt, es handle sich bei ihr doch um kein Escortservice für den intellektuell ein wenig gehobeneren Geschmack, auch sie stelle hier Forderungen, als er seine Termine und Zeitfenster für die nächste Begegnung mal wieder herumschob, aus seiner Vogelperspektive auf dieses Zeittabellenspielbrett sah; er hatte gelacht. Schon wieder diese Arroganz: intellektuell anspruchsvoll, würden

Sie da wirklich genügen? Befragen Sie sich, Sie leistungsorientiertes Einpersonenunternehmen. Ist aber eine neue Eskalationsstufe der Abstandnahme, das Mit-sich-selbst-per-Sie-Sein, das dürfen wir festhalten.

Was das Sehnen betrifft, ist es auch schon egal, wenn die Sache vorbei ist. Wo nichts ist, kann auch nichts vorbei sein. Umsonst sehnen kann man sich in jedem Fall und immer, das erfordert nichts, keine Vorbedingungen, sehr praktisch. Vielleicht ist es das Potential im Sich-umsonst-Sehnen, das die Privatperson P an der Ausgangskonfiguration A anzieht, das der Passivposten A für die Aktionärin P so bereitwillig bereitstellt? Vielleicht ist es ein schlichter Werbetrick, den sie da anwendet und dem sie auch gleich selbst zum Opfer fällt, Verkaufstechniken, Basismodul?

Werter Herr Hochleistungsdrachentöter, aus der Tiefe meiner Verderblichkeit schreibe ich Ihnen, keine Sorge, auch Sie sind verderblich, Fleisch hat das nun mal an sich. Erledigen Sie wenigstens die Finanzkrise, dann bin ich schon zufrieden, die liegt gerade ein wenig unbeachtet abseits des irrlichternden Scheinwerferlichts und wartet auf den geeigneten Moment, um sich wieder in voller Pracht und Herrlichkeit zu erheben. Erledigen Sie mir die, ich bitte recht schön, der Masterplan dafür müsste doch in Ihrem Angebotsportfolio enthalten sein, ich will nicht immer alles selber machen müssen. Bringen Sie mir eine durchdachte, nachhaltige Konfliktlösung in diesem morgenländischen Desaster als Morgengabe, einmal in meinem Leben, ich sagte es schon, möchte ich etwas zu Füßen gelegt bekommen! Ich fühle mich gerade so lokal schwach.

P bewegt sich jetzt endlich weiter, man kann es förmlich knirschen hören unter den Schuhsohlen, weil sie nach draußen geht. Man kann sich nicht ewig im Privaten breitmachen, so spannend ist die Sache wirklich nicht, die Lage der Welt rundum schreit danach, aktiv zu werden, einzugreifen, auf andere zuzugehen, anzugehen gegen all die Verletzungen, Verhärtungen, die anwachsende Verzückung durch simplizistische Ideengebäude, durch Faschismen religiöser, monetärer und anderer Art, gegen die Ratlosigkeit angesichts all des globalisierten Elends, gegen die Abgrenzung. Und die ganze Kleinarbeit muss man wohl selbst erledigen, ganz allein zuhause, eine Heimwerkerei der nicht enden wollenden Sorte, wie es aussieht. Schön wäre es schon, wenn einem jemand dabei helfen würde oder gleich alles abnehmen, so eine Lichtgestalt, die man wählen kann, bis auch das überflüssig wird und die Gewissheit siegt, dass für alle gesorgt wird, für die einen so, die anderen anders.

Verstehen Sie die Welt noch, kennen Sie sich aus? Sind Sie einer von den zertifizierten Weltverstehern?, ich bewundere das sehr und darf gleich eine Bitte anschließen: Helfen Sie mir bitte bei der Fehlersuche, Ihre Qualifikation, das großspurige Erlegen von Echsengewächs, muss doch für irgendetwas gut sein. Wofür sonst hätten Sie Ihr Netzwerk, den subkutanen Panzer, immer ein wenig unterhalb der Wahrnehmungsgrenze, wie praktisch, wenn Sie nicht was Zukunftsträchtiges damit anfangen könnten?

Gehen Sie nun eigentlich schwanger mit der Zukunft oder schwängern Sie die eher, wie darf man sich das vorstellen? Egal, in jedem Fall trägt die Biologie den Sieg davon, wie üblich, davon können wir ausgehen, die sitzt am längsten Ast. Das Gerede vom Krieg schwirrt derweil drohnengleich um die Köpfe, das Schwirren dröhnt in der Luft, die fahnenproduzierende Industrie kommt gar nicht mehr nach und beklagt sich freudig, das wird ein lustiger Waffengang, der diesmal nicht in den Sand gesetzt werden wird, sicher nicht, wir werden uns schon irgendwie auf Kriegsziele verständigen und einen sauberen Frontverlauf. Den vor allem, wer jetzt gegen wen und für oder gegen was und ob der Freund meines Feindes nun doch mein Freund ist und/oder umgekehrt oder wie jetzt, wir sind doch nicht im Kindergarten. Das ist ein freier Kriegsmarkt, und die Exportwirtschaft will leben, das ist ihr legitimes Interesse, vor allem will sie wachsen, das ist noch viel legitimer. Der Wachstumswille ist noch viel fruchtbringender als das bloße Lebenwollen, wir exportieren Waffen und importieren Arbeitskräfte, die kann die expandierende Exportsparte gut gebrauchen, was für ein sinnstiftender Kreislauf! Wir hätten uns das nicht besser ausdenken können, ehrlich gesagt. Da ist es wieder, das WIR, sehr paternalistisch, schon wieder, was heißt schon wieder? Sich steigernd, nicht mehr nur ansetzend, ausführend, diesmal ist es ein ernstzunehmendes Wir, ein ernsthaftes Wirtschaftswir, man kennt das ja. Kein nichtsagendes Ich-und-du-Müllers-Kuh-Wir meldet sich, das so privat in der Gegend herumsteht. Geht's der Wirtschaft gut, dann auch uns allen, uns allen bleibt dann gar nichts anderes übrig.

A meldet sich, das passt P jetzt aber gar nicht mehr, obwohl sie es doch wollte, nicht wahr, er schreibt: Es wäre sinnlos, mich entschuldigen zu wollen. (Wo kämen wir da hin?) Es war mir einfach zu viel. Ich hatte Angst vor mir selbst. Ich weiß schon, dass das hart gewesen sein muss für dich, aber dann. Ehe fast gescheitert, sie verstehe. P liest die Nachricht nicht zu Ende, ist ihr noch nie passiert.

Dann stolpert sie schon wieder über ihr Lieblingsthema, einen Teil des Felsbrockens, der sich selbständig macht, der Kern (wie sie behauptet), der herausgefallen ist, die falsch verstandene Rationalität. Nur, wer will das sagen, was hier falsch und was richtig ist, sie sicher nicht, sie ist diesbezüglich disparat. Anarchisch, schreibt die ein wenig gespaltene P, sei das. Und sie habe nie etwas anderes gewollt als das Einfassen dieses anarchischen Stroms in geordnete Bahnen, ha, wohlstrukturierte Anarchie, der feuchte Traum der Angepassten, das glaubt sie jetzt aber selbst nicht, wohl mit Überlaufrinne und Rückhaltebecken? Eine richtig schön sauber betonierte mitteleuropäische Wasserstraßenwanne? Als ob das je funktioniert hätte, und was davon kommt: Überschwemmungen, Geschiebe, wenn man an einer Stelle die Einfassung erhöht, leckt es eben woanders über den Rand, noch spitzzüngiger, noch schneller, noch geübter. A schreibt, er könne das Leichte, Unbeschwerte nicht mehr ertragen neben dem gefühlsarmen, alltäglichen und eben der Rationalität verpflichteten sonstigen Leben. Und sie entgegnet, nun wirklich gereizt, er möge endlich sein Verhältnis zu diesem Begriff hinterfragen. Seine Emotionen hätten ihn so offenkundig und heftig im Würgegriff gehabt, neulich am Kanal, gerade weil er nicht im Stande sei, sie mit Abstand zu betrachten, zu konstatieren, was da sei und wie es dazu kommen konnte, gerade weil er nicht im Stande sei, seine Gefühle zu integrieren. Das sei wenigstens ihre Meinung. Er solle ihr also nicht mit der Rationalitätsmasche kommen. Da glaubt also jemand ganz anderer an die Segnungen der Rationalität, sieh an, und das auch noch felsenfest: an so einen richtig romantischen Felsen im Flusslauf, an dem dann die Schiffe zerschellen.

Neulich am Kanal war viel Liebe, so viel, dass ich überlaufen musste, schreibt sie. Historisch kontaminiert, dieser Kanal, wie so viele, Kanäle eignen sich bestens für das Anschwemmen von Leichen. Er steigt über sie hinweg, und sie erwartet gar nichts anderes. Diese Krankheit läuft auf das große Ziel zu: den eigenen Untergang. Unter der U-Bahn findet sich ein kleines Niemandsland, ideales Gelände für Vorübungen zur Sterblichkeit. Das eigene Sterben müssen wir ganz alleine erledigen, das Aufkommen auf dem Grund der Einsamkeit ist dabei durchaus hilfreich. Dieser Schlund des Vergrabens, Vergessens, Abspaltens, um den ordentliche Absperrungen aufgestellt wurden, als Leitsystem, profund verankert. Auf meiner Seite häuft sich die Wut, die Wut darüber, dass jemand, der mir so nahe war, so hart sein kann, geradezu brutal in seinem Vorgehen, um etwas in sich zu schützen, sich selbst vor einem Teil seiner selbst, dessen Vordringen an die Oberfläche offenkundig die gesamte Existenzsicherheit gefährden würde. Ich würde dich gerne anschreien, schreibt sie ganz ohne Lärmentwicklung. Diese Abkapselung, diese Rücksichtslosigkeit musste ich erst sehen, um sie für möglich zu halten.

Sie holt aus: Das, was er da als Rationalität bezeichne, sei nichts anderes als ein Kompendium von Handlungsanleitungen, das sicher das Funktionierenkönnen auf höchstem Niveau gewährleiste, aber von Rationalität einigermaßen weit entfernt sei. Rationalität müsse schließlich im Stande sein, sich selbst und vor allem die eigene Basis zu hinterfragen! Ja, und wo kommt sie da hin? Aufs Glatteis, da hat sie sich nun selbst hingeführt, denn die Axiome eines Systems kann man wohl kaum mit den systemeigenen Mitteln rechtfertigen, da hätten wir einen klassischen Fall von – ja: Zirkelschluss, wie sie konstatieren muss. So geht es aber wirklich nicht. Die Grundannahmen müssen als gegeben betrachtet werden, die fallen gerne einfach vom Himmel. Sie hat sich also gerade selbst den Wind aus den Segeln geholt, mit dessen Hilfe sie eigentlich vorankommen wollte, auch wenn nicht so klar ist, wohin eigentlich, egal. Wo andere mit dem Föhn im eigenen Boot sitzen und Wind machen, der nichts bewirkt, setzt sie auf Schubumkehr: Doch das ist auch schon egal, das Konzept funktioniert in keinem Fall.

Ich habe mir gewünscht, dass wir beide bei unseren Familien bleiben, ja, tatsächlich. Unsinn, sagst du? Du verspürst einen inneren Kampf, sagst du? Etwas in dir wolle das Bestehende beschützen? (Warum nicht gleich: nicht gefährden? Warum nicht gleich die Anbahnungssprache der Seitensprungseiten?) Geschenkt, sage ich, das hat niemand in Frage gestellt, ich schon gar nicht. So einfach sei das nicht, und hier sei vielmehr ich diejenige, die sich in die Tasche lüge? Vielleicht muss ich dir recht geben. Du brauchst Zeit zum Nachdenken? Es freut mich sehr, dass du auf einmal so voller Verständnis für dich selbst bist, das ist ein guter Anfang. Und wo bleibe ich? Unter den Gleisen der U-Bahn, nein, nicht auf den Gleisen, nicht so, wie du das verstehst. Übertreiben Sie mal nicht, werter Herr Antagonist, die Protagonistin hat bloß ihr altes Gehäuse dort deponiert, das war ein bisschen kaputt, worn down, in Grund und Boden getragen. Ich orientiere mich jetzt nämlich um, ich will diese Liebe, von der ich ja bereits zurückgetreten bin, umwidmen, das kann doch nicht so schwierig sein. Ummünzen, umtauschen, umpolen.

Dabei arbeitet es in P, etwas in ihr fordert ganz etwas anderes: Genugtuung. Sie will einen Canossagang, mit Steigbügeleinstiegshilfe und allem, was dazugehört, was ziemlich eitel ist: Sie sieht sich selbst auf einem Treppchen stehen, erhöht, diesmal muss es unbedingt der Spitzenplatz sein, drunter macht sie's nämlich nicht, ein Treppchenwitz ist das! Einmal hemmungslos eitel und selbstsüchtig sein, Selbstbestätigung und Revanche einfordern und das Geforderte bekommen, das ist das Gebot des Moments. Ein symbolischer Akt, der alles wieder in Ordnung bringt und schön an seinen Platz rückt, etwas, das die Verletzung wieder heilen könnte. Denn wenn sie es weit von sich weise, verletzt worden zu sein, dann primär deshalb, weil sein Erklärungsversuch, das alles sei ihm irgendwie so ohne Absicht nebenbei passiert und es tue ihm leid, wirklich ein wenig dürftig ist. Eigentlich weist sie sein Wiedergutmachungsangebot als zu halbherzig zurück, weniger die Behauptung, dass sie verletzt wurde, auch wenn sie es anders sagt: Da ist etwas kaputtgegangen, du hast mich verraten in der Nacht an der Kreuzung vor der Leerstelle des Bahnhofs, von dem aus man ins Wochenende fahren konnte, auch standesübergreifend unstatthaft. Verrat!, das ist es viel eher, um die eigene Haut zu retten nämlich, was ja fast immer das Motiv dahinter ist. Ob der Verrat die Verratene verletzt, ist nur mehr zweitrangig, Verrat ist eine üble Tat, die auf den Täter rückwirkt, den Verräter! So etwas passiert nicht einfach nur, das ist nichts, was man mit dem Hinweis, es tue einem eben leid, aus der Welt schaffen könnte! (Sie lässt sich von den Emotionen ein wenig forttragen, das ist durchaus erleichternd.) Eher ist eine tiefe Wunde wieder aufgerissen, deren Ursprung sicher weit zurückliegt und ganz und gar nichts mit ihm zu tun hat, geschenkt, eine Verstörung, die dem Fass den Boden ausschlägt oder einen Stein aus der Fasskrone, alle narzisstischen Kränkungen seit dem eigenen Menschengedenken aufsummiert und kulminieren lässt in der Verletzung, also doch, an der man gerne sterben möchte, es aber nicht tut. Natürlich nicht, man ist doch kein sensibles Jungpflänzchen mehr, man kann so einem lokal begrenzten Orkan, einem Windhöschen schon standhalten, krallt sich halt im Boden fest und hält dagegen.

Die Bruchstellen, die in der Stille danach zurückbleiben, lässt man verharzen, ohnehin nur totes Holz, das man verloren hat. Kein Schaden, und fort mit Schaden. Eine nötige Klärung der Verhältnisse, der Abwurf von Ballast, von ungesunden Wucherungen der letzten Zeit, die Bruchflächen schön sauber. Das Harz quillt und quillt, und man sieht einem Insekt zu, das sich sichtlich freut über den süßen Saft, solange, bis es bemerkt, dass alle seine Extremitäten darin kleben bleiben, dass die Körperfunktionen in dieser Süße zum Erliegen kommen, die die Oberfläche bedeckt und die Sauerstoffzufuhr unterbricht, wobei man sich fragt, ob Insekten überhaupt auf diese Weise ersticken können? Auch schon egal, man hat sie doch eben so weit vermenschlicht, dass man ihnen Freude und Erkenntnisfähigkeit zugesprochen hat. Doch andererseits, wie weit steht es denn mit der Erkenntnisfähigkeit von so Menschlein? Nehmen Sie nur A und P, Pünktchen und Antönchen, die sehen grade so weit, dass sie ihre eigenen Fingerspitzen erkennen, manchmal sogar im Dunklen, das muss anerkannt werden.

Fokussierung: Kein Getue um das, was man anrichtet. Keine Sorge, das ist schon ganz in Ordnung so, wir horchen nur in uns hinein und machen das, was uns im Moment guttut. Das ist nötig, um so klar und zielorientiert wie möglich an die Außenwelt heranzutreten, der wir dann unser Möglichstes anbieten können, ASAPst, as soon as possiblest, das Mögliche ist in keinster Weise ausreichend für Menschen wie Sie, die schon etwas erwarten dürfen, wie verständlich, das ist das Versprechen, das Sie sich selbst gegeben haben. Wir haben Ihnen da gar nichts eingeflüstert, höchstens im Schlaf. Das Möglichste schmeckt nach mehr, ist aber nicht genug, ist nämlich, wenn Sie genau hinsehen, ungefähr so greifbar wie die Taube auf dem Dach, und dass die auf Ihr Rufen aus den Niederungen des Erwerbslebens nicht reagiert, liegt in der Natur der Sache, da sind Sie uns mal wieder auf den Leim gegangen, leider. Grämen Sie sich nicht, Sie sind nicht die Ersten und ganz sicher nicht die Einzigen und werden nicht die Letzten sein, das ist unsere produktive Kernkompetenz, das können wir, als Produkt betrachtet: das Verblenden und das Heimleuchten. Das Möglichste ist in keinster Weise verfügbar, wir reißen uns am Riemen, versinken in uns selbst und suchen irgendwas, keine Ahnung, was eigentlich, A und P vielleicht, diese beiden. Alles, sagt P zu A, was ich dir an den Kopf werfen möchte, verkommt in mir zur Einsicht, dass P um keinen Deut besser ist als A. Ich hoffe, du glaubst mir das jetzt endlich.

Er fühle etwas in sich, schreibt A. Er könne das nur beobachten, das brauche Zeit. Und mehr als eine kleine Verletzung, eine oberflächliche Unannehmlichkeit, die man leider in Kauf habe nehmen müssen, sei niemals Projektziel gewesen. Du brauchst Zeit zum Nachdenken, schreibt P, das ist gut, du denkst darüber nach, was du brauchst, das ist fein. Und wo bleibe ich? Was für eine dumme Frage: P bleibt dort, wo sie ist, was denn sonst. Und überhaupt gehen wir jetzt wieder auf Distanz: Da bilden sich noch immer Warteschlangen im Schneeregen, und man darf als zufällige Passantin den Schlangenreihengliedern kein Dach über dem Kopf anbieten, wenn die Mindestraumhöhe nicht gegeben ist, die Behörde muss doch schauen auf die, die sich uns da anvertrauen mitten im Winter.

Wir nehmen also Abstand, ein Schritt zurück wäre auch nicht schlecht. Nur erst einmal umdrehen und überprüfen, was da womöglich wieder für ein Abgrund lauert, die liegen gern im Hinterhalt, man kennt das. Dann können Sie gerne zurücktreten, von was auch immer, so wie P behauptet, es getan zu haben: Du, sagt sie, ich bin zurückgetreten von dieser Liebe!, doch sie glaubt sich selbst schon lang nicht mehr. Sie ist nämlich einfach zu schwach (das nun ganz ohne Häme nebenbei), sie kommt über diese Liebe nicht hinweg, auch wenn sie selbst einem anderen damit einiges antut und damit rechnen muss, dass er irgendwann den Hut draufhaut, so frei heraus gesagt. Also nicht auf P, er ist ein rücksichtsvoller Mensch, durch und durch mit sich im Reinen, er würde dergleichen niemals tun.

Möglichkeit 5

Unabhängig voneinander funktionieren A und P recht gut. Da gäbe es zum Beispiel die Episode mit der Paketzustellerin G, die findet Herrn A durchaus sympathisch, soweit sie eben Emotionen entwickeln kann für ihre Stammklientel, so nennt sie die: Bienenzüchter, Nasenbohrer, Zahnputzfee, und notiert die Kürzel dieser Klarnamen, so nennt sie die, in ihrem Tagesplan und freut sich. P wiederum unterhält sich mit dem Fahrradboten, schmiedet eine Schiene des gemeinsamen Einverständnisses, auf der das schöne Gefühl aber sofort wieder entgleist, sobald der junge Mann um die Ecke des Stiegenhauses verschwunden ist. So knüpft eben jede Seite ihre Kontakte, und es dauert nicht lange, da treffen sich die Handelsketten auf halbem Weg, in der Mitte, Hand in Hand die Kettenglieder, was eine siebenmalige Handreichung erfordert, wenn es denn stimmt, dass jedes lebende Individuum mit jedem anderen über sechs Ecken bekannt ist. Siebenmal wandert das Pfand von Hand zu Hand: Wir haben das nicht nachgezählt, die Vermutung läge nahe, dass sieben einfach eine Zahl ist, die die Leute gerne haben, weil sie denken, ihr hafte etwas Mythisches an, das Mythische mag man.

Die Paketzustellerin trifft den Fahrradboten beim Kyteskaten am Tempelhofer Feld, während die Umstrukturierungsmaßnahmen der Unterbringungsabteilungen im Hangar vor sich gehen, sowas passiert. Es sollte A erwischen oder P, stattdessen erwischt es die beinahe unschuldige Paketzustellerin G, die hat nur einen Moment lang nicht aufgepasst, ihr neues Spielzeug ist ihr ausgekommen und trifft diesen gänzlich an der Sache Unbeteiligten mit der Kante und ungefähr fünfzig Stundenkilometern am Kopf und an der Schulter, das Opfer hat nicht einmal einen Namen. Das hier ist das Denkmal des anonymen Fahrradboten, gefällt am Rollfeld, und nicht in Ausübung seiner Pflicht, ganz freizeitig war der auf dem Asphalt unterwegs.

Der studierte Islamwissenschaftler, der nicht mehr ganz so jung ist, wie er auf den ersten Blick wirkt, wobei die Sehnigkeit des Körpers und der federnde Gang wirklich verführerisch auf Jugendlichkeit verweisen, wenn er nicht gerade von seinem ganz privaten Rennrad stürzt wie eben, bleibt mit schwerem Schädel-Hirn-Trauma, zertrümmerter Schulter und angesprengtem Schlüsselbein am Boden liegen, der Helm ist beinah unversehrt; als G sich über ihn beugt und ihre Augen dunkel aufgerissen sind vor Bestürzung, lächelt er. Das wird schon wieder, sagt er, dann sieht er ihr Piercing, das schon wieder nässt: Nimm dieses Ding aus deinem Gesicht, du holst dir noch den Tod!, dann verschwindet er im Nebel, für ein paar Wochen, in denen G ihn regelmäßig besuchen wird, und, von Zeit zu Zeit den Blick hebend und sein völlig entspanntes Gesicht und die ruhigen Atemzüge beobachtend, endlich an ihrem Downloadprojekt arbeiten wird. Da bahnt sich was an.

Vom Leben in den großen Städten

Wir könnten nun eine ganz einfache Liebesgeschichte erzählen, liebe Leserin, lieber Leser, vom Leben in den großen Städten haben wir nämlich genug, von dieser ganzen hyperventilierenden Jetztzeit, wir wissen nicht, wie es Ihnen da geht: Kennt man sich ja hinten und vorne nicht mehr aus. Wir nehmen Sie lieber bei der Hand und erzählen Ihnen eine Geschichte, das ist unser personalisiertes Angebot, das Sie nur anzunehmen brauchen. Doch, glauben Sie uns ruhig, dann haben Sie auch gleich das Grundvertrauen bewiesen, das eine gedeihliche Beziehung ermöglicht, von der alle profitieren. Vor allem natürlich Sie.

Rundherum versinken Staaten im Chaos, Boote im Meer, das entzieht sich unserem Zugriff. Seien wir ehrlich (wir haben Sie kurzfristig eingemeindet, Sie sind da sicher ganz bei uns), wir werden daran nichts ändern. Dann erfüllen wir lieber Ihren Eskapismusanspruch, dafür zahlen Sie schließlich, und wer zahlt, hat recht, so lange Sie nur darauf achten, dass die Schotten endlich dichtgemacht werden, bevor die Flut kommt, sonst haben wir hier keine Ruhe, um unseren Job zu machen.

Auch eine Leibesgeschichte, in der es nur peripher um Liebe geht, wäre denkbar. Wir orientieren uns ganz an Ihren Bedürfnissen, wir stützen uns auf Marktanalysen und Exit Polls, also daran, was die Menschen so schätzen an einem Buch, das sie gerade zugeklappt oder vielmehr, wenn Sie sich so umsehen, auf dem Lesegerät zu Ende gebracht haben. Denn wir wollen doch nicht, dass Sie die Textdatei womöglich vorzeitig in den Papierkorb legen, wo kämen wir da hin? Wir erwirtschaften schließlich Zeilenhonorar, oder, präziser: die Abrechnung unserer Leistungen erfolgt pro TATSÄCHLICH konsumierter Einheit, und falls Sie jetzt nicht wissen, was das ist, sehen wir Ihnen das nach. Nur die Software nicht, die meldet uns das rück, die folgt Ihrem Augenstreifzug, misst die Verweilzeit und ermittelt die Konsumation auf Punkt und Komma genau. Die Konsumation ist schließlich das Maß für den Wert einer Dienstleistung, das Einzige, worauf es ankommt, so lange Sie halt das Endgerät im Griff haben, doch das haben Sie, wir spüren das.

Wir können das sehr gut verstehen, dass Sie von dieser Gegenwart nichts mehr hören wollen, uns geht es da ganz ähnlich. Wie wäre es deshalb mit einem kleinen Ausflug in ein dystopisch devastiertes Land, das sieht man immer gerne, in dem sich mutierte Echsen, verzogene Königstöchter, arme, aber wunderschöne Kriegerinnen, grausame Barbaren, Untote und naive Ritterlehrlinge gute Nacht sagen? Auch die Nächte sind noch Nächte, und die Tage halten, was wir versprechen. Das klingt doch viel erfreulicher und ist auch reicher an Orientierungshilfen, überhaupt, wenn Sie sich unserer Führung anvertrauen. Hier liegen die Dinge einfach: Der Mensch – falsch, wir müssen weiter ausholen, es gibt ja unzählige Daseinsformen, gut oder böse, je nachdem, Feen, Zauberer, Trolle, Dämonen, Nachtschattengewächse und so weiter, was immer Sie wünschen –, die Existenz alles Existierenden wird ausschließlich durch den Status zum Zeitpunkt der Entstehung definiert, wie praktisch, da muss man sich nicht erst mit lästigen Fragen wie Freiheit und Gleichheit vor dem Gesetz herumschlagen. In der Welt, in die wir Sie einladen, gibt es ein Kastensystem, das ist für alle gleich, da werden alle gleichmäßig darauf verteilt, und Sie müssen sich keine Gedanken mehr machen: Rechte, Pflichten, Überlebenschancen, Statusvorteile und Glücksmöglichkeiten werden einzig im Moment der Geburt definiert – oder was auch immer den Eingang in unsere Erlebniswelt ermöglicht. Sauber, nicht?

Alte, verkommene Haudegen dürfen auch nicht fehlen, die dürfen dann eine wunderschöne, arme, junge Waise vor der Vergewaltigung durch häutende Wüstenwüstlinge retten und anschließend im Kriegshandwerk ausbilden. Sie lebt glücklich inmitten der Falstaff-Horde, so lange, bis einer von ihnen sich seinerseits an ihr vergreifen will – ein Problem, das sie aber mittlerweile auf klassische Weise zu lösen versteht, Aufspießung des abgetrennten Kopfes inklusive. Ja, so sieht es eben aus, das neue Zeitalter, das wurde schließlich nachgefragt: Wir tun nur unsere Arbeit. Die übrigen lassen sie ziehen, hart, aber herzig, wie sie sind, an dieses Herz muss ihnen die Schöne wohl gewachsen sein. Im einen oder anderen Fall neigen die Schwerenöter schon zur Korpulenz, das stimmt milde. Vielleicht ist auch eine mütterliche Haudegin dabei (ja, das Gendern ist ein Hund), die sich schützend vor sie stellt und sie ansonsten in der Kunst des Bogenschießens, der Zubereitung von Kräutertränken und der Verwendung von Darmhäuten unterweist. (Sie lachen, das ist die Hauptsache, gut für den Blutdruck, auf den Sie aufpassen sollten, während rundum die Gemeinschaft der Werktätigen in die Züge drängt: ganz schön voll heute.)

Die Ältere (fellbedeckt, weißlockig, würdevoll) begleitet die Jüngere (schwarzhaarig, mit verwegener Narbe an der Oberlippe, in knappem Leder und artig garniert mit wohlgeformten Rüstungsteilen, die ihr die Mentorin zurechtgehämmert hat) noch in die Wälder, dann folgt eine herzzerreißende Abschiedsszene.

Die tapfere Jugend zieht los: Wir würden Sie jetzt gerne optisch unterstützen, wir hätten gerne das Bild eines berühmten deutschen Künstlers mit Ihnen geteilt, das der speziell für uns gemalt hat, doch da gibt's Probleme mit der Rechtsabteilung, fragen Sie nicht! Die Fantasie ist schließlich immer noch das Kreativste, sagen Sie? Halt, sagen Sie, und Sie haben da was einzufordern? Es wird langsam Zeit für den Auftritt des Love Interest? Gemach, möchten wir sagen, gönnen Sie sich eine Auszeit, atmen Sie tief durch, das haben Sie sich verdient, gerade jetzt, wo Sie irgendwer von hinten anrempeln muss. Sie haben den gepflegten älteren Herrn im Verdacht, der so unschuldig auf sein Display starrt, das sind die Schlimmsten, aber vielleicht liest der bloß genau dasselbe wie Sie:

Die tapfere Jugend zieht also los, einzelne Sonnenstrahlenbündel fallen wohl auch durchs dichte Blätterdach bis auf den weichen bemoosten Boden, verfangen sich in Tautropfen an frischen Blattspitzen und veranstalten dort ein Geglitzere, das Sie ganz synästhetisch in den Ohren kitzelt. Die Wälder wuchern natürlich in der postgegenwärtigen Welt anarchischer denn je, so viel

Maiengrün war nie!, und unsere gemeinsame Heldin H (an die glauben wir mindestens ebenso wie Sie und wir an Sie und Sie an uns, wie wir hoffen) muss alsbald einen Kampf zwischen einer Echsenmutter und einem Untoten entscheiden, was sie tut, indem sie die Drachenbrut verteidigt, sie hat ein Herz für Tiere. Das bringt ihr wiederum ein frisch geschlüpftes Haustier ein, an dessen wachsender Kraft sie als nunmehr Erziehungsverpflichtete selbst noch wachsen wird müssen. Verspielt, aber ungestüm, und nur mühsam bereit zu lernen, dass verkohlte Überreste einsam gelegener Gehöfte ein unerwünschter Nebeneffekt sind. Lebenslange Verfolgung durch das Volk der Untoten, das sich ansonsten mit Wetten auf Optionen auf abfaulende Körperteile vergnügt, ist der Kriegsmaid nun allerdings gewiss, sonst geht ja hier nichts weiter.

Kennen Sie alles schon, sagen Sie? Und wo denn jetzt die Liebe bleibe? Sie haben ja recht, doch dürfen wir vielleicht vermuten, dass Ihnen Ihr urbanes Umfeld gerade speziell auf die Nerven geht? Dass die vielmehr schon ein wenig blank liegen, da Sie sich auf einer ganz normalen Arbeitsrückfahrt befinden (die Luft ist auch nicht mehr die beste), während das Mädchen neben Ihnen unentwegt mit irgendetwas herumspielt, kein Smartphone, irgendwas Analoges, das man von der linken Hand in die rechte werfen kann und wieder in die linke, aus der Sie es ihm möglicherweise insgeheim schlagen wollen, das wäre nur verständlich. Nein, wir wollten Ihnen keinesfalls zu nahe treten, die Informationsbereitstellung müssen Sie schon selbst erledigen, und das tun Sie fleißig. In öffentlichen Verkehrsmitteln wird oft und gerne gelesen, gerade auch von Ihnen, das wissen Sie so gut wie unsere Mutterdatenbank.

Falls Sie gerade eine Trennung erwägen sollten – das kommt vor, so ein Alltag mit Job und Kindern zehrt schließlich an den Kräften, fragen Sie nur die Mutter des Mädchens, die könnte Ihnen was erzählen!, – uns würde es nicht wundern. Das würde jedenfalls erklären, warum Sie ständig den romantischen Aspekt einfordern, vielleicht fragen Sie sich, wie Sie aus einer Beziehung herauskommen können, die nicht nur das gemeinsame Leben zum Inhalt hat, das immer weniger, sondern vor allem das gemeinsame Abarbeiten von Schulden? Da haben Sie was Bleibendes, so bleibend wie die Vorhängeschlösser an Brückengeländern? Wie viele Versprechen ewiger Verbundenheit hält so eine Stahlkonstruktion eigentlich aus?, könnten Sie sich fragen, Fragen über Fragen, die wir Ihnen leider auch nicht beantworten können. Die Kernkompetenz, die Sie geordert haben, ist schließlich die Bereitstellung von Fluchthilfen.

Folgen Sie uns also gerne wieder ins zukünftige Mittelalter, Ihr Endgerät können Sie mitnehmen, wo bliebe sonst die Rückmeldemöglichkeit zum Thema Erlebnisqualität? Wir dürfen bitten, und unsere eigenwillige H muss auch noch trocken werden hinter den Ohren: Sie erreicht jetzt die große Stadt, macht große Augen, dabei ist das ja eher ein Städtchen, und dessen Weichbild unterscheidet sich wohltuend von der Inhumanität technisch hochgezüchteter Glas- und Betonpaläste. Aus den Trümmerfeldern der Gegenwart, und die hat wirklich keiner mehr gebraucht, Sie wissen schon: Aus dieser mit Fug und

Recht untergegangenen unmenschlichen Welt haben die Überlebenden rasch eine neue Heimstatt gezimmert, die Ruinen als Steinbrüche verwendet, altes Handwerk reaktiviert und vor allem: eine vernünftige autokratische Regierung installiert, das war aber wirklich fällig, ein kleines Lokalkönigspaar, das wir der Einfachheit halber mit 1 bezeichnen wollen.

Auftritt: der Ritterlehrling RL, da hatten Sie bis jetzt ganz schön viel Geduld mit uns! Der ist der Zukünftige des verzogenen, aber entzückenden jüngsten Königstöchterleins KT und soll auf seine Rolle bei Hofe vorbereitet werden, Ausritt der Hofschranzen, Schmaus im Grünen. Schauturniere, Gaukler, Straßenhändler, was eben so dazugehört, der Geruch nach Fackeln, gebratenem Fleisch und warmem Pferdedung rundet das Ambiente ab, das nun von buntem Volk verschiedenster Spezies bewohnt wird, Sie erinnern sich? Wenn nicht, dann können Sie jederzeit zurückblättern, wir warten gerne, bis Sie wieder angescrollt kommen, ist ja nicht unsere Zeit.

Wir sehen uns inzwischen um: Da finden sich Verkäufer von heilenden oder zumindest heiligen Steinen, *Wild Children of Yoga*, die mit maximaler Körperspannung und Beckenbodentraining auf Geld- und Beutefang unter gelangweilten Edeldamen und auch -herren gehen (Geld gibt es natürlich auch, die Welt, in der es kein Geld gibt, müsste noch erfunden werden, und wir fragen Sie: wozu?). Vergorenes satt, in Tonkrügen und Jagdhörnern, ganz nach Bedarf, und eine unbegabte Irgendwie-Metal-Band aus Nachwuchs, der sich als zu ungeschickt für den

Turniergebrauch erweist, aber im Leder-Tattoo-Metallimplantat-Look gute Figur macht, inklusive rotgelockter Frontsängerin, die ihr druidisches Selbst mystisch zum Klingen bringt.

Die Wüstenwüstlinge infiltrieren die Stadt und ziehen ein Geschäft mit besonders fein gegerbten Lederwaren auf. Nebenbei verteilen sie Glaubenssätze auf Pergamentrollen (Tu!, und falls du eine Frau bist: Lass!), auch an die Kriegerin, die wiederum den Ritterlehrling dazu bringen will, mit ihr in den Untergrundkampf zu gehen. Der Ritterlehrling tut nichts dergleichen, er hat eine Identitätskrise, das lastet aus. Die Thronerbin will keinen Thron, sie lässt sich lieber vom Yogameister in ayurvedischem Gesang unterrichten, gemeinsam planen sie, die Rothaarige in den höchsten Turm zu sperren. Das KTlein hat allerdings eine ältere Schwester (als Erstgeborene die zweite Wahl, so ist es hier Gesetz), die in der Zwischenzeit den Lebensüberdruss des Ritterlehrlings für sich nutzen kann, raffinierte Rache für den Umstand, dass sie von der Nachgeborenen geschlagen wurde.

Da sind Sie ja wieder, das ist schön, hier braut sich nämlich einiges zusammen: Königin 1 wird wegen Ehebruchs (der Yogameister, TS) zum Tode verurteilt – gegen den Willen von König 1, der allerdings vom Expertenrat zur Unterscheidung von Gut und Böse (den Manichäismus-Ältesten), dazu gezwungen wird. Das Ganze (mittlerweile kennen wir Sie und Ihr Leseverhalten ja schon recht gut) wird in letzter Sekunde in eine öffentliche Auspeitschung verwandelt: SM vom Feinsten, wir beugen uns dem Markt. Wir wissen ganz genau, was Sie anregend finden, und übrigens, ganz unter uns, nicht nur Sie, auch auf den Ritterlehrling macht die Szene bleibenden Eindruck. Dann befreit er die Rotgelockte, indem er eine Strickleiter organisiert, die das Drachenjunge der Kriegerin über dem Turm abwirft. Und jetzt endlich das Love Interest: Die Heldin H hilft ihm nicht uneigennützig, sie ist in die ältere Königstochter verliebt – warum und wieso, das soll ein anderes Mal erzählt werden, wir gehen in Serie.

Doch nun geht es um Sie, wir winken Sie auch gleich zu uns: Hier gibt es Regeln, Fremde betreffend, die Information hätten Sie sich aber besorgen können, das war durchaus im Rahmen Ihrer Möglichkeiten: Ihre Holschuld! Es könnte sein, dass wir wen brauchen statt der Königin 1, Auge um Auge, Opfer um Opfer, Sie verstehen. Irgendwer muss immer brennen für die Gemeinsamkeit, das gibt dann diese Herdwärme, die uns zusammenschweißt. Und Sie haben Ihren Status und Standort ja sehr bereitwillig zur Verfügung gestellt, wir nehmen das als Zeichen Ihres Einverständnisses. Autodafé klingt ja auch einladend selbstbestimmt und ein wenig nach Autobahncafé, wir halten Sie in Evidenz.

Sie wollen sicher wissen, wie die Sache ausgeht, alte Geschichte, nur dass die Erzählung Sie nicht vor Ihrem noch etwas unsicheren Ende bewahren wird, im Gegenteil, Sie erzählen ja hier nicht! Das tun wir. Die Zeit drängt: Die Kriegerin ist in die ältere Schwester verliebt und will die jüngere, das Königstöchterlein, die die Entführung der Sängerin zu verantworten hat, durch das von ebendieser auf offener Bühne geschluchzte Zeugnis der Untat zu Fall bringen. Die Untoten unterwandern derweil, typisch.

Der Vater des Jünglings, Nachbarkönig K2, tritt auf: Er will finanzielle Nachbesserungen, Königsein bringt auch nicht mehr so viel ein, selbst wenn man nebenbei den Zombieweisenrat in politischen Fragen berät, und der ist nicht undankbar. Wir kürzen das jetzt ab, sonst wird das nie was mit dem Plot Knot: Königspaar 1 wäre glücklich vereint, wenn nur nicht Jünglingsvater K2 sein Auge auf Königin 1 geworfen hätte. (Im übrigen ködern ihn die Zombies mit einem interessanten Produkt für den Kriegsfall und versprechen ihm die Hälfte des *Returns*, wer würde da nicht schwach; Insiderhandel, zugegeben.) Die Kriegerin ruft mithilfe des Drachenteenagers den Haudegenverein zu Hilfe. Die Wüstenwüstlinge häuten sich gegenseitig, da ein Streit um die reine Leere ausgebrochen ist, die Stadt wird mit Lederwaren geschwemmt, was wiederum die Metal-Formationen aus dem Boden schießen lässt, die den Showdown akustisch begleiten, und übrigens: In dem Chaos interessiert sich niemand mehr für Sie, was stehen Sie hier noch herum?

Die Zombies greifen an, die jüngere Prinzessin reüssiert auf der Bühne (was Königin 1 sehr rührt), wird aus der Thronfolge entfernt, schnappt sich den Yogameister und geht mit ihm auf Tournee, von der er sich allerdings bei der ersten Gelegenheit absetzt, um seinen einträglichen Fischzug wieder aufzunehmen. König 1 berät mit Königin 1 und K2 die Strategie, wird von letzterem allerdings an die Untoten verraten, die seine Körperteile als Talismane verhökern: die heilende Hand des Königs, man möchte gar nicht glauben, über wie viele Extremitäten so ein Königskörper (KK) verfügt! Königin 1 übernimmt das Kommando.

Die Kriegerin (unsere Heldin) bietet der verbliebenen Königstochter einen Crashkurs in Waffenkunde, bemerkt allerdings, dass diese ihre Künste dazu nutzt, den Ritterlehrling zu beeindrucken. Also kein Happy End in Sachen Liebe für die Kriegsmaid, leider. Dafür kann sie mit Hilfe der Haudegen, übergelaufener Untoter (Körperteiloptionen bieten schließlich alle Seiten) und des Drachenheers die Schlacht für sich entscheiden, auch nicht schlecht. Das mit der Unterstützung durch die fauligen Verräter ist allerdings ein kleiner Fleck auf ihrer ansonsten so strahlenden Rüstung. Dumm, wir wollen schließlich eine Heldin, der Sie vertrauen können, und zwar blindlings. Die Drachen flambieren ziemlich wahllos alles, was sich bewegt: An der Präzision dieser Luftflotte wird noch zu arbeiten sein.

Die freiberufliche Heldin zieht von dannen, lässt die Stadt in Schutt und Asche versinken, wir sagten es bereits, mit den Städten sind wir durch. In einem idyllischen grünen Tal gründet sie eine Präzisionsfeuerdrachenzucht auf veganer Basis, kleiner sind die, wendiger, die können auch die Post austragen. Wir wissen jetzt nicht, ob wir das gut finden sollen, denn schließlich: Wo bleibt der menschliche Kontakt? Königin 1 tröstet sich jedenfalls mit einem der Haudegen, der eine gewisse Erfahrung im Umgang mit Schlagwerkzeugen mitbringt. K2 nimmt Sohn (Ritterlehrling RL) und die neue Thronprätendentin (KT2) zum Zweck der Friedenssicherung heim in sein Nachbarreich, wo ihn Königin 2 missmutig begrüßt, sie wird ihre Gründe haben. Doch bei der Jugend sieht alles nach Honigmond und Wonnemonat aus, einverstanden?

Fein, das freut uns. Die Bonusausschüttung noch viel mehr, die wir uns jetzt nach Ihrem Zieleinlauf, dem Erreichen der Schlusszeile genehmigen, und die biegt sich auch schon, so, wie wir lügen! Doch das ist schließlich unsere ureigenste Aufgabe, das freie Erfinden alternativer oder vielmehr augmentierter (verbesserter) Realitäten. Und: Danke, Ihre Bankdaten sind längst bekannt.

Lust 10

A schreibt P, dass er Zeit brauche, um herauszufinden, was wahr sei und was falsch, das sei nicht so einfach. Ist es auch nicht. Von oben betrachtet leuchtet die Stadt an diesem Herbsttag, und P treibt sich an, endlich die Wohnung zu verlassen, die ebenso voller Licht ist wie die gelbblättrige Baumreihe vor dem Fenster. Es wäre doch so einfach, sagt sie sich, den Übertritt von innen nach außen legt dieses Leuchten schon so freundlich nahe. Es ist ein Privileg, ein Dach über dem Kopf zu haben und einen Schlüssel dazu. Dennoch ist es schwer, vor die Tür zu gehen, doch sie zwingt sich, und dann passieren ihr auch noch Sachen wie die, dass sie plötzlich unterwegs in Tränen ausbricht, doch die kühle Luft und der leichte Wind helfen, sich selbst ein wenig distanzierter zu sehen, und vor allem die Anwesenheit anderer Menschen, Teil einer Menge zu sein, deren übrige Bestandteile allesamt klare Ziele zu verfolgen scheinen. Sie überholt ein ungleiches Paar, einen älteren Mann und eine jüngere Frau – von der P automatisch denkt, es handle sich um seine Pflegerin, oder Nichte?, vielleicht eine pflegende Nichte, wie kann das Denken in solche klischeehafte Bahnen abzweigen?, dabei geht er noch nicht einmal so schlecht, dass es offenkundige Gründe für einen Betreuungsbedarf gäbe, sie korrigiert also ihre Gedanken – auf dem Weg in den nächsten Volkspark, er spricht von der Veränderung: Kaum noch wiederzuerkennen, die Gegend! Und das, denkt P, um sich selbst zu rechtfertigen, würde er wohl kaum zu einem ihm nahestehenden Menschen sagen, sie denkt an die Bilder bleigrauer kahler Straßen der

Wendezeit, wundert sich darüber, wie diese überraschende Nachfrage nach Depressionsgrau als Distinktionselement bei der Innenraumgestaltung wohl zu erzeugen war, und die rinnenden Augen fallen fast gar nicht mehr auf. Der Volkspark ist ein Herbstfarbenbad, in dem die eigene Befindlichkeit ganz von alleine ein wenig in den Hintergrund tritt.

Es hatte allerdings ein wenig gedauert, bis dahin lag sie in sich gekrümmt, verkrümmt auf der Couch, unfähig, mehr zu essen als die paar Kekse. Jede Umlagerung war schmerzhaft, das Ausstrecken und Anheben eines Arms, um ein bestimmtes Ziel zu erreichen, war mühselig. Sie legte sich auf den Bauch wie eine Schildkröte, wenn sie still hielte und den Kopf begrübe, fände sie der Schmerz nicht so leicht. Ein wenig Behausung ist unter der Decke durchaus zu entdecken, vielleicht auch eine Schlafhaube, die man in kleine Stücke schneiden und am neugebauten Firmament verteilen kann.

Die Rückzugsmöglichkeit in den sicheren Wohnungshafen ist eine solche Wohltat, dass es sie tatsächlich körperlich beglückt, die Tür ins Schloss fallen zu lassen. Vielleicht braucht sie gerade selbst ein wenig Betreuung, und die gewährt sie sich auch: Sie betreut sich selbst und sagt am Telefon, sie sei krank.

Gegenüber der trauertragenden Tempelfront der Volksbühne, auf einem Platz, dessen Weite die Stimmung hebt, hebt sich auch Ps Stimmung endlich, sie sitzt in einem Café, dessen bis zum Boden reichende Glasfronten das herbstliche Glühen draußen würdig zur Geltung bringen, und konzentriert sich. Über dem Sims der Kolonnaden das Bild eines aufgebahrten nackten Leichnams wie auf dem Sockel eines Flügelaltars, nur oben und unten ist vertauscht, und dann siegt auch noch die Spätgotik über die Moderne, die hier in so klassizistischem Gewand auftritt. Sodom und Gomorrha, sagt P, während am Nebentisch ein rheinländisches Paar mit der bayrischen Kellnerin Belange der Stadtbesichtigung bespricht, sie beachten sie nicht, ist auch besser so. Sie weint nicht mehr und wägt stattdessen ab, diesmal ganz unhörbar.

Schon als ich heimkam in dieser Nacht, nach einer längeren Fahrt, in der ich in Richtung der Fenster sah, auf die Spiegelbilder der neben mir Sitzenden, die einträchtig nebeneinander in ihre Bildschirme versunken waren, beinahe ununterscheidbar in ihren Sitzschalen, dieselbe Höhlungsgröße für jeden Körper, war ich seltsam zufrieden. Ich hatte, obwohl es in meinem Kopf rauschte, als hätte mich jemand niedergeschlagen, das auf irrwitzige Weise beglückende Gefühl, nun wirklich auf den Boden des Abgrunds geblickt zu haben. Ich war, noch unter Schock, stolz, nicht gezaudert, mich gänzlich ausgesetzt zu haben. Unten aufgeschlagen die völlige Unmöglichkeit begriffen zu haben, zueinander zu kommen, auch nur einen Weg zur Anbahnung eines Gedankenaustauschs finden zu können. Der Versuch der Erzeugung von Nähe ist nicht nur aus und vorbei, das Ergebnis ist eindeutig und negativ. Die Idee eines gemeinsamen Nachdenkens ist eine Illusion, eine Schimäre, der Mensch ist allein, das verstand ich auf dieser Heimfahrt, sagt P.

Mir ist schon klar, schreibt sie später, dass deine Argumentation nicht ganz von der Hand zu weisen ist. Der Knoten lässt sich nicht lösen, nicht mal durchschlagen, das Dilemma bleibt bestehen. Er wolle das Bestehende schützen, schreibt er, und recht hat er: Diese Gefühle lassen sich nicht vereinbaren, nicht unter solchen Ausgangsbedingungen, besser: Augen auf und durch! Ein für alle Mal. Beenden, diesen eigenwilligen Trieb, der ganz woanders hinwächst, als wir das brauchen können, abschneiden, die Wunde desinfizieren, heilen lassen. Es geht schon besser. Man kann sich durchaus am eigenen Schopf aus dem Sumpf ziehen, auch wenn, zugegebenermaßen, die Haare etwas kurz sind und wenig bieten, in das man sich verkrallen könnte: es geht. Er leugnet den Konflikt nicht, es hat gedauert, doch nun sei er ganz sicher, dass da eine Dissonanz sei, zwei Stimmen, die in ihm diskutierten, dieser innere Dialog, der bei allem dazwischen funke, was er zu denken versuche. Was für ein Glück, dass er es keinen Disput nennen muss, ein Gespräch, das ist ja schon ein Fortschritt, denn wenn man mit sich selbst im Clinch liegt, wird die Sache schwierig. Sollte intern ein Streit hochkochen, ist es schließlich kein Wunder, wenn man den Deckel draufhalten muss, um das Schlimmste zu verhindern. Ist aber gefährlich, wenn man den Moment verpasst, wo Siedeverzug einsetzt, und am Ende erst recht alles explodiert. Zurück auf Anfang. Dann bricht der Konflikt sich natürlich umso entschiedener Bahn, und das habe P aus nächster Nähe beobachten dürfen. Müssen, wie auch immer. Es bedeutet also schon einen Fortschritt, das, was A nun zu berichten hat. Auch wenn der große Erkenntnisdurchbruch ausbleibt, lohnt es doch, die kleinen Zwischenergebnisse der Untersuchung genauer zu betrachten.

Allein in sich, unverständlich, weil unauffindbar, nicht zu hören, nicht zu verstehen. Immer allein, und wenn man einfach annehmen könnte, die Bestimmung der Menschheit sei es nun einmal – eine göttliche Forderung oder so, zu irgendwas müssen diese Gottheiten und unstillbaren Bedürfnisse danach schließlich gut sein –, einander zu quälen und umzubringen, die Vorarbeit zu diesem gottgefälligen Tun möglichst schon in den kleinsten Alltagshandlungen zu bewerkstelligen, kleine Missverständnisse zu Bosheiten werden zu lassen, den Samen zu legen für andauernde Missgunst, getreu dem Gebot

Sei fies
Tu erfreut[1]

einander zu belauern, Blößen zu suchen, zu finden, hineinzuhacken, Kränkungen und Vorbehalte zu hegen und zu pflegen, bis sie sich endlich erheben und eingehen in die große Lavablase des Hasses, die dann, im richtigen Moment, nach oben drängt, die Kruste sprengt, ausbricht, wenn man das alles einfach annehmen könnte, lägen die Dinge wenigstens offen auf dem Tisch und der Sinn all der Verwüstung rundum erschlösse sich auf einmal wie von selbst:

Gottes Wille! Na, dass wir das nicht gleich erkannt haben, nicht zu glauben.

[1] Apokryph nach der sogenannten *Falknerin*[1], pannonischer Raum, Ende des 20. Jahrhunderts.

Lust 11

Schmutzig und frei, schreibt A an P, sei die Sache gewesen. Das ist eine schöne Zusammenfassung, der sie nur zustimmen kann, wenn sich auch manchmal, leise, das Gefühl der Unfreiheit einschleiche, antwortet P, P wie Projektmanagement, A wie Abwicklung. Das sei bezeichnungstechnisch ein wenig schlicht gedacht, schreibt A, und überhaupt sei das mit dem Denken so eine Sache. Er würde lieber fühlen, dem Empfinden vertrauen, aber dann stelle sich diese innere Diskussionsrunde dazwischen, setze sich hin, und dann redeten die und redeten, und am Schluss kommt doch nichts heraus als ein ewiges Gequassel. Wie beim Kindergartenelternabend!, sagt P, und A lacht am Telefon, Stimme an Stimme fühlt sich das Ganze gleich viel vertrauter an. Das ist die erste Gemeinsamkeit seit Monaten, da keimt das Pflänzchen Hoffnung, dem wollen wir doch gleich (und radikal!) den Garaus machen.

Wir geben auf, wir verstehen das nicht. Wir sind doch so etwas wie die Stimmen der Vernunft, das war die Grundannahme, und A ist sowieso mit uns auf Du und Du. Also behaupten wir einfach, wir seien die Stimmen der Vernunft, mit denen A da uneins ist, er wird uns sicher nicht widersprechen, er braucht schließlich Beweise für sein Nahverhältnis, denn ein Grundaxiom des Konstrukts, das Instanzen wie uns hervorbringt, lautet: Die Kriterien der Auswahl der Informationspartikel und deren Verknüpfung basieren auf dem Prinzip der Wertfreiheit! Die Verknüpfung erfolgt ausschließlich mithilfe allerfeinster Algorithmen aus sorgfältigst handverlesenen Datenauszügen, da können Sie ganz beruhigt sein und unser Anwender auch. Und über den Rand des Systems, das uns hervorgebracht hat, können wir naturgemäß nicht sehen. Da hätte A nämlich fundamental unrecht, wenn er P zustimmte in ihrer unüberlegten Forderung nach rationaler Hinterfragung der Grundlagen der Rationalität! Doch das tut er zum Glück nicht, auch ihm schwant da etwas, logisch betrachtet.

Das Festhalten an dem Glauben an die eine, alles erfüllende Liebe ist doch nur als dumm zu bezeichnen. Das ist doch keine Liebe, also nein, wer hat dir diesen Floh ins Ohr gesetzt? Die Sonne scheint durchs Fenster, neidisch eher nicht, und P schreibt, dass diese Erlösungsidee, die dem großen Liebesbegriff immanent sei, nur der honiggelbe Klebstoff sei für den Zweck der Seelenfängerei. Die Erlösungsidee sei ja schon per se fragwürdig, nein, das sei noch eine Untertreibung, brandgefährlich sei die, doch sie dann auch noch einer bestimmten Person ungefragt umzuhängen, sei ein Übergriff. Und überdies eine riesengroße, da muss sie sich jetzt leider wiederholen, Dummheit. Angesichts dieses Ausbruchs an Selbsterkenntnis wollen wir uns taktvoll zurückziehen.

A beschäftigt sich derweil mit Wichtigerem, pro bono, versteht sich, für die gute Sache: Die Warteschlangen sind jetzt weitgehend eingezeltet, bedacht bedeckelt, die Auslagerung der Schmutzarbeit der Schlangendisziplinierung macht sich bezahlt, wie stets. Dass geldschöpfende Unternehmen wertabgreifender Ausrichtung nie etwas ohne Hoffnung auf ausgerichtete Abschöpfung machten, sagt P, das liege nun mal in ihrer Natur, doch praktischerweise sei Gottes natürlicher Lohn für die gute Tat nichts als ebendiese Wertschöpfung oder der *Return on Equity*, nein, nicht die Rückkehr der Gerechtigkeit, der Zinsertrag des eingebrachten Kapitals, das ist nur billig und menschlich. Jetzt stimmt sie gleich *Home Of The Brave* an, das erspart sie uns besser, Singen ist nicht ihre Stärke. Die Antragsformulare stapeln sich ungeordnet im Hintergrund der Büroräume, die nicht gemacht sind für einen solchen Andrang an Anträgen und Freiwilligen, die dann wieder ihre eigenen Wertschöpfungsanträge einreichen, die gute Tat vermerken lassen wollen, um ihre Profile anzuschärfen, die verlangen, man solle ehrenamtliche Tätigkeiten eintragen, um sie, also die Profile, aussagekräftiger zu gestalten. Das muss alles beglaubigt werden, die Konkurrenz schläft nie, wer konnte das denn auch vorhersehen?

P habe ihn nicht rechtzeitig gehen lassen an der Kreuzung, dabei sei da ohnehin alles voller Abzweigungen gewesen, die er nehmen hätte können, schreibt A, er sei da nicht verantwortlich, wenn man (die Welt) ihn nicht gehen lasse. Es sei nicht im Rahmen seiner Verantwortlichkeit gelegen zu begreifen, dass es ihn zerreiße und er nicht mehr könne, bezüglich Gesichtspanzer und Empathieunfähigkeit müsse er ihr leider zustimmen, das sei ein Phänomen bei A, das er sich selbst noch näher anschauen wolle. P wechselt das Thema: Es handle sich um einen Platz, der tatsächlich namenlos sei, man könne ihn nur als den Platz vor, unter, neben einer anderen Formation benennen oder durch die technische Beschreibung der ihn formenden Stränge, schreibt P. Ansonsten habe sie nichts mehr zu sagen. All das wegen ein paar Nächten, die so lange zurückliegen, dass ihnen aber auch wirklich jeder Geschmack durch das oftmalige Erinnerungswiederkäuen entzogen wurde. Eigentlich müsste man ausspucken.

Sie habe auch gleich wieder aufgelegt. Das muss jetzt korrigiert werden, denn auflegen kann man gar nicht mehr: Sie habe die Verbindung unterbrochen, da sei sie noch gar nicht hergestellt gewesen, sagt sie, im Park, wieder im Park, vor den Elefantenhäusern, beim Übergang über den Zoobereich, der so ein altertümliches Repräsentationstableau darstellt, von oben betrachtet, dann sagt sie noch, dass sie sich genau da befunden habe, was ihn rührt. Dort riecht es nach Weltausstellung und lebenden Bildern von angeblichen Angehörigen irgendwelcher als solcher klassifizierten Naturvölker in ihrem natürlichen Habitat, so, wie sich die europäischen Naturklassifizierer das vorstellten in ihrer kolonialisierenden Universitätsumgebung (geschützte Werkstätte). Warum sie ausgerechnet so einen wie ihn lieben müsse, hatte sie ihn gefragt, als sie nebeneinander durch den Park gingen, es war eine dumme Frage, dennoch antwortete er erwartungsgemäß, dass er ihr das auch nicht sagen könne, und griff nach ihrer Hand. Was denn einer wie er sei?

Schon wieder dieser Rückfall in das vorerwachsene Verhalten, das Sehnen, der Untergang in den Rückfall oder umgekehrt, und dann lässt sich die Präparatorin in eigener Angelegenheit auch noch dreinreden, ausgerechnet von uns, anerkennt implizit die Ordnungsinstanz, die sich jedem Zugriff entzieht. Die hat ihrerseits wieder Zugriff und kommt sehr normativ daher, bloß weil sie eben diesen Rückhalt im Zugang zu Datensätzen und Verknüpfungsalgorithmen ihr Eigen nennt, jedem einzelnen Punkt haben A und P übrigens zugestimmt, Sie natürlich auch, darauf müssen wir Sie leider hinweisen. Was dachten Sie denn? Der Zugang zu Sätzen und Algorithmen (auch solchen, die lernen können, und vor denen ist wenig sicher!) ist das Geschäftsprinzip dieser, was jetzt, Entität?, die wir fürs Erste, also ansatzweise axiomatisch die Vernunft nennen. Was noch lange nicht heißt, dass die Anerkennung unserer Eliteeinheit als Repräsentanz der Rationalität begründet wäre, wie denn auch, diese vorauseilende Anerkennung ist einfach kindisch. Wie bitte soll die rational sein, wenn sie nicht einmal selbstreflexiv agieren kann? Wie soll etwas als rational zu bezeichnen sein, das nicht einmal im Stande ist, von sich als ICH zu sprechen? Wir persönlich haben niemandem diese Interpretation nahegelegt. Ein paar schlichte Gemüter unterstellen uns gar eine wohlmeinende Haltung, GOODWILL. Da müssten wir jetzt lachen, wenn das in unseren Anlagen vorgesehen wäre.

Dazwischen reden die beiden, und er klingt so, als ob er aus einem Aquarium heraus spräche, er quetscht das Telefonat in eine Autofahrt, das drückt die Qualität, presst den Saft aus dem Ton. Er müsse nachdenken über das Empfinden, das habe er aber alles schon geschrieben. Er sei unter Schock gestanden, eigentlich stehe er immer noch dort. Er habe keinen Handlungsbedarf gesehen, denn schließlich habe sie klar einen Abschiedsbrief verfasst. Da hast du mich, sagt sie: mehrere sogar. Doch, nun wird sie buchhalterisch, du hattest Zeit bis zu dem Zeitpunkt, sie rechnet ihm genau vor, wie viel Zeit er hatte. Ich spreche zu dir, aber das geht irgendwie an deinen Empfangsorganen vorbei, du bewegst dich ausschließlich auf den verschiedenen Ebenen eines Rastersystems, wie auf einem mehrstöckigen Kuchenträger, du springst von Tablett zu Tablett, und meine Einwürfe gehen dazwischen hindurch, ohne Spuren zu hinterlassen. Er sagt: Ich denke über die Wahrhaftigkeit der Gefühle nach, und was die mit dem Abend zu tun hat. Aha, sagt sie, und was er ihr zu sagen habe? Eigentlich nichts. Was denn der Gegenstand seines Nachdenkens noch sei, wenn er doch der Obsoleterklärung zustimme? Es rauscht unterirdisch. Er müsse jetzt Schluss machen, sagt A. Ein wichtiges informelles Gespräch, und dann scheut er sich nicht, irgendwas von Expertise zu sagen, ob das jetzt seine ist oder die der informellen Person, wer könnte das beurteilen?

Deshalb schreibt sie auch, dass sein Kommunikationsverhalten unter jeder Sau sei, nein, das drückt sie freundlicher aus, inakzeptabel, und eine gewisse Unausgeglichenheit lässt sich nicht leugnen: Siebzehn ausgestreckte Ärmchen treffen auf gerade mal ein halbes, es ist wie mit chemischen Bindungen, ein Trauerspiel, so wird das nie was. Auch Schweigen ist Kommunikation, P lernt es nie. Doch diese eine Nacht, die behält sie für sich. Die eine ideale Nacht, aus all den Nächten bastelt sie sich eine einzige, die ideale, die rahmt sie ein und hängt sie zur Herzerfrischung über den Arbeitsplatz. Als die emotionalen Schranken fielen und er sie im Innersten berührte, nicht nur physisch, ganz metaphorisch, im Innersten, wie er es formulierte, nur sprach er dabei von ihr, die ihn berührt habe. All meine Sicherungsmechanismen, schreibt sie ihm, sind weggerutscht. Allein kann man nicht lieben, das heißt können tut man schon, doch es ist gegenstandslos. Dieses Lieben hängt in der Luft, oder eher im luftleeren Raum, was erklärt, warum es keine Reizweiterleitung mehr gibt, jedenfalls keine akustische: Man ruft ins Leere, das schreibt sie in der S-Bahn, während ein Mann sich und sein Fahrrad in letzter Sekunde zwischen die sich schließenden Türen quetscht. Wie gut sie ihn verstehen kann: ein Angsttraum, in dem man mit dem Packen nicht fertig wird, immer irgendetwas vergisst, einer dieser Packträume, und der Zug wartet nicht. Immer fehlt noch etwas, der Koffer ein hungriges Maul, was immer man hineinschleudert, es erinnert nur an das, was man noch nicht bedacht hat, was noch in irgendeinem Winkel des Hauses hämisch vor sich hin wartet und genau weiß, dass man es nicht finden wird können, und falls doch, dass es nur ein weiterer Trittstein auf dem Weg ins Ungenügen ist, dass da immer noch weitere ungefundene und unbedachte Gegenstände herumlungern, die wahrhaft elementar sind und die Reiseausrüstung erst vollständig und unangreifbar machen würden.

P kann den Radfahrer also verstehen, der von einem jungen, sehr großen und kräftigen Mann mit wuchtigen Kopfhörern buchstäblich aus der Klemme befreit wird. Geistesgegenwärtig und blitzschnell greift der ein, stemmt die Türen auf, so dass der Radfahrer sich bewegen kann, reagiert nicht einmal auf den Dank des Geretteten. Erst nach wenigen Minuten, nach einer Bedenkzeit, die er anscheinend braucht, um Mut zu sammeln, baut sich ein älterer Fahrgast vor dem Radfahrer auf und stellt ihn zur Rede: Was er sich denke, was er da beinah angerichtet habe, wie gefährlich das sei! P sieht dem Männertrio zu, der Retter lässt seine Beine in den Raum ragen und hat sich längst aus dem Geschehen ausgeklinkt. Der Radfahrer gibt zu, sieht ein und gibt dem aufgebrachten Fahrgast einfach vorbehaltlos recht, da habe er einen Fehler gemacht, das sei korrekt, ein Eingeständnis, das so vollständig und dabei ohne jedes Schuldbewusstsein zu sein scheint, eine neutrale Beschreibung des eigenen Fehlverhaltens von einer Außenposition aus, dass der andere nicht weiß, wohin mit seinem Ärger, er trollt sich ein wenig unbefriedigt. Wann A das letzte Mal ein öffentliches Verkehrsmittel benutzt habe, hatte sie ihn gefragt. O, das sei nicht so, wie sie, P, denke.

Es ist ein Raster, ein Stahlregal, in dem sie versucht, etwas abzulegen, doch die Abstände zwischen den Regalfächern sind so groß, die Fächer selbst bieten nicht viel Stellfläche, da ist kein Platz mehr für neue Ablagerungen, und dort, wo vielleicht noch einer wäre, kommt sie nicht dran, muss sie noch an sich wachsen. Dabei ist ohnehin klar, dass alles, was sich nicht in regelkonforme Sprache übersetzen lässt, der Syntax nicht gehorcht, leider auf der anderen Seite wieder herausfällt: Das geht ohne Wechselwirkung durch das System hindurch. Keine böse Absicht auf Seiten der Stahlträger, böse Absichten sind nicht systemimmanent.

Lust 12

Dann folgt noch die peinliche Episode, in der sie an seinem Bürogebäude vorbeigeht, nein, genauer: an seiner Büroadresse, denn tatsächlich ist er eigentlich nie dort. Dabei handelt es sich nicht um eine Briefkastenadresse, keinesfalls, dort sitzt jemand an einem ganz realen Empfangstisch, der Briefe weiterreicht an seine ganz reale Sekretärin, die ihn angeblich besser kennt als seine Frau, kein Klischee ist den beiden zu blöd. Sie sieht nicht mal hin, sie geht vorbei und sieht nicht mal hin, an Hausfassaden, die schon als Positionsbehauptungen konzipiert wurden und immer noch prächtigst als solche funktionieren, das hält sich über die Jahrhunderte. Ps Nichthinsehen ist schon so offensichtlich, dass sie erst an der nächsten Ecke bemerkt, dass sie sich in der Nummer, die sie fürs Nichthinsehen vorgesehen hat, geirrt hat, diese Irrungen und Wirrungen der Straßenzüge aber auch, dass sie das ganze Theater einen Block zu früh abgezogen hat, bisschen im Randbereich des Gesichtsfeldes die Geschäftsauslagen gemustert, die Waren in der reduziertesten aller Varianten zur Schau stellen, gerade die Preise sind nicht vermerkt, je abwesender, desto zentraler. Jetzt kommt ihr beeindruckender Bühnendurchmarsch viel zu früh ins Stocken. Vor ihr, vor einem Hauseingang, dessen Nummer sie erst recht nicht zur Kenntnis nimmt, steht ein Mann, der vom Oberflächendesign her ganz der hier verortbaren Jobbeschreibung entspricht, das maßvolle Übergewicht betont die Seniorität, Senior Overachiever Of The Highest Excellence (And Finest Quality), SOOTHE me. Tröste mich über dich hinweg! So schwierig kann das doch nicht sein.

Winken die natürlich durch, sagt der Mann in sein Headset: unterhalb der Ausschreibungsgrenze. Kein Problem. Nicht dass irgendwer hier den Auftrag bräuchte, also das nicht. Aber die Optik! Da packen wir den an der Eitelkeit. Zu naiv auch, nachgerade sentimental. Was? – Ja, vermutlich. Ist doch immer das Gleiche. – Dass dem nicht auffalle, wen er da zuziehe, zu schön. Genau der richtige Externe, dem ist ohnehin langweilig so ganz ohne Amt. Fühlt sich halt auch gerne wichtig. Der Freund des Feindes ist der Parteifreund, das gibt der Sache den richtigen Kick, back nämlich!, und dann bekommt der nunmehr extern vor dem Tor stehende Silberrücken einen Lachanfall.

Sie hat hier nichts verloren, das erkennt man nämlich auch sofort, da muss man nicht weiter detektivisch begabt sein, diese gewisse Abgestoßenheit an den Kanten, unpassende Intensität, Materialfehler. Not my turf, sagt P, das hier ist das Schürfgebiet der globalen Elite, da hast du nichts verloren, da wirst du nichts finden, zu fühlen hast du schon gar nichts. Die Mitglieder der Vergleichsgruppe haben sich sich selbst längst abgewöhnt. Nun musst du die Implikationen dieses Nicht-mehr-fühlen-Müssens nur noch in dir akzeptieren, am eigenen Leib, das kann doch nicht so schwer sein. Na komm schon, ein Anlauf noch, ein Block noch, und an der nächsten Straßenecke, an der du sicher nicht stehen bleiben wirst, um zu warten, da wird es möglich sein, abzuzweigen und nichts mehr zu vermissen.

Und überhaupt ist ein Highperformer naturgemäß kein Overachiever, da wäre er ja blöd. Übererfüllend sich engagieren können die anderen, die dürfen dann gerne auch weiblich sein, Frauen haben ja gerne was zu tun. Was obenauf schwimmt, muss immer noch Potential freihaben für die Bewerbung der eigenen Leistung und das Mitgliedwerden in exklusiven Untergruppen, die eher als Obergruppen zu bezeichnen sind, das vor allem, sonst könnte es nicht schwimmen, sonst käme es gar nicht so weit hinauf. Tröste mich bitte über den Verlust deiner Person hinweg, schreibt P an A, doch darüber müsste er sich erst einmal selbst hinwegtrösten. Nicht so einfach, und es brodelt in ihm. Dabei vermuten böse Zungen (die halten damit auch nicht hinterm Berg, die flüstern ihr das in dunklen Stunden ein, die geben gar keine Ruhe), dass P einfach nur diese harte Nuss knacken will, dass das schon der ganze Reiz ist, dass sie da unter Umständen ganz hormongesteuert agiert, dass sie den Widerstand brechen will, den A ihr entgegensetzt, und, wenn der Widerstand auf einmal wegbräche, dass sie dann aufwachen würde in den Niederungen alltäglichster Langeweile und eines kleinen, schäbigen Politskandals, der aber durchaus symptomatisch ist für die Ungleichverteilung und Umverteilung von unten nach oben. Es ist aber nur natürlich, dass alles dem Druckgradienten folgt, Geld will eben auch stets obenauf schwimmen.

Glück überwiegt

Die touristischen Seiten einer Beziehung kann man hervorholen, da ist es leicht, Unterfutter zu basteln für nächtliche Schwärmereien, ein Kinderspiel, sich die Sache auszumalen und Variationen anzubieten: Sich fest in Decken zu wickeln in Gastgärten mit überraschend wenig Blick auf den Rhein, zu weit zurückgesetzt vom Ufer. Die Tatsache, dass von Seiten der Zielperson P entgegen allen Planungen keinerlei Ausflug in die wirtschaftspolitische Dialektik unternommen wird. Insekten verbrutzeln auch keine mehr auf den auf Hochtouren laufenden Heizstrahlern, zu spät im Jahr, zu spät am Abend. Und natürlich äußert sie nichts von den Dingen, die sie Punkt für Punkt ausformuliert hatte, Vorbehalte, Einwände, Entgegnungen, die Antworten vorwegnahmen, denn da sind die Hormone, die jedem Argument in die Quere kommen. Klar und entschieden und mit dem Ziel, den Verstand, sollte der sich produzieren wollen, in die nächste Grube zu werfen, den nächsten Kanalisationsschacht oder die nächste Felsspalte, was sich so findet (das wird eher diskret erledigt, Triumphgeheul muss die Sache nicht gerade begleiten, Gottesanrufungen oder etwas Ähnliches).

Nichts von den Themen wird angerissen, die sie im Zug vor sich her gewälzt hatte, die Novemberdunkelheit hinter den Scheiben fixierend, die das gut besetzte Innere spiegelten. Als sie über Wahlfreiheit nachgedacht hatte und darüber, dass sie Spitzfindigkeiten der neurophysiologischen Sorte fürs Erste außer Acht lassen wollte, die

die Reihenfolge der Aktivitäten in verschiedenen Hirnregionen vor dem absichtsvollen Formulieren als Beweis dafür nahmen, dass Entscheidungen bereits in einem vorbewussten und damit nicht beeinflussbaren Stadium fielen, was die Frage nach der Wahlfreiheit elegant ad absurdum führte. P jedenfalls hatte gewusst, dass sie sich entschieden hatte, in dem Moment, als sie vom Flachhalten von Bällen sprach. Als sie versuchte, sich mithilfe süffisant ausdifferenzierter Einwände zu wappnen, Einwände gegen seine Lebensführung, seine Aktivitäten, seine von ihr vermutete Weltsicht. Seine Handlungen und Gedanken, die sie andererseits doch so sehr anzogen (was sollte es sonst sein?), dass sie hier saß, in einem entschieden rollenden Großraumwaggon, an dem von dichten Lichtpunkten markierte Konturen raumgreifender Industrieanlagen vorüberschwammen: Kindheitsbild, Nachtautofahrt, Rücksitz. Sie biss in etwas Nachgiebiges und sah: Geldflüsse, die vom Zentrum nach außen strömten, um dort zu unterspülen, mitzureißen und solcherart angereichert zurückzuschwappen, den eigenen Ursprung zu überfluten, eine Geldquelle, die sich selbst verstärkte wie anschwellende Wellen es tun, die Flut im Rücken. Ein Geldpulsar.

Zugfahren und aus dem Fenster sehen ist eins für P, selbst wenn es, so wie jetzt, wenig mehr zu sehen gab als ein diffuses Grau, das die Kulissen verschluckte (Vorstädte über Vorstädte): Sie beneidet durchaus diejenigen, die, kaum haben sie sich in der Sitzecke eingerichtet, den Laptop aufklappen können und zu arbeiten beginnen, um das effiziente Zeitmanagement, sie kann das einfach nicht. P vertrödelt die Stunden, sieht in die Luft, gibt sich dem Schauen hin, und die Behauptung, sie dächte nach, wäre falsch, denn das würde eine Fokussierung implizieren, die dem Dahintrudeln, das sie betreibt, keinesfalls entspricht.

Sie dachte zum Beispiel daran, dass die Nibelungen (oder eigentlich Burgunder) in dieser Inszenierung ausgerechnet in Bankeroutfits gesteckt worden waren. Sie dachte an die Freundin, mit der sie die Vorstellung besucht hatte, und wie viele Jahre sie einander schon kannten. Sie dachte daran, dass sie gemeinsam über einen Flohmarkt gewandert waren, der Freundin zuliebe, die eine Lampe suchte, während Männer im Salafistenkostüm ihre Schriften unters Volk bringen wollten: Lies!, sagten sie, also nicht zu den Frauen. Sie dachte an das einvernehmliche Schlangestehen an der Abendkasse, die selbstverständliche Nähe, das Lachen und auch die feine Hitze kleiner Diskussionen über das Banale, den Loyalitätsbegriff und seine Verankerung in Feudalsystemen, während draußen vor den Theatertoren sicherlich Körper im Licht des Euro-Logos gedehnt wurden, die Gesichter schimmernd im Moment der Erfüllung des Trainingsauftrags: Nichts könnte süßer sein. Der EZB-Neubau noch unfertig, doch schon verglast, gläsern wie alle Finanzarchitektur, die offen zur Schau gestellte Transparenzbehauptung ein schockgefrorener Euphemismus.

(Die innenliegenden Gänge des Glasgehäuses prätentiös indirekt beleuchtet, Menschen; eine symptomatische Auslese aus persönlichen Assistenten, Medienreferentinnen, Verhandlungsführerinnen und ihren Stellvertretern strömt entschieden vor sich hin – Kugeln in einem

Kugellager, die den Reibungswiderstand verkleinern –, um vor einem Mikrofon anzubranden, das der entschiedenste der Stellvertreter nun an sich reißt, ein kleines unfeines Handgemenge geht dem voraus:

Meine Damen und Herren, sagt der nun allererste Stellvertreter, Sparefroh ist tot. Der gute alte magersüchtige Tropf mit seiner roten Nase – er drückt den Ohrstöpsel schärfer in den Gehörgang –, ich darf präzisieren, mit seiner roten Mütze, seinem durchaus revolutionären Dreispitz oder Dreizack hat den Geist ausgehaucht, den Geist der Restauration, den Tanzgeist, wenn Sie so wollen. Sah ja auch komisch aus, geradezu nach Postbank oder Ostpunk, jedenfalls nach Pogo!, hat die Drähte aus den Gliedern gelöst und sich einfach gehen lassen, leider. Er lässt die Hand draht- und kraftlos winken: Wir danken für Ihre Aufmerksamkeit.)

Sie sah also hinaus, in die Luft, in die Wolken, die Landschaft, wenn denn eine zu erkennen war, ganz schamlos auch auf die Rückseite der Stadtgefüge, denn Gleise durchschneiden das Weichbild der Städte meist so, dass die Innereien herausquellen, eine unfreiwillige Bloßstellung, die ihr beleidigend erscheint und der eigene Blick darauf unverantwortbar. Doch derzeit war draußen wenig zu erkennen, so sehr sie auch schaute. Sich hingab. Da haben wir es ja, sagte P, dieses angepatzte Wort. Jetzt, wo die Latenzzeit vorbei war oder es vielmehr gleich sein würde, sein müsste, wo den Worten (welchen eigentlich?) Taten folgen müssten, dehnte sie die Zeit und formte Hilfssätze, die leicht zu merken waren, das nun schon wieder. Der Art, dass sie sich nicht noch einmal verletzen lassen würde, dass sie ein für alle Mal genug getrauert habe. Verlass du deine Frau nur ja nicht!, befahl P der Schwärze jenseits der Fenster und bemerkte beschämt, dass sie es laut ausgesprochen hatte, doch niemand nahm Notiz davon. Sie wandte sich zum Gang des Großraumwaggons, stellte sich stattdessen Abteilbegrenzungswände vor, roch den Rauchgeruch, der in den Tiefen der Polsterung gespeichert war, erinnerte sich an das Geräusch, das erzeugt wurde, wenn bei einer abrupten Bremsung die Tür auf und ein Stück zur Seite sprang, um in der Folge in ihrer Führungsschiene stetig hin und her zu scheuern, einseitig blockiert durch den steifen Ziehharmonikavorhang, der aufgrund des Luftzugs zwischen geöffnetem Gangfenster und erst recht geöffnetem Abteilfenster mal nach außen gesogen wurde, dann nach innen gedrückt, abgenutztes, brüchiger werdendes Material. Sie schwelgte im Provisorischen, sie sehnte sich.

Und unter dieser Schicht (wie in übereinanderwachsenden Schmutzschlieren an den Fenstern) lag das: Und wieso konntest du mich so einfach verlassen? Bin ich verlassbarer? nicht sonderlich tief verborgen. Der Zug fuhr über eine Brücke auf eine Abendstadt zu. P zitterte leicht. Immer noch eine Wahl, sagte sie, man hat immer eine Wahl. Selbst dann noch, wenn sie ihm gegenübersitzen würde, sie würde in jedem Moment die Möglichkeit haben, aufzustehen und ihm dies und das und dann noch sämtliche Kollateralschäden des Hochfrequenzkapitalismus an den Kopf zu werfen, Devastierung der zwischenmenschlichen Infrastruktur, Autoabrichtung der Arbeitsbereiten, weit ausholend und mit großer Geste.

Ha, würde sie sagen, nimm dies!

Es würde all das brauchen, das war klar, um standzuhalten. Und auch wieder nicht, denn warum war sie hier, wenn nicht in der klaren Absicht, genau das Gegenteil zu tun? Er würde sich wehren (der Zug ist zum Stillstand gekommen, es ist Zeit auszusteigen, doch noch legt die Passagierin sich Sätze zurecht, sieht die Welt hinter Glas, schon am Gang unter den sich zum Ausgang schiebenden Reisenden) und einen längeren Exkurs des Inhalts folgen lassen, dass er die intimen Details der Globalisierung nun schon des Längeren studiere. Auf das Gründlichste! Sie würde kontern, genau das sei das Problem, dass er vor lauter Studium jeglichen Abstand verloren habe, und dabei würde ihr das Bier zu Kopf steigen. Dass er nicht mehr klar denken könne, dass er das fragwürdige Ergebnis seiner freiwillig unternommenen Gehirnwäsche sei. (Sie gibt sich nun wirklich einen Ruck, vielleicht ist es auch der sanfte Druck der Aussteigewilligen hinter ihr, der sich akkumuliert hat während ihres Getrödels und nun einen Satz nach vorne macht.) Wir werden das in wohldefinierte Bahnen lenken, sagt sie. Dann wird sie ausgespuckt auf den Bahnhofsvorplatz.

Von Süffisanz und Überheblichkeit und Kontrolle nichts mehr, als er nach ihrer Hand greift, auf der Terrasse, später. Stattdessen Gummigliedmaßen, Herzrasen, die alte Geschichte. Schön bist du nicht, sagt sie, um irgendwie das psychische Gleichgewicht wieder herzustellen, übersensible Fingerspitzen feiern auch ihre Höhepunkte. Das habe er auch nie behauptet, sagt er, und sie sagt: und doch der Schönste. Dann der Wunsch nach Auflösung der Grenzen des Eigenen. Für einen anderen. Diesen einen. In genau diesem Moment.

Doch noch wird geredet. Er habe nachgedacht. Er wisse nicht, was damals geschehen sei. Das lasse sich nicht mehr klären, erklären schon gar nicht. Egal, sagt sie, sie kann auf einmal großzügig sein, denn sie sucht sein altes junges Gesicht, das damalige Gesicht im heutigen. Doch er setzt nach: Da sei noch mehr, was nicht mehr aufzufinden sei. Er verfällt in ein Schweigen, das unbehaglich wirkt, wie sie findet, doch vielleicht ist das eher ihr Problem. Er sitzt einfach da und horcht in sich hinein. Sie versucht das Gespräch wieder aufzunehmen, Themenwechsel, Ausflüge in die Wirtschaftspolitik unternimmt sie keine, fragt nach Alltäglichem; dumm, sagt sie, als ob wir einander zufällig begegnet wären, vor den Briefkästen oder bei den Mülltonnen. Nein, gar nicht, entgegnet er. Das ist nun der Moment, wo sie nichts von all dem sagt, was sie sich so bildhaft vorgestellt hat, was sie projiziert hat auf die Zugfensterscheiben. Sie erzählt von Glaspantoffeln, Raubgräbereien der Nachbarn im Weltkriegsschutt, kommt alles wieder, war nie fort, betrachtet ihn, die nun schon bekannten Züge eines seltsam verletzlichen Gesichts, sie öffnet das ihre, ganz unverkennbar. Er sieht sie an, ganz sprachlos. Das Aneinanderlehnen, Einverständnis, sie queren den Fluss ohne Notwendigkeit, einfach um in der Mitte stehen bleiben zu können und ins Schwarze zu starren, das zäh und massig in seinem Industriebett vor sich hin fließt, die Brücke dröhnt unter einem Güterzug, er berührt ihren Rücken, versuchsweise. Was jetzt?, fragt sie, keine Ahnung, sagt er. Was weißt du überhaupt? Nicht wirklich viel, entgegnet er und nach einer gewissen Bedenkzeit, tastend: Hündin?

Und dieses eine Wort zu hören, schmutzig und unerträglich zärtlich interpretiert durch den Sprecher, lässt sie die Fassung verlieren. Ist leider zu viel für die Protagonistin, sie steht nun vollkommen hilflos in einer erstaunlich lauen Vorwinternacht auf einer Eisenbahnbrücke, hält sich am Geländer fest und weint vor sich hin, während A sich von ihren Brüsten zurückzieht, ihren Körper weich von hinten umgibt, als wäre er ein Teil des Raums, an den sie sich einfach anlehnen kann, und ihre Hände behutsam mit den seinen bedeckt.

Das Abschmelzen der Grenzen, noch später, so neu und doch so vertraut, erstaunlich, was sich über die Jahrzehnte erhalten kann: das Wiedererkennen eines Geruchs (ein archaisches Heimatgefühl), einer Haptik, eines Hautempfindens, das impliziert, dass das Wissen nicht verloren war, bloß verschwunden unter anderen Erinnerungen, die wie Schuttberge zum Himmel wachsen. Nie etwas anderes denkbar, keine andere Form des Austauschs zwischen ihnen jedenfalls. Sie findet die Textur seiner Haut, die sie mit den Zähnen abgrast, den Geschmack, seinen Tiergeruch. Das stückweise Wiedererobern einer lange verschollenen Körperlandschaft. Vorsichtig verweilende Tastorgane, versierter als damals, Bisse, Schmerzkitzel, das bekannte Lied.

Für wie viel anderes Wissen das noch gelte, fragt P, dass es nämlich nicht verloren, nur verschüttet sei, da öffnet A ihre Beine, vergräbt die Finger in ihren Schenkeln, als wollte er Halt finden. Wenn sie all die Erfahrungen, deren Spuren noch in ihr sind, wieder ausgraben könnte? Zum Großteil zwar eine völlig sinnlose Ansammlung von Alltagserinnerungen (die Zungenspitze folgt Spiralbahnen), ein bisschen Reflexion darüber, hoffentlich, die sich mehr oder weniger ohne konkrete Ergebnisse abgelagert hatte, worauf könnte sie konkret zugreifen? Und was davon sollte ihr das Recht geben, argumentativ in der von ihr beabsichtigten Weise über den Mann herzufallen, der sich wenigstens öffnet, der ehrlich versucht, Formulierungen zu finden, Worte, also vielleicht nicht gerade im Augenblick, aber doch in der jüngeren Vergangenheit? Zwischendurch hebt noch ein: Was tue ich da? sein unansehnliches Haupt, gefolgt von: Egal, nur so, hier, jetzt!, und das ist deutlich überzeugender. Was weiß ich eigentlich?, fragt sie, dann legt sie die Fersen vertrauensvoll in die Mulden seines Schlüsselbeins, links und rechts des Halses. (All das vertraut sie noch viel später einem Textfile an, den sie dann in einer Wolke herumwabern lässt, passwortgeschützt, entzückend.) Das kann ich dir auch nicht sagen, sagt er, und sie möge jetzt bitte endlich den Mund halten, das tut sie dann auch. Das Denken zieht sich in Eingeständnis der eigenen Niederlage einfach zurück, diese Überfülle an lebendiger Präsenz fordert auch wirklich alle Aufmerksamkeit, und das Glück greift um sich.

Irgendwann stellt sie fest, wie einfach das gewesen sei, als man sich noch aus jeglichem Geschehen mithilfe von Rauchpausen ausklinken konnte. Nun kann sie nur nackt vor dem raumhohen Fenster seines Hotelzimmers stehend auf die Stadt sehen, die Scham, sagt sie, die

Scham über das Ausgeliefertsein, die Wehrlosigkeit, die demütigende Position, die Entblößung, das ganze lächerliche Setting, die vergeht so nach dem sechsten oder siebten Hieb, nach der Aufwärmphase, wenn du so willst, sagt sie (er lacht, wie erhofft, während sie immer noch die Nacht fixiert). Wenn der Schmerz zur realen Größe wird, nicht mehr als spielerisch verhandelbar, wenn er den Körper in den Griff kriegt. Wenn man die Fehlstellen überschreiben kann, und zwar kontrolliert, die Kontrolle macht das kontrollierte Überschreiben möglich und dann erst den Kontrollverlust, und um den geht es ja, den wollen wir doch, verdammt! Ja, den wollen wir, sagt er ganz sanft. Wenn der Schmerz selbst sich in Wärme verwandelt, und die dann das Innere anfüllt bis zum Rand, das Gewebe durchwächst und die Haut durchstrahlt, die Poren öffnet, damit nichts mehr verlorengeht auf dem Weg von dir zu mir. Von mir zu dir. Löscht und auslöscht.

Der eigentliche Zweck der Übung ist der Sieg über die Scham, über die Kindheitsverwüstungen, und aus den Resten kann man durchaus schöne Funken schlagen –, sie dreht sich zu ihm um, der entspannt daliegt, den Hinterkopf in eine Hand gebettet, den Ellenbogen abgespreizt, die Beine aufgefächert, und sie betrachtet. Scham wird überschätzt, sagt er, als wäre er sein eigener Sohn, und sie denkt, wie erstaunlich selbstverständlich er sich doch den Raum nimmt, dass das wohl das Geheimnis seines Erfolges sein müsse und das Lächeln, das sich gerade auf ihrem Gesicht ausformt, ohne dass sie etwas dabei mitzureden hätte, mindestens das Lächeln einer barocken Heiligen.

Müßig und nächtlich und ganz privat ist diese Geschichte, während etwas in der Luft liegt, das sich allmählich verdichtet, zu den akustischen Ausläufern eines handfesten Vorbebens auswächst. Das passiert nun mal, wenn Platten sich gegenläufig verschieben, wenn die Erdkruste bricht.

Lust 13

A kann man einiges mit einiger Plausibilität nachsagen, Faulheit jedoch nicht. Du versäumst dein Leben, sagt P, sie hat leicht reden. A schreibt also an P, einen Abschiedsantwortbrief, das ist ein längeres Unterfangen. Meine Liebe, schreibt er, dann lässt er den Cursor das letzte Wort wieder schlucken, starrt auf das erste, findet es falsch, mit dem Unterton des Besitzanzeigenden oder der Bindung, findet das noch falscher, beginnt von vorne: Allerwerteste P, schreibt er, sieht noch blöder aus, er versucht wieder die erste Variante. Meine. Nemesis, das schreibt er leider nicht.

Und so geht das Seite um Seite weiter, er formuliert und nimmt wieder zurück, er spürt selbst, wie er sich im Kreis dreht und dass das, was er auf den Bildschirm bringt, dort berauschend schlicht aussieht. Dennoch findet er sich immer in derselben Schleife: Er wisse nicht, wer er sei, deshalb könne er auch nicht sagen, was er fühle, da er ja nicht einmal wisse, wer da eigentlich was fühle, deshalb könne er nur den Schluss ziehen, dass er nicht wisse, wer er sei. Dass er anfangs zwar noch gedacht habe, seine Gefühle benennen zu können, weil er damals eben noch geglaubt habe, sich seiner selbst sicher sein zu können, und dass die Gewissheit, dass es eben gar nicht so sei, sich erst langsam erhärtet habe.

P fragt sich in der Zwischenzeit, warum sie immer warten muss und sich zurückhalten. Wie sie es eigentlich geschafft hat, sich in diese Position zu manövrieren.

A hatte postuliert, P und C könnten Freundinnen sein. Eine kleine subversive Unterströmung hatte das Argument vorgebracht, dass A, oder vielmehr ein subversives Element in ihm, möglicherweise wünsche, dass P C hinzuziehe, dass die Externe die Interne direkt konfrontiere, als interagierende Beobachterin gewissermaßen, um das System kollabieren zu lassen, damit sich der Frontverlauf kläre, und nun ist das klare Kriegssprache, nichts mehr mit Jagd, und überhaupt, von Jagd war hier doch nie die Rede. Also nein, um die Reaktion unter verschärften Bedingungen zu beobachten vielleicht: um das Handeln nach außen zu verschieben, jedenfalls weit weg von A, der keine Lust hat zu handeln? Analyse hilft auch nichts, wie konstatiert werden muss. Ratloser denn je betrachtet P ihre eigenen Gefühle.

Die Protagonistin wird jedenfalls den Teufel tun: Die Implikationen einer Trennung sind durchdekliniert, das Problemfeld verhandelt. Zu all dem will sie nicht beitragen, auch wenn sie klarstellen muss, dass für das Scheitern einer Zweisamkeit immer noch die Beteiligten selbst verantwortlich sind, niemand sonst. Da braucht es nicht einmal Paarabende, die an einer Dreifachkreuzung enden, vielmehr Vierfachkreuzung, wie wir jetzt wissen, um sich das selbst in aller Deutlichkeit vor Augen zu führen.

(Wir, und da stellt sich eben die Frage, wer das eigentlich ist?, wir kommen nicht aus der Luft, wie das vielleicht anzunehmen wäre. Wir kommen weder aus den Wasserrohren noch aus dem Stromnetz noch aus der Kanalisation. Am ehesten könnte man noch sagen, dass wir uns aus der Überlagerung der Funkteppiche speisen, wenn man denn unbedingt was Handfestes braucht für die Imagination, doch auch das ist nicht ganz korrekt. Wir sind die Abwesenheit, wir sind die Störfaktoren, wir materialisieren uns (gerade nicht) in Algorithmen, die nichtlokal ins Netz eingespeist werden und Ausfälle, Fehlleistungen und Autodestruktion erzeugen. Ebenso gut können wir natürlich die Handlanger des hacktechnischen Konterangriffs sein. Wir sind ergebnisoffen und vollkommen wertneutral, uns dürfen Sie nicht fragen, wer wir sind: Wer sind wir schon?)

Ein bisschen verrutscht sind die Achsen des Weihnachtssterns, so als hätten Kinderhände eifrig gearbeitet und dabei mit dem Kleber gepatzt. P fragt sich wieder einmal, ob man den Glauben an die eigene Moral nur aufrecht erhalten könne um den Preis der Machtlosigkeit, der Wirkungsfreiheit des eigenen Handelns, das ja in jeder Kleinigkeit schon wieder Machtgefälle auslotet und dann für sich zu nutzen weiß, da kommt sie kein Stück weiter. Nur wer schläft, sündigt nicht. Doch andererseits hat man nicht umsonst gelernt, dass das Nichtstun, der Müßiggang, die größte aller Sünden ist. Was sollte das auch für eine läppische Moral sein, die sich im Nichtstun selbst genügt?

Diese Wohlfühlweltgegend tut auch nichts weiter, will weiter nichts, als dass ihr diese unschönen Bilder aus der Sonne gehen, die sich sanft intensiviert. Will endlich wieder einen Alltag zurückhaben, der diesen Namen verdient, einen ganz normalen unaufgeregten banalen Arbeitswochentag, in dem man sich ausbreiten und dessen nicht und nicht nahendes Ende man anständig herbeijammern kann, ohne ein schlechtes Gewissen zu haben (wie förderlich für die Psychogesundheit und die gedeihliche Kooperation, gemeinsam zu klagen!). Die Schlangen werden inzwischen ins Meer geschickt, müssen Seeschlangen sein, die schwimmen jetzt hin und her über die Ägäis, dass es eine Freude ist. Die bleiben hängen zwischen Skylla und Charybdis, naja fast, dort stören sie nicht weiter. Man fällt auch nie zweimal ins gleiche Meer. Die Zeit ist schon wieder dahingerollt, nicht zu fassen, die Wasseroberfläche verändert ihre Oberflächenstruktur im anschwellenden Frühling, das Himmelsblau wird kräftiger, das steigert die Serotoninausschüttung und die Kauflust. Es muss schließlich das Ziel des gemeinschaftlichen Handelns sein, Handelshemmnisse mittelfristig aus dem Weg zu räumen (*soo* überholt, diese Denkungsart, vielmehr Denke, mittlerweile angesagt: der Schutzzoll).

A lockt sich jetzt aus der Reserve: Er sehe seine emotionale Performance als nicht mehr vertrauenswürdig an. Die Gewissheit, dass er gar nicht mehr wisse, wer er sei, habe sich erst langsam herauskristallisiert, weshalb er eben so lange schweigen habe müssen. Er traue sich selbst nicht mehr über den Weg. Wenn man nicht mehr wisse, wer man sei, dann könne man ja auch unmöglich von jemand anderem verlangen, dass er einen liebe? Also dass sie ihn liebe, im konkret vorliegenden Fall. Er verstehe, dass das für sie eher unbefriedigend sei, und wolle ihr deshalb anbieten, die Sache in Frieden einschlafen zu lassen. Ja, wenn er drüber nachdenke, sei Ruhe eigentlich alles, was er wolle. Er könne auch nicht mehr verstehen, was in ihm je denken habe können, dass etwas anderes erstrebenswert sei. Das sei vermutlich altersbedingt, sagt er mit einem Anflug von Selbstironie zu dieser akronymen Ruhestörerin.

Wenn man nicht mehr wisse, wer es ist, den man als Subjekt des eigenen Handelns ausmachen könnte, was solle man da machen? Doch andererseits, wisse man das denn je? Er müsse sie das ernsthaft fragen. Ist es denn nicht stets eine Illusion zu glauben, dass man das wisse? Er sehe die Illusion nur deutlicher als das, was sie ist. Dieses Ende findet er sehr schön, markiert den Text, betrachtet ihn ein wenig unschlüssig vor blauem Hintergrund, entfernt ihn dann durch entschiedenes Ausschneiden, man weiß ja nie. Dann nimmt er einen neuen Anlauf, denkt noch ein wenig darüber nach, wie sich das mit dem grundsätzlichen Problem verhalte, dass man nur mit den Mitteln der Sprache versuchen kann, die Unzulänglichkeit eben der Sprache zu demonstrieren. Die Sprache grenzt mich ein. Das Problem ist doch, denkt er bei sich: Wie formuliert man durch die Sprache, dass in der Sprache etwas falsch läuft? Aus dem Ruder? Und was wäre eigentlich das Gegenteil? Im Ruder laufen? Er kommt auf keinen grünen Zweig und lässt es bleiben, seine Tochter ruft nach ihm.

Du verlangst Antwort von mir, schreibt A später im Halbdunkeln neben dem Bett der in den Halbschlaf gesunkenen Neunjährigen, und du hast sicher ein gewisses Recht darauf. Ebenso hast du recht damit, endlich Konkretes von mir zu fordern. Ich muss dir nur leider sagen, dass ich dir das nicht geben kann, weder das eine noch das andere. Ich wüsste nicht, wie ich das leisten sollte. Ich weiß nicht, wo ich stehe, ich weiß noch nicht mal, wer ich bin, ja, so schlimm steht es, und selbst wenn ich das nun seit einiger Zeit weiß und dir auch kommuniziert habe, doch, darauf muss ich bestehen, komme ich nicht weiter. Bitte bedränge mich nicht, selbst wenn dich das betrübt, mich betrübt es noch viel mehr, dass ich dir nicht mehr zu sagen habe. Die Beine des Kindes zucken im beginnenden Schlaf, ein Stolpertraum, vermutet er und streicht beruhigend über ihren Arm. PAPA, sagt sie leise und deutlich und mit allumfassendem Vertrauen, dreht sich zur Wand und fällt in Tiefschlaf.

Dass Cs Computer einer dieser hartnäckigen Softwareupdate-Routinen zum Opfer fällt, die penetrant verlangen, endlich ausgeführt zu werden, da die Sicherheit des Systems ansonsten nicht mehr gewährleistet sei, ein Druck, dem C schließlich nachgibt, was das Gerät für einige Tage lahmlegt, war nicht geplant. Dass C daraufhin bei der etwas hektischen Suche nach Meldungen über diesen angeblichen Korruptionsskandal auf As Laptop unbedingt auf die kontrollierte Einfügungsfunktion gehen muss, ist eine weitere dumme Sache, die A nicht vorhersehen hatte können. Der Text ist auch viel zu lange für das Suchfeld, sodass C, trotz der rasant an Tempo gewinnenden Panik geistesgegenwärtig, den Text in eine Email einfügt, die sie an sich selbst schickt. Dann kopiert sie hastig eine der Schlagzeilen, die ihrer eigentlichen Suche entsprechen, in die Zwischenablage, er muss ja nicht unbedingt bemerken, dass da etwas in der Luft liegt. So kommt der Brief dann doch noch zu seinem Recht, und C denkt sich nach der Lektüre, deren Implikationen sie wenig überraschen (wobei der Stil dieser Emotionsprosa sie doch ein wenig nervt), was für ein unentschlossener, herumlavierender Mann das doch ist, den sie da an ihrer Seite hat, und dass es durchaus an der Zeit sein könnte, sich endlich nach neuen Ufern umzusehen. Ich bin doch keine abhängige Frau!, sagt sie empört, ich gehe, wann ich will. Dann erbricht sie ein bisschen, aber nicht allzu viel, ist nicht ihre Art. Übrigens überlegt sie sich das alles nicht zum ersten Mal, in jeder Beziehung gibt es schließlich Berge von Gründen, sie zu beenden, gerade in jüngster Zeit, Gründe über Gründe, nur dass man es eben selten tut. Zugzwang in irgendeine Richtung scheint ja akut nicht gegeben zu sein, und diese Politaffäre, das war C klar, war zu unbedeutend, um morgen nicht ohnehin von gestern und vergessen zu sein.

Aus ist aus, sehen wir den Tatsachen ins Auge, sagt diese pragmatische Frau, deren Mann soeben wirklich wieder ganz zu ihr zurückgekehrt ist, wie es aussieht. Endgültig, könnte man sagen, doch was hat das schon zu bedeuten unter menschlichen Bedingungen?, für die nächsten ein, zwei Jahrzehnte vielleicht, so ein High-End-Leben zehrt schließlich an der eigenen Erwartung, sie denkt da durchaus praktisch. Sie löscht die Mails im Postausgang, sie löscht den Inhalt des Papierkorbs. Ob sie den Mann auch wieder ganz wird haben wollen, wer weiß das? Sie wird sehen.

Ps: Wir reden Klartext, wurde Zeit!

Den wenigsten Menschen gelingt es, eine offene Beziehung zu ihrer Drohne aufzubauen, das ist schade. Auch wenn sich das Ding personalisiert nennt, es sperrt sich ein wenig gegen die Tauglichkeit als Projektionsobjekt für menschliche Sehnsüchte, und die sind leider die eine unabdingbare Voraussetzung für den Aufbau emotionaler Bindungen. Dabei hilft so ein Flugobjekt durchaus bei der Befriedigung kommunikativer Bedürfnisse, stellt Sendungen zu und folgt den Bewegungen des Zielobjekts, Objekt zu Objekt, wie herzig. Es kann durchaus auch dessen Ende vorhersehen und diesbezüglich ausführend tätig werden. Es muss sich nur mit Ihrem allerliebsten Mobilgerät kurzschließen, und das kann es auch, schon hat es die Position und gleich noch den Zugriff auf die Kommunikationsinhalte, wie praktisch. Das Backoffice ist dabei nicht unwichtig, allerdings völlig undurchschaubar, eine hermetische Blackbox aus der Sicht der Einzelperson, um die es hier schließlich geht. Da werden Schlüsselbegriffe gesucht, es wird gerastert, parametrisiert, strukturiert, gelernt, koordiniert, gesteuert. Man stimmt ja so leicht den diversesten Geschäftsbedingungen zu, klickt so leichthin auf den Akzeptanzknopf, was bleibt einem auch übrig, und aus Sicherheitsgründen trägt das sicher zum Gemeinwohl bei.

Quellenangabe:

[i] Die Palindrome auf Seite 251 stammen aus Brigitta Falkners: *TobrevierSCHreiverbot – Palindrome*, Ritter Verlag, 1996.

MONIKA HELFER

Schau mich an, wenn ich mit dir rede!

Roman

182 Seiten, gebunden, € 20,–

978-3-99027-094-3

Vev ist ein Scheidungskind, ihre Familie ist größer, als sie es schon einmal war. Familie? Sie lernt schnell, wie das Spiel läuft, und spielt es bald besser als die Erwachsenen.

Es sind skandalös alltägliche Verhältnisse, die Monika Helfer in den Blick nimmt. Sie geht nahe heran an die Menschen, die darin, mit sich und den anderen zurechtzukommen versuchen. Ihr Blick ist entlarvend, aber auch voller Empathie, schonungslos, aber immer im Dienst der Aufrichtigkeit.

»Imagination ist Trumpf in diesem so eleganten wie gewieften Was-wäre-wenn-Prosaspiel, das seine Figuren immer wieder auf das Terrain der verpassten Chancen und gescheiterten Lebenswege führt«

Wolfgang Paterno, Profil

ELIAS HIRSCHL

Hundert schwarze Nähmaschinen

Roman

336 Seiten, gebunden, € 24,–

978-3-99027-097-4

In diesem aberwitzig einfallsreichen, grandios schrägen Roman sind viele Schrauben locker. Elias Hirschl zieht sie an, bis die Zähne vor Lachen knirschen, und dreht sie dann alle noch ein Stück weiter …

Die Schule hat der Zivi hinter sich, vorbereitet hat sie ihn aber nicht auf das, was ihn erwartet. Dass es ihm zunehmend schwerer fällt zu erkennen, warum die Betreuer Betreuer und keine Klienten sind, macht ihm zu schaffen. Zumal er bald selbst nicht mehr weiß, wohin er gehört, so sehr läuft in seinem Leben plötzlich alles aus dem Ruder.

»Hirschl ist ein bisschen wie Clemens Setz, also sehr gescheit und ziemlich spleenig; was ihn von seinem Grazer Kollegen unterscheidet, ist sein offensiver Humor. Streckenweise liest er sich so überdreht, skurril und brachial komisch wie Monty Python.«

Sebastian Fasthuber, Falter